CARMEN SUISSA

# OCEAN HOUSE

I

# 1

Tara Ford se urcă în decapotabila roșie, își scoase sandalele aurii cu tocuri subțiri și-și prinse părul blond venețian într-un coc mic. Se uită în oglinda retrovizoare și-și zâmbi mulțumită de cum arată. Era frumoasă, tânără și bogată... de fapt, familia ei era bogată, ea tocmai își pierduse slujba. Iarăși! Călcă pedala de accelerație și se îndreptă spre Brentwood, unde locuia împreună cu părinții și cele două surori. Își adora mama și tatăl, care erau răbdători și tandri, iar pe surorile ei, Brianna și Joy, le iubea, deși erau veșnic în dezacord și se certau des. În fond, se certau tot timpul, dar n-avea prea mare importanță, deoarece casa era mare și, dacă voiau, nu se întâlneau deloc. O luă la dreapta pe Empire Avenue, gândindu-se ce minciună să le toarne alor ei pentru pierderea serviciului. „Patronul mi-a făcut avansuri și..." Nu, nu, asta le-a spus cu două luni în urmă. „Un client beat mi-a atins posteriorul în timp ce îi serveam pizza..." Nuuu, și asta le-o spusese. Cum putea să le zică părinților ei că „împrumutase" o sută de dolari din casa de marcat a patronului și uitase să-i pună înapoi? Tatăl era un om de afaceri renumit, iar mama, o adevărată doamnă. N-ar fi înțeles niciodată de ce ea a trebuit să „împrumute" bani. Dar ce știa mama ei? Nu muncise niciodată și își petrecea timpul între evenimentele caritabile, Rodeo Drive și clubul de tenis din Beverly Hills. Studiase dreptul, însă nu practicase niciodată. Era o femeie frumoasă și blândă, puțin cam superficială, dar soțul ei o adora și o răsfăța de câte ori avea ocazia.

Era înconjurat de patru femei, se gândi Tara, inteligente, însă n-aveau nicio carieră, spre dezamăgirea lui. Sora ei mai mare, Joy, era proprietara unui bar din Melrose; urmase trei ani de medicină și, când colega și prietena ei cea mai bună a murit călcată de o mașină, a decis că viața era prea scurtă ca să o petreacă printre eprubete și în amfiteatre. În prezent, la treizeci și trei de ani, era celibatară și cu un credit acordat de o bancă, pe care și-l plătea singură. Refuzase ajutorul tatălui ei când își deschisese afacerea, vrând să-i arate că era capabilă să se descurce singură. Era deja suficient că nu dădea un ban pe chirie și mâncare.

Cealaltă soră a ei, Brianna, avea treizeci de ani, o diplomă de învățătoare în învățământul primar, o altă diplomă de asistentă de stomatologie și un soț, Brent, dentistul cu care lucra. Când o priveai pe Brianna, instinctiv te gândeai la un înger blond cu ochi blânzi, albaștri. Nu era.

Brent, cu care era căsătorită de opt ani, o adora. Înalt, brunet și veșnic binedispus, n-avea ochi decât pentru Bri, capricioasa lui soție care-l ducea de nas cum voia. Brianna îl iubea, însă nu atât cât se iubea pe ea.

Telefonul lui Tara sună și ea apasă pe butonul de pe bordul Mercedesului; vocea lui Joy răsuna tare în mașină, dar Tara nu înțelegea nimic. Sora ei, cea mai calmă din familie, era isterică.

– E totul terminat! urlă aceasta. Am crezut că mai e o șansă...

„Iarăși a părăsit-o vreunul", reflectă Tara plictisită. Sora ei era bună și generoasă, însă n-avea deloc noroc la bărbați.

– Despre ce vorbești? întrebă Tara liniștită, apoi chibzui, dându-și ochii peste cap: „Și eu sunt nebuna familiei".

– Pe veci! S-au dus. Am crezut că o să se poată face ceva, dar până au ajuns la ei, s-au stins, răspunse plângând Joy.

– Ce s-a stins, Joy? Nu înțeleg nimic.

– N-a fost vina lor. Nici măcar n-am apucat să le spun că poate am întâlnit pe cineva care le-ar plăcea, adăugă ea plângând în continuare. Sau că am rupt în clasa a șaptea balansoarul din spatele casei.

Și totuși, despre ce naiba vorbea nebuna de Joy? Frazele incoerente îi zumzăiau în urechi, agasând-o, și o presimțire rea puse stăpânire pe ea.

– Și cum să-i spun Briannei? E atât de sensibilă, încât mi-e frică să nu i se întâmple ceva.

Oare nimeni din familia lor nu vedea cât de puternică și diabolică putea fi Brianna?

– Uite care-i treaba, Joy, dacă nu mi zici exact despre ce e vorba, nu te pot ajuta nici pe tine, nici pe Bri, cameleonul familiei Ford.

– Despre ce familie vorbești? se tângui Joy. Chiar nu pricepi că părinții noștri au murit?

Sora ei se îneca de plâns, continuând să îndruge vrute şi nevrute. Lucruri pe care mintea Tarei nu le putea analiza.

– Ce ai spus? întrebă Tara şi înghiţi în sec, pe când totul în jurul ei începea să se prăbuşească.

– Au avut un accident de maşină, hohoti Joy. N-a fost vina lor.

De parcă avea vreo importanţă.

Tara, care tocmai ajunsese în Brentwood, trase pe dreapta şi ieşi în viteză din maşină, vomitând pe trandafirii galbeni din faţa unei case. Nu băuse decât un suc de pătrunjel cu kiwi, dar avea senzaţia că vărsa tone de lichid amărui.

– Alo, alo, răzbătu vocea lui Joy din maşină.

Tara se opri din vomitat şi începu să tremure.

– Alo, alo, se auzi o voce care venea din casa cu trandafiri galbeni, mai mult verzi în acel moment. Îmi distrugi toate florile.

Tara îşi duse mâinile la fruntea uşor bombată şi-şi şterse broboanele de sudoare rece, apoi îl privi pe tânărul care i se adresase.

– Mi-au ucis părinţii!

„Ucis părinţii! Ucis părinţii!" urla nebuneşte o voce în mintea ei. Dar unde era locul acela blestemat? Unde s-a întâmplat tragedia? se gândi ea alergând spre maşină, apoi reluă conversaţia cu Joy, care parcă era un patefon stricat.

– Alo, Tara, mai eşti? Tara!

– Sunt aici. Unde s-a întâmplat asta? întrebă Tara secătuită de puteri.

De ce? Cum? Avea multe întrebări inutile şi toate începeau cu „De ce", „Cum" şi „Dacă". Parcă mai avea vreo importanță. Părinții lor erau morți. Pentru totdeauna! Fiindcă moartea era veşnică. Definitivă.

– În Venice. Celălalt şofer era drogat; fuma marijuana în timp ce conducea.

Bineînțeles că fuma, doar era în Venice, fir'ar el al naibii! medită Tara cu sufletul sfâşiat de tristețe şi dor. Doamne, ce se va face fără ei? Îi văzuse cu câteva ore în urmă şi deja îi era dor de ei. Cum puteau, oare, oamenii supraviețui după ce pierdeau pe cineva drag? Din păcate, surorile ei şi cu ea vor descoperi asta singure. Nu trecuseră nici zece minute de când aflase şi deja dorul o sfâşia. Se aşeză pe bordură cu picioarele goale şi începu să plângă. Conştientiză că în cei douăzeci şi cinci de ani nu făcuse mare lucru pentru părinții ei, şi ar fi fost atât de simplu să-i mulțumească. Tot ce ar fi trebuit să facă era să-şi organizeze viața mai bine, nu să schimbe locurile de muncă la fiecare cinci minute. Tatăl ei suferise mult din cauza asta. Sau când aflase că ea era însărcinată cu un bărbat căsătorit. Soția acestuia le făcuse zile amare un an întreg. Iubitul ei căsătorit o părăsise pe Tara, însă soția acestuia, o femeie de treizeci şi cinci de ani, o hărțuise până când Tara a fost obligată să se mute un an la New York pentru a scăpa de obsesia femeii. Raven cedase numai după ce-i înnebunise pe părinții Tarei şi-l lăsase pe soțul ei fără un ban. Da, nu le adusese alor ei decât necazuri, iar în acel moment erau morți şi ea nu se mai putea revanşa niciodată.

– Eşti bine? o întrebă o tânără drăguță, cam de vârsta ei, aflată peste drum, pe care Tara o văzu doar după ce îşi ridică ochii. Pot să te ajut cu ceva?

– Părinții mei au murit.

Tânăra se apropie şi se aşeză pe bordură lângă ea.

– Au murit fără să-mi spună dacă m-au iertat vreodată, continuă Tara plângând şi ştergându-şi nasul.

– Deseori oamenii mor fără să apuce să-ţi spună acel „Te iubesc" sau „Te-am iertat". Asta nu înseamnă că n-ar fi făcut-o dacă ar fi putut.

– Crezi? zise Tara şi se uită plină de speranţă la tânără, care încuviinţă.

– Îmi pare rău pentru pierderea ta; sper din suflet să treci cât mai uşor peste asta, adăugă ea, apoi se ridică şi îi dădu o carte de vizită. Trebuie neapărat să plec, însă dacă ai nevoie de ceva, te rog să mă cauţi, rosti plină de bunăvoinţă tânăra, pe urmă o lăsă pe Tara cu gândurile şi remuşcările ei.

Mama ei o rugase de nenumărate ori să facă mai multe lucruri împreună, dar ea o refuzase; pusese întotdeauna pe primul loc prietenii, vacanţele în Utah cu vreun nou iubit sau weekendurile la casa lor din Hermosa Beach. Fuseseră cei mai de treabă părinţi din lume, oare cum de nu văzuse asta? Iar în acel moment, când era prea târziu, de ce vedea? Soarta îşi bătea, oare, joc de ea? Plângea în hohote şi, când cineva o atinse pe umăr, nici nu-şi dădu seama. Bărbatul, la vreo treizeci şi cinci de ani, se aşeză pe bordură lângă ea şi o cuprinse după umeri, încercând să o consoleze. Privindu-l, Tara conştientiză că era stăpânul casei cu trandafirii galbeni.

– Au murit şi au plecat neîmpăcaţi, din cauza mea, îi spuse ea.

El nu zicea nimic, doar asculta şi consimţea. Nu era nimic de spus; doar ea trebuia să se descarce.

– Mama îmi propunea să mergem la teatru împreună sau la golf, la plajă sau mai știu eu unde. Și știi ce-i spuneam? întrebă ea plângând și privindu-l pe necunoscutul cu păr șaten și cei mai blânzi ochi din lume. Că nu mai aveam doisprezece ani, ci optsprezece. Apoi douăzeci și unu, douăzeci și cinci... iar acum e prea târziu și aș vrea să fac toate astea cu ea. Am refuzat-o mereu și nu știu de ce, pentru că era bună, frumoasă și deloc băgăreață. Mi-a respectat intimitatea întotdeauna și nu m-a deranjat niciodată cu nimic. Sunt un monstru, adăugă ea plângând în continuare. Un monstru umed și insensibil.

Se opri și se întoarse spre el, fără să-și dea seama cât de bine arăta bărbatul.

– Surorile mele mi-au atras mereu atenția că eram rece cu mama și că ea nu se înfuria niciodată pe mine. Le-am replicat indiferentă că, dacă nu o făcea, era doar pentru că nu îi păsa de mine.

Își lăsă privirea în jos și vorbi apoi ca pentru sine:

– A plâns când m-a auzit, dar nu mi-a reproșat niciodată nimic. Doar m-a iubit, iar în schimb, am fugit. Și nu m-am oprit niciodată din tâmpeniile mele. Și atunci când o dădeam în bară și eram tristă sau debusolată, mă retrăgeam în locuri izolate, pe urmă mă amestecam în mulțime și nu știu care din astea două mă deprima mai mult, însă niciodată nu m-am gândit să merg la ea. La mama mea. I-am mințit mereu pe amândoi, rosti Tara cu sufletul sfâșiat de regrete. Aceeași dramă, doar scenele erau diferite. Același joc plictisitor care, așa cum credeam, putea deveni interesant dacă schimbam jucătorii. Toată viața mea am mințit și am glumit pe seama tuturor. La cincisprezece ani era *cool*, la douăzeci și cinci, nu chiar atât de mult.

– Cred că ești prea severă cu tine însăți, spuse tânărul, și ea îl privi ca și cum îl știa de o viață. Mă cheamă Alex. Pe tine?

– Știai că prima paradă de Crăciun a avut loc în 1934 în Chicago?

El clătină din cap fără să spună nimic. Știa că ea nu aștepta un răspuns.

O tânără drăguță în șlapi albi, pantaloni scurți și cămașă din in albastră ieși din casa lui, îi făcu cu mâna și-i ură o viață minunată. Tara o privi pe fată, apoi pe el.

– E prietena ta?

– Nu. M-a dat naibii de vreo trei ori și o dată mi-a spart o cană în cap, pe urmă a plecat și s-a mai întors doar după trei luni. Credea că o să-mi dea o lecție, dar nu m-am simțit deloc abandonat. Mai degrabă eliberat. E genul acela de persoană care ar vrea să se atașeze de cineva, numai că atașamentul o sperie.

– Am avut odată o relație bună, însă în final, l-am pierdut, preciză ea smulgând absentă un fir de iarbă. A pierde, asta mă definește.

– Ai pierdut. Și ce? Mulțime de oameni nu știau și altora nu le păsa.

Ea îl scrută.

– Cum ziceai că te cheamă?

– Alex, răspunse el privind-o cum se juca absentă cu firul de iarbă și observând că avea unghii frumoase, scurte, date cu ojă albă mată. Pe tine?

– Tara. Tara cea atotputernică. Făceam greșeli și credeam că, dacă le recunoșteam, eram pe jumătate iertată. Am uitat de consecințe, răspunse ea ironic, apoi ridică din umeri cu amărăciune. Sunt răzbunătoare și lui Dumnezeu nu-i place. Cred că a decis să mă pedepsească.

– Dumnezeu nu e rău. Nu e vina ta că părinții tăi au murit. N-are nicio legătură cu faptul că ești vindicativă.

– Mi-am bătut joc deseori de iubiții mei, pe urmă plecau. Dar reveneau întotdeauna. Îi așteptam să facă primul pas. Și după aia îi pedepseam. Un monstru.

– Nu cred că ești atât de rea, Tara. Și îmi pare sincer rău pentru părinții tăi. Știu ce înseamnă asta; și tatăl meu a murit. Nu în urma vreunui accident, însă ce importanță mai are? Într-o zi, durerea se va estompa.

Ea clătină din cap în sensul că nu era de acord.

– Dar poate că până atunci ne vom cunoaște mai bine, Tara. Ce-ar fi să mergem în una dintre zile la un ceai și la o plimbare? Să povestim.

– Sună terapeutic.

– De multe ori funcționează, zise Alex privind prin coroana unui arbore.

Era trist și nu încerca să se ascundă.

– Toți avem nevoie de un prieten.

– Nu voi mai fi niciodată fericită, spuse ea șoptind, pe urmă își desfăcu cocul și-și lăsă părul de un blond arămiu să-i cadă pe ceafă.

Avea ochii verzi și o gură mare, senzuală, iar în afara cerceilor cu diamante și a unui Rolex, nu purta bijuterii.

– Pe cine crezi că mai interesează fericirea mea? Pe filosofi? Din păcate, nu sunt faimoasă. Mai îmi rămâne doar industria farmaceutică.

– *In omnia paratus*, spuse el. Adică „Gata pentru orice".

– Fals. Nu suntem niciodată pregătiți pentru totul. Doar credem sau sperăm că suntem. Toată viața am crezut că știu ce vreau și de ce o fac, spuse ea mușcându-și buzele roșii. Eram așa de sigură.

– Și acum?

– Doar stau și privesc cum cei din jur avansează, dar eu sunt imobilă. Și nu pentru că nu pot să mă mișc, ci deoarece nu știu încotro să mă îndrept. Și de vreme ce ai mei nu mai trăiesc, sunt și mai pierdută.

Se ridică netezindu-și fusta cloșată albă, iar el observă că avea picioare lungi, bine desenate. „Probabil că trăiește în sala de sport", se gândi bărbatul.

– Trebuie să plec, Alex. Am un coșmar care m-așteaptă și de care trebuie să mă ocup.

– Îți dau numărul meu de telefon. Dacă ai nevoie de ceva, sună-mă.

Ea încuviință, își schimbară numerele și plecă fără niciun chef. Nimic bun nu o aștepta. Optimista incurabilă din ea murise odată cu părinții ei.

Lumea își lua la revedere, pe rând, de la surorile Ford.

„A fost o ceremonie frumoasă", spuneau ei și Brianna îi privea uimită. Ce frază tâmpită pentru un eveniment tragic! Salonul se eliberă pe la ora șase după-amiaza, apoi cele trei surori ieșiră în curtea din spatele casei. Erau epuizate în urma acelor zile de coșmar. Brent, soțul Briannei, apăru cu o carafă cu un lichid galben, portocaliu și roșu, cu gheață și bucăți mari de portocale.

– Sper că ai pus alcool, zise soția lui.

Brianna părea o femeie vulnerabilă; când o priveai, aveai chef să o protejezi, să o iubești. În realitate, era o forță a naturii. Știa ce voia și nu ezita să ceară ce era al ei.

– Da, iubito, replică Brent, servindu-le pe toate trei.

Înalt, brunet și amabil, bărbatul era tot ce-și putea dori o femeie.

– Ce vom face acum? întrebă Tara întinzându-se pe șezlongul de lângă piscină.

La câțiva metri depărtare se afla un chioșc acoperit cu flori, unde deseori familia Ford lua masa, iar în partea stângă a curții mai era o casă mică pentru musafiri.

– Tot ce n-am făcut cât au fost ei în viață, răspunse Joy, cea mai mare dintre ele.

La treizeci și trei de ani era celibatară și știa că părinții și-ar fi dorit să fie „la casa ei". Își dorea și ea asta, dar se pare că era atrasă doar de Mr. Wrong.

– Să le onorăm amintirea, adică să reușim în viață, adăugă ea.

Joy era cea mai înțeleaptă dintre ele. Era pasională și perseverentă și știa să se facă respectată, în primul rând respectându-i pe ceilalți. Era amuzantă, iar angajații ei o iubeau. Stinky Flower, cum se numea barul ei, avea cincisprezece angajați și toți îi erau fideli, fiindcă Joy era o patroană bună. Nu ezitase niciodată să-l ajute pe unul dintre ei când avusese probleme, iar zilele acelea, cele mai urâte din viaţa ei, aceştia îşi arătară recunoştinţa, ajutându-le pe surorile Ford în durerea lor.

– Mâine vine avocatul cu testamentul, anunţă Brianna. I-am spus că mi se pare oribil de repede, însă a zis că este important. Pentru mine nimic nu mai este atât de important. Doar dacă asta i-ar aduce înapoi, şopti ea şi începu iarăşi să plângă.

Brent o luă în braţe ca pe un copil şi o sărută pe creştet, legănând-o.

– Va trebui să ne abţinem în public, a fost de părere Tara. Oamenii nefericiţi nu sunt iubiţi de nimeni.

– Ştii pe cine nu iubesc eu? întrebă Brianna supărată. Pe aşa-zişii prieteni care o iau la fugă când apare un necaz. Şi mai sunt şi divorţaţii. Exagerează mult şi vorbesc numai despre asta. Dacă voi fi vreodată în această situaţie, promit să nu obosesc pe nimeni cu tâmpeniile mele.

– Dar nu vei fi niciodată, iubito. N-am putea trăi separate.

– Eu aş putea, rosti ea ca un copil răsfăţat, iar surorile ei zâmbiră.

Ştiau că sensibila Brianna era capabilă de multe. Putea convinge şi o călugăriţă să facă striptease, dacă asta voia.

– Totuşi, este grav ce afirmi, Bri, interveni soţul ei.

Ea ridică din umeri.

– Nu-i aşa grav.

– Cum de nu-i aşa grav? întrebă el supărat. E oribil.

– Nu, Brent ! Ştii ce e oribil de grav? se răţoi Brianna. Faptul că părinţii mei sunt morţi. În rest, nimic nu e important.

Cu fața frumoasă ca a unui copilaș răzgâiat, pe Brianna nu se putea supăra nimeni. Brent doar ridică mâna în semn de capitulare și nu mai spuse nimic.

Rolls-ul negru făcu înconjurul rotondei din fața casei cu două niveluri, apoi se opri. Un bărbat în costum bleumarin scump și cu o valiză diplomat în mână sună la ușă. Joy îl întâmpină. Era avocatul lor de peste zece ani și ele îl considerau ca pe un membru al familiei.

William se lăsă condus în biroul tatălui lor de la parter, unde Tara, Brent și Brianna îl așteptau. Nu mai aveau unchi, mătuși sau bunici. Erau *singure pe lume*, cum le zicea adesea mama lor. Se aveau doar pe ele și până atunci le convenise situația asta. Bunicii parentali muriseră cu ani în urmă, iar pe cei ai mamei lor nu-i cunoscuseră niciodată. Mama lor nu mai ținuse legătura cu ei de la optsprezece ani, de când părăsise căminul părintesc.

– Ia loc, William, îl invită Joy politicoasă. Cu cât terminăm mai repede, cu atât mai bine.

El le privi pe toate trei pe rând, apoi le spuse direct:

– Voi fi foarte scurt... din păcate.

Ele se uitară la el, așteptând.

– Nu e mare lucru de zis, adăugă William dându-le cele trei cópii ale testamentului. Tatăl vostru a făcut investiții proaste în ultimii doi ani.

Ele răsfoiră febril paginile date de avocat.

– A pierdut totul, concluzionă el.

– Poftim? strigă Brianna. Despre ce vorbești?

– V-a mai rămas doar casa din Hermosa Beach. În rest, nimic.

– Şi casa asta? întrebă Joy şocată.

– Îmi pare rău, Joy.

Ele se priviră una pe alta încercând să atenueze şocul. Avuseseră dintotdeauna o existenţă mai mult decât bună.

– Şi ce, crezi că dacă-ţi pare rău, o să ne ajute la ceva? strigă Brianna la avocat.

– Calmează-te, Bri, interveni Brent, nu el ţi-a ucis părinţii.

– Poate că nu, dar în mod cert putea să-l sfătuiască mai bine pe tata în privinţa afacerilor.

– Ştii bine că John nu asculta de nimeni, Bri, zise William.

Da, ştia.

– Ce ne vom face? întrebă Tara disperată. N-am serviciu. Sau vreo meserie. Şi nici un bărbat bogat. Nu pot trece de la caviar şi şampanie la apă cu pâine.

– Mai aveţi casa de la plajă. E enormă, puteţi să locuiţi în apartamentul de sus, iar celelalte trei apartamente şi două studiouri să le închiriaţi, aşa cum face multă lume. Cu banii de pe chirii puteţi trăi confortabil.

– Aşa cum face multă lume săracă, vrei să spui, comentă Brianna nemulţumită.

– Oamenii săraci nu au vile de 600 de metri pătraţi pe ţărmul oceanului, Bri.

– Şi când spui confortabil, te gândeşti la mâncare şi dormit? replică Tara ironic.

Joy îşi dădu ochii peste cap.

– Ce-am zis așa bizar de-ți ies ochii din orbite? își întrebă Tara sora. N-am serviciu, n-am iubit, n-am nimic.

– O să fiți bine, le asigură William. Într-o jumătate de oră am o altă întâlnire și va trebui să plec. Mai aveți și alte întrebări?

– De tot felul, răspunse Tara. Și toate încep cu „Ce-ar fi fost dacă?" sau „Poate că dacă?", „De ce?" și „Cum?"

– Cele mai grele întrebări, încuviință William, dar și cele mai nefolositoare.

– Cât mai putem sta în casa asta? întrebă Brianna. Casa copilăriei noastre.

Își șterse repede ochii, iar Brent o sărută pe umăr.

– Două săptămâni. Persoana care a cumpărat-o vrea să se mute imediat, răspunse William, fără să le privească în ochi.

– Ce nu ne spui, William? îl iscodi Joy, iar avocatul se foi jenat. Cine e cumpărătorul casei?

– Un om foarte bogat. Perkins, nu mai știu cum, răspunse el după ce tuși și își drese glasul, apoi își privi pantofii negri lucioși. Și pe soția lui o cheamă Raven.

Urmă o pauză. Tara tresări. La fel și surorile ei.

– Raven!? exclamă Tara. Raven acea Raven, cea care îmi face viața un coșmar de cinci ani? Scorpia care mi-a chinuit familia? Sau Raven-Symoné? Spune-mi că este Raven-Symoné!

– Nu, zise Brianna și o forță să stea jos. Raven, cea căreia i-ai furat bărbatul. Toate astea nu s-ar fi întâmplat dacă...

– Stop! spuse Joy ridicând o mână. N-au niciun sens certurile sau reproșurile.

Apoi, întorcându-se spre Brianna, adăugă încet:

– Nu Tara i-a omorât, Bri. Și nici Raven n-a făcut-o.

– Nu, consimți Tara, plângând, însă ne-a luat casa și sunt sigură că nu o să se oprească aici. Nu m-ar mira să aflu că ea l-a îmbătat și i-a vândut marijuana imbecilului ăla de la volan care ne-a ucis părinții. Femeia asta a decis să-mi facă viața coșmar, și a reușit.

– Asta e alegerea ei, interveni William. A ta este să ai grijă de tine, pentru că nimeni altcineva nu o va face, Tara.

Roșcata îl privi cu fulgere în ochi.

– E clar că nu tu, William. Să vedem acum, când nu o să mai fii plătit cu 300 de mii de dolari pe an, dacă o să ne mai vizitezi.

El nu spuse nimic, dar îi părea rău că îl trata așa. Iubise familia Ford și va continua să o aprecieze chiar dacă nu va mai fi plătit.

– În urmă cu doi ani, William, adăugă Tara supărată, în timp ce încercai să ți-o bagi în pat pe secretara lui tata, el era să moară înecat.

– A fost o greșeală, Tara, știi asta. N-aș fi putut face așa ceva intenționat.

– Și totuși ai făcut-o, nu-i așa?

Joy puse punct la acea discuție inutilă. Aveau destulă durere în viața lor actuală și certurile ar fi fost o suferință în plus. Trebuiau să se concentreze pe viitor, și nicidecum pe trecut. Aveau o grămadă de acte de rezolvat și o grămadă de cutii de umplut, dar înainte de toate, Joy își dorea să petreacă o zi liniștită cu surorile ei. Așa cum o făceau înainte. Îl conduse pe William la ușă, apoi servi șampanie rece la piscină.

– Ştiu că n-avem nimic de celebrat, din păcate, spuse Joy, însă cred că ne-ar prinde bine o mică pauză. S-au întâmplat prea multe într-un timp prea scurt şi creierele noastre au nevoie de puţină pauză.

– Da, ai dreptate, consimţi Tara, după care o împinse în piscină pe Brianna.

Aceasta ieşi nervoasă şi se răţoi la sora ei:

– Ai înnebunit ?

– Am crezut că o să-ţi placă.

– Da. Ca atunci când am fost în vacanţă la ferma din Wisconsin şi m-ai închis în grajd cu tăuraşul ăla.

– Oh, ce scump era...

– Era nervos, asta era! ţipă Brianna. Nervos şi excitat.

Îşi aduseră aminte cum urla Brianna şi cum o alerga Ferdinand, tăuraşul nebunatic, şi începură să râdă. Fără să spună nimic, cele trei surori se gândeau la acelaşi lucru: nu vor mai avea niciodată o vacanţă împreună cu părinţii lor. Dar măcar se aveau una pe alta.

# 2

S-a adeverit că, de fapt, n-aveau atâtea cutii de umplut. Raven cumpărase casa cu mobilă cu tot. Aproape că le lăsase fără suvenire. Vaza de culoare roz din Veneția pe care mama lor o cumpărase în una dintre vacanțele de familie, o lucrare a sculptoriței Sylvia Show Judson, prețiosul tablou van Gogh al tatălui ei și multe altele.

– Oricum, mobila din casa noastră nu s-ar fi potrivit aici, pe plajă, se consolă Joy desfăcând ultima cutie cu haine și aranjându-le în dressingul încăpător.

Fetele Ford adorau casa de la plajă, unde obișnuiau să vină des, dar căminul lor din Brentwood era o mare pierdere. Acea casă era locul pe care ani de zile îl împărțiseră cu părinții lor, iar în acel moment Raven le smulsese de acolo, încercând să le fure parcă și amintirile. Tara era sigură că, dacă Raven ar fi putut intra în inimile lor ca să le jefuiască, să le ia și de-acolo amintirile dragi, ar fi făcut-o.

– De ce trebuie să iau dormitorul cel mai mic? se plânse Tara, ca de obicei.

– Fiindcă ești cea mai mică, răspunse Brianna.

— Asta ar însemna, zise Joy, că ar trebui să am dormitorul cel mai mare, nu-i așa, Bri? Însă l-ai luat tu.

— Da, întrucât suntem doi. L-ai uitat pe Brent?

— Ah, deci sunt singură și n-am dreptul la dormitorul cel mai bun. E ca și cum aș fi deja în infern și mă faci să plătesc pentru asta.

— Dormitorul tău este superb, o consolă Brianna privind camera luminoasă cu pereți din sticlă prin care se vedea oceanul. Și, în plus, dressingul și baia sunt foarte spațioase.

— Avem noroc, zise Tara, așezându-se pe fotoliul de pe terasă, că am reușit să obținem casa asta.

Surorile ei erau de acord.

Era confortabilă, chiar pe plajă, și niciodată nu te simțeai singur acolo. Dimineața, californienii sau turiștii făceau jogging, mergeau cu bicicleta sau se plimbau cu câinii pe cele două piste care separau plaja de vilele moderne, cele mai multe făcute doar din sticlă și beton. Pe plajă era mereu cineva care juca volei, iar în larg vedeai surferi. Era un loc agreabil.

— De mâine va trebui să începem *recrutările* pentru viitorii locatari; am pus anunțul de o săptămână și am zeci de cereri, preciză Joy.

— N-ar trebui să discutăm despre ce fel de persoane să alegem? întrebă Brianna.

— Este ușor, replică zâmbind Tara. Trebuie să fie toți tineri, faini și celibatari. Nu vreau copii în jur. Fac des treaba mare, vomită pe tine...

– Ultimul care a vomitat pe tine ți-a devenit iubit, deci nu văd unde e problema, spuse râzând Brianna.

– Am cunoscut pe cineva, zise Joy, calmă ca de obicei. Dar deocamdată nu vi-l prezint. Mi-e frică să nu-mi poarte ghinion, cum mi s-a întâmplat cu ceilalți.

– Mda, rosti Tara ironic, pentru că ni i-ai prezentat n-ai rămas cu niciunul, într-adevăr. Nu pentru că ai ales doar cretini.

– De ce ești rea? Am cunoscut și băieți buni, însă n-a fost să fie.

– Definește „bun", îi ceru Brianna. Poate François, francezul care la cinci minute după ce l-ai cunoscut ți-a propus un film la cinematograf sau un duș împreună? Tocmai el, care venea din țara lui Molière, voia să facă un duș! Surprinzător din partea unui francez, zise râzând Tara.

Brent veni să le întrebe dacă vor să bea ceva și, din greșeală, călcă pe încărcătorul telefonului, lovindu-se.

– Dumnezeule, doare al naibii! E cel mai dureros lucru care mi s-a-ntâmplat vreodată. Și asta o spune cineva care a fost lovit în testicule de un cal.

Fetele zâmbiră pe ascuns, apoi el se întoarse șchiopătând în bucătărie, cu Brianna pe urmele lui.

– Te-ai lovit tare, iubitule?

El o privi încruntat.

– De ce ești așa înțelegătoare în ultimele zile? Ești bolnavă? Sau poate sunt pe moarte și nu știu? Sau poate doar mă urăști în secret și vrei să-mi faci ceva la noapte?

Ea își dădu ochii peste cap, îl sărută tandru pe buze, luă o portocală și se întoarse la surorile ei.

– Cum mai este viața de femeie căsătorită? întrebă Joy.

– Toată ziua împreună. Unul peste altul, răspunse ea privindu-le pe amândouă în parte. Și nu în sensul bun.

– Blestem contemporan, așa ar trebui să se numească uniunea aceasta ridicolă. N-am să înțeleg niciodată de ce naiba se mai căsătorește lumea, rosti Tara plictisită.

– Ca să-și dovedească dragostea unul față de celălalt? Să-și exprime dorința de a fi lângă persoana iubită? Nu-ți spun nimic toate astea?

– Tâmpenii. Toate doar tâmpenii.

Joy intră în dressing și îmbracă o rochie de dantelă crem, iar în picioare își puse sandale cu barete fine, negre, și cu tocuri subțiri. Făcu o piruetă și-și întrebă surorile cum arată.

– Perfect, răspunseră ele în cor.

Joy zâmbi. Avea buze potrivit de groase, păr șaten închis, lung până la umeri, și un corp bine proporționat, deși și-ar fi dorit să aibă fundul mai mic și pieptul mai mare. Natura fusese bună cu ea, soarta, mai puțin. Aproape toți iubiții ei o înșelaseră. Joy era o femeie generoasă, fidelă și tandră, și toată viața fusese atrasă de bărbați egoiști, infideli și seducători.

– Haide, spuse Tara, prezintă-ni-l pe noul tău iubit. Promitem să fim cuminți.

– N-am încredere în voi, replică Joy.

– Nici n-ar trebui, zise glumind Tara. Încrederea este extrem de supraestimată în zilele astea.

Joy se schimbă iarăşi în şortul alb şi maioul lăbărţat.

– Aţi terminat de despachetat?

– De trei zile, răspunse Brianna.

Tara doar încuviinţă.

– Ca scuză, le reaminti sora lor mai mare, lucrez douăzeci de ore pe zi. Să fii proprietara unui bar nu e un lucru chiar atât de simplu.

– Şi eu lucrez. Tara e parazitul familiei, spuse Brianna glumind doar pe jumătate.

– Faci şi tu douăzeci de ore pe săptămână şi te comporţi ca femeia de afaceri a anului, o ironiză Tara. Ai noroc că Brent e şeful tău şi că e cumsecade. Nu-l meriţi, dar el nu ştie încă.

– De unde ţi-a venit ideea asta stupidă? bombăni Brianna.

– Te-am auzit aseară pe terasă, dincolo de uşa asta, spunându-i lui Ashton cât de dor ţi-era de el.

Brianna se foi jenată pe fotoliul cu perne moi, albastru cu alb, iar surorile ei o scrutară; Tara zâmbi victorioasă, însă Joy era mirată.

– Chiar aşa?

Brianna ridică din umeri nepăsătoare, apoi îşi trimise sora mai mare la plimbare.

– Ia un Xanax. Sau puneţi sandalele cu tocuri de 15 centimetri şi ieşi puţin în lume. O să-ţi facă bine. Şi mie, de altfel, mai adăugă ea încet, apoi se întoarse spre Tara şi o apostrofă: Zâmbeşti ca o fraieră. Nu ai viaţă personală şi te-ai gândit să mă spionezi?

– Nu mi-a fost greu deloc și nici nu mi s-a părut că te ascundeai. Știai că eram în camera mea și că se auzea totul. Dacă voiai să fie un secret, nu-i spuneai atât de relaxată lui Ashton cum l-ai linge din cap până în picioare.

Brianna își dădu ochii peste cap.

– Crezi că am făcut-o dinadins, ca să mă auzi? Că am nevoie de sfatul tău?

– Da, răspunse Tara calm, iar Joy se așază pe un fotoliu și-și puse picioarele pe măsuța rotundă din față.

– Bine, spuse Brianna renunțând, ai dreptate. Sunt îndrăgostită până peste urechi, dar disperată.

– Te-ai culcat cu el? întrebă Joy.

– Doar de câteva ori, însă nu-i așa grav.

– Cum poate să nu fie grav faptul că ți-ai înșelat soțul, Brianna?

– Fiindcă s-a terminat. Nu o vom mai face.

– Dar ai făcut-o deja! E ușor să ai conștiința curată după ce ai obținut ceea ce ai vrut.

– Obținut ce am vrut!? Mă vezi cumva în vila lui din Belair?

– Deoarece ai fi capabilă să-ți părăsești soțul și să te muți cu asociatul lui? Afemeiatul numărul unu din Los Angeles! zise ironic Joy.

– Încearcă toată America, spuse Tara, care în același timp îi răspundea lui Alex printr-un mesaj scris. Și apoi, nu mi s-a părut deloc că vă luați la revedere ieri-seară. În conversația voastră erau foarte multe mâini, limbi, sâni...

– Mai taci odată, șuieră Brianna întinzându-se și aranjându-și coafura.

Părul blond îi era puțin tapat și ajungea până la umeri. Avea o șuviță care-i cădea pe față, iar ochii de un albastru-cenușiu scrutau în depărtare. Nu părea deloc stresată sau vinovată. Asta era Brianna. O răsfățată a naturii căreia i se cuvenea totul.

– Nu subestima importanța acestui act, o avertiză Joy ridicând un deget. Sexul incredibil, în afara căsătoriei, vine întotdeauna la pachet cu presiunea, lacrimile și culpabilitatea.

– Habar n-aveți cum mă simt, preciză sora lor fără să recunoască faptul că era deja stresată.

– Știi ceva, Bri? Ai perfectă dreptate. Habar n-avem. Dar știm cum o să-i fie lui Brent și te asigur, e oribil. Mințit, înșelat, trădat. Îl vei demola. Uită-te la mine, zise ea ridicându-și mâinile. Am treizeci și trei de ani și încă sunt celibatară. E greu să găsești pe cineva compatibil, bun. Iar Brent este un băiat extraordinar. Nu da cu piciorul la așa ceva, pentru că vei regreta.

– Am devenit cuplul cel mai plictisitor din lume; nu ne mai rămâne decât să facem terapie cu aerosoli și să ne apucăm de croșetat. Vreau mai mult de la viață... N-aș putea, oare, să-i am pe amândoi?

Surorile se priveau mirate.

– Nu cred că-l mai iubesc pe Brent...

– Însă este foarte grav ceea ce afirmi, Bri, îți dai seama de asta? Credeam că este doar o fază de-a ta.

– Da, Joy, îmi dau seama. Doar eu mă forțez de trei ori pe săptămână să mă culc cu el, nu tu. Deci scutește-mă de o lecție de viață, pentru că nu de asta am nevoie.

– Ce ai nevoie, interveni Tara, e un picior în fund, răzgâiato! Ai impresia că ești buricul pământului și că toată Terra se învârte în jurul tău. Am o veste pentru tine, prințeso: lumea nu a început și nici nu se va termina cu tine. Dacă Brent te părăsește, nu vei fi decât o asistentă cu un ajutor de șomaj de mizerie. Vei cădea de pe podiumul tău de prințesă pe locul al doilea. Și știi ce se spune: „Locul al doilea e primul *looser*". Ca să nu mai vorbim despre ce va fi scris pe piatra ta funarară:

*#ofrecapeplajă*
*#votcaorange*
*#ashtondavisprintuldinbelair*
*#printesadegheataparasita #ahhhh*

– Sunt cu el de când am douăzeci și doi de ani! M-am căsătorit prea repede. A fost o greșeală. Vreau să-mi trăiesc viața, așa cum și voi o faceți.

Pauză. Își duse un deget la gură.

– Mmmm, poate nu chiar așa cum faceți voi, însă înțelegeți ideea. Vreau să fiu liberă.

– Liberă ca să faci sex cu Ashton sau cu alți bărbați? Căsătoria nu te-a împiedicat totuși să o faci, spuse Joy.

– Nu-l mai iubesc pe Brent. E atât de plictisitor. Reglat ca un ceas, veșnic zâmbitor, întotdeauna acolo. Disponibil 24 de ore din 24 la fel ca numărul de urgență 911. Știți ce înseamnă asta?

– Da, rosti Joy calmă. Că ți s-a urât cu binele.

Din sufragerie, Brent auzea totul. Intrase în casă ca să-i facă o surpriză Briannei, dar el era cel surprins. De fapt, nu chiar atât de uimit. Ştia despre relaţia ei cu asociatul lui, însă sperase că se va termina. Soţia lui era capricioasă, răsfăţată şi se plictisea repede. De aceea decisese să închidă ochii; se întorcea mereu la el. Brent cel răbdător. Brent cel iubitor. Prostul satului. A fi cu ea era crucea pe care trebuia să o poarte. O iubea şi credea că şi ea îl iubeşte. Măcar puţin. Dar nu. Cu cât îl respingea mai mult, cu atât era mai dependent. O dependenţă dureroasă de care nu se putea elibera.

– I-am dat totul lui Brent, îşi auzi el soţia de dincolo.

– Ai sărit peste câteva etape, Bri, spunea Joy. Cum ar fi: încrederea, adevărul şi respectul. Ţi-ai dat doar trupul şi, după atâţia ani, ai rămas la stadiul ăla.

– Şi ce sugerezi, un transplant de măduvă? Viaţa e prea scurtă ca să urmez la perfecţiune regulile, Joy. Te pierzi în detalii, de-aia nu avansezi şi la treizeci şi trei de ani eşti celibatară.

– Detalii? replică Joy zâmbind ironic. Totuşi, astea sunt bazele unei relaţii trainice, Bri! Sănătoase. Fără de care nimic nu durează. Cum de nu înţelegi?

– Am treizeci de ani şi am chef să mă distrez. Ce-i rău în asta? Conversaţia e încă bună, însă sexul e gata, zise Brianna ridicându-se şi privindu-şi surorile.

– Şi crezi că ai probleme pentru că sexul este prost sau sexul prost vă creează probleme în cuplu? întrebă Tara.

Brent apăru şi el pe terasă. Avea privirea tristă şi-şi ţinea mâinile în buzunare. Brianna aproape că se dezechilibră când îl văzu. Era foarte supărat, iar ea n-avea niciun chef să se justifice sau să încerce să iasă învingătoare din acea situație. Știa când trebuia să se oprească... Mă rog, doar câteodată.

– Ce faci aici, Brent? îl iscodi ea cu aerul cel mai nonșalant din lume.

În definitiv, poate nici nu o auzise.

– Am venit să discut cu tine, Bri, răspunse el blând și ele știau că făcea eforturi supraomenești ca să nu plângă.

– Așază-te, îi spuse Joy și-i oferi un scaun.

– Nu e genul acela de discuție...

Cele două surori se ridicară instantaneu.

– Nu e nevoie să plecați, le zise el zâmbindu-le trist. E chiar bine că sunteți toate trei aici. Suntem adulți, așa că o să mă comport ca atare. Voi fi direct și onest, ca întotdeauna. Am auzit totul, sunt foarte supărat, dar deocamdată nu vreau să iau decizii sau să port o discuție.

Se întoarse și o privi direct pe Joy.

– Aș vrea să închiriez garsoniera de la parter. Ești de acord?

Ea încuviință, iar el plecă.

Bri își ridică mâinile la cer. Nu părea foarte supărată. Doar surprinsă.

– Bănuiesc că destinul și-a făcut datoria mai bine ca mine, nu-i așa? Știți ceva? Mă bucur. O să-i împachetez rapid hainele și o să i le mut la parter.

– Totul în viața ta a fost rapid, o certă Tara, căreia, chiar dacă nu era un exemplu de onestitate sau de orice altceva, îi părea rău pentru Brent. Ai abandonat iute facultatea, te-ai măritat în grabă, ți-ai găsit un amant repede, iar acum asta. Totul e rapid cu tine.

– Mai du-te naibii, Tara! Cine ești tu ca să mă psihanalizezi?

Joy îl plăcea mult pe Brent și regreta situația, însă știa bine că sora ei putea fi crudă. Și mai știa că Brianna nu conștientiza încă pierderea și tot ce va decurge din aceasta, în viitorul apropiat.

– Nefericirea are nevoie de companie, îi zise ea blând, nu ne îndepărta când ai cea mai mare nevoie de noi, Bri.

– Câteodată, compania te face nefericită, replică ea indiferentă. Dacă vreți să mă ajutați, comportați-vă ca două surori, nu ca două cățele.

Gata, încheiase un capitol din viața ei și era pregătită să meargă mai departe. Asta era Brianna. Dornică de independență și foarte inconștientă.

Trecuseră deja trei zile de când tot intervievau și se săturaseră de povești cu zâne și cocaină. Avuseseră parte de gospodine disperate, minore care se culcau cu adulți și credeau că și ele erau adulte, doi homosexuali cu promisiuni serioase de serviciu și o profesoară de filosofie, distantă, care arăta ca un ghem plin de ură.

– Ohh, gemu Brianna, câți nebuni în libertate! Nu o să reușim niciodată să închiriem cuiva normal, cu care să trăim în pace, fără să ne fie teamă că o să fim tăiate în bucățele noaptea, în somn.

– Au trecut două săptămâni de când Brent s-a mutat la parter și tu ți-ai pierdut serviciul, spuse Joy. Ce ai de gând să faci?

– O să vând mașina, răspunse Bri din poziția de yoga. Era suplă și elegantă.

– Dar nu e mașina ta, zise Tara.

– Știu. Va trebui cumva să o vând.

– Vorbești numai tâmpenii, opină Joy, și ți-ai ales să faci yoga tocmai acum când avem de văzut o nouă candidată. Haide să coborâm.

Merseră în curte; în stânga erau șezlonguri cu perne roșii cu dungi albe, iar în dreapta, o masă mare cu umbrelă. Din două sărituri erai pe plajă, casa fiind construită chiar pe promenadă, cu fața la ocean. La câțiva metri depărtare văzură o brunetă drăguță la vreo treizeci de ani, îmbrăcată într-o bluziță albă cu buline negre și pantalonași negri cu buline albe. Era frumușică, veselă și cam ruptă de realitate.

– Bună, le salută ea deschizând portița albă din lemn și întinzându-le mâna. Mă cheamă Sunny Halliwell și am venit pentru apartament.

Avea ochii albaștri mari și o guriță în formă de inimă. Joy se gândi că seamănă cu Isabelle Adjani la douăzeci de ani. O invitară să se așeze și o serviră cu limonadă rece.

– Sunt profesoară de yoga, adăugă Sunny, după ce le făcu câteva complimente cu casa, nu fumez, n-am copii, prieteni ciudați și, în general, nu sunt complicată. Actuala mea locuință este la doi kilometri de aici, tot pe plajă, însă este vila pe care iubitul meu – de care am decis să mă despart – o închiriază.

– Ne pare rău că vă despărţiţi, spuse Joy, iar Tara şi Brianna încuviinţară.

– Mie nu. A înnebunit total şi, ca atare, mă retrag.

Ele nu spuneau nimic, doar aşteptau să vadă dacă ea voia să le dea amănunte.

– Anul trecut a avut o aventură, continuă Sunny spre fericirea lor. Suntem de cinci ani împreună, aşa că am decis să facem terapie de cuplu şi să îi mai dau o şansă. Săptămâna trecută m-a anunţat că vrea să treacă în domeniul asistenţei sociale.

Luă o gură de limonadă şi zâmbi mulţumită.

– Aţi pus miere, e delicioasă.

Ele zâmbiră, aşteptând continuarea.

– Vrea să renunţe la medicină pentru asistenţa socială. E un tip căruia-i place viaţa de lux, prin urmare l-am întrebat cum crede că va putea plăti vila pe viitor? Deoarece e evident că nu vrea să se mute în apartament sau să renunţe la confortul cu care este obişnuit. Mi-a sugerat să muncesc mai mult. Câştig 6 000 de dolari pe lună, iar vila costă 15 000. Îmi place stilul meu de viaţă şi nu vreau să renunţ la el. Nu am niciun chef să muncesc ca o sclavă ca să plătesc o casă mare, inutilă, în care stau cu un bărbat care nici nu mă observă dacă nu am un platou cu mâncare în mână sau dacă nu sunt goală.

Surorile Ford o priveau şi o compătimeau. Se vedea că era o fată bună şi sinceră.

– L-am iubit mult, dar m-a dezamăgit pe măsură. Uneori vreau din tot sufletul să-l părăsesc, alteori nu ştiu sigur ce să fac, recunoscu ea.

– O să-ți vină idei când va trebui să faci striptease ca să plătești aparatele dentare ale copiilor, zise Tara, care o plăcea deja și ar fi vrut ca ea să fie unul dintre locatari.

– Ha-ha-ha, da! exclamă Sunny, m-am gândit la asta.

– Ce v-a sfătuit terapeuta voastră? întrebă Joy.

– Păi, mi-a spus că viața este scurtă și trebuie trăită, iar lui, în general, i-a arătat ce poziții prefera.

Făcu o pauză. Nu părea traumatizată.

– Se culcă și cu ea? întrebară deodată toate trei și Sunny ridică din umeri.

– Nu văd ce altceva ar putea face într-o poziția sau alta.

Zâmbete.

– Aveam bănuieli, așa că mi-am lăsat la un moment dat telefonul la ea în cabinet și i-am înregistrat. E foarte suplă la cei patruzeci și cinci de ani. Și el îi făcea niște chestii despre care nici nu știam că existau.

Surorile Ford erau fascinate.

– Haide, mută-te cu noi, o îndemnă Brianna fericită. O să ne fie bine împreună.

Sunny zâmbi. Și ea le plăcea pe surorile Ford, care erau atât de diferite una de alta. Joy era cea înțeleaptă, Tara, nebunatica familiei, iar Brianna, genul acela de femeie ca un copil căreia nu-i puteai da o vârstă.

– Pot să văd apartamentul? întrebă ea și, primind acceptul, intrară toate în casă.

La parter se aflau două studiouri și un apartament cu un dormitor, la etajul întâi erau încă două apartamente, unul cu un dormitor și altul cu două, iar la etajul al treilea, locuiau ele. Vila era superbă, modernă, cu vedere la ocean și fiecare apartament avea propria sală de baie și un dressing. Sunny se plimbă puțin și spuse veselă că-i place.

– 2 000 de dolari pe lună e puțin cam mult pentru mine, am putea negocia?

Ele acceptară fericite. În definitiv, era foarte important să se-nțeleagă bine cu locatarii.

Sunny se mută după o săptămână. La fel și Pamela Stanford, o fotografă de douăzeci și nouă de ani aflată într-o relație agitată cu un tenismen vedetă cu care era din liceu. La două zile după ele, surorile Ford închiriară și cele două apartamente de la etajul întâi. Cel cu un dormitor îi reveni lui Ed Camp, un actor de treizeci de ani în căutare veșnică de roluri și care provenea dintr-o familie înstărită, iar cel cu două dormitoare l-a luat psihologul Harrison O'Brian, care la cei treizeci și cinci de ani decisese să divorțeze de soția lui, din motive pe care încă n-avea chef să le discute cu nimeni.

Încet, locatarii de la Ocean House au făcut cunoștință. Câteodată, se strângeau seara în curte și luau aperitivul împreună sau mâncau. Formau un grup simpatic și, în afară de Henry și Brent, toți erau veseli. Ed, un pic prea mult.

Sunny reuși să o recupereze pe Baby, cățelușa ei alb cu negru – din rasa Pomeranian – care era iubită de toată lumea, și să-l înștiințeze pe soțul terapeutei de escapadele sexuale ale doamnei psiholog.

Brent muncea enorm de mult și rareori se alătura grupului. Se despărțise de Ashton, asociatul lui, pe care Brianna încă îl vedea, însă nu atât de des cum ar fi vrut. Ed, cu o alură sportivă, amuzant și foarte galant, ieșea aproape în fiecare seară cu câte o nouă iubită. Șaten, cu ochi căprui zâmbitori, avea aerul unui băiețandru care nu lua viața în serios. Părinții lui dețineau fabrici de cosmetice în cincisprezece state americane, dar pe Ed nu-l interesa afacerea familială, spre marea deznădejde a tatălui său. Singur la părinți, Ed crescuse între New York, Los Angeles și San Francisco, însă el prefera orașul Los Angeles.

Barul Stinky Flower era plin, la fel ca în fiecare seară. Pamela Standford admira felul în care Joy îl decorase. Era intim, confortabil și colorat. Ea prefera un colț liniștit cu o canapea în carouri albe și roșii, covor pastel și rafturi pline cu poze de actori celebri. În partea opusă trona o masă de biliard și pe aproape toți pereții erau televizoare cu ecrane mari. Vinerea la Stinky Flower era seara karaoke, sâmbăta, seara celibatarilor, și duminica, muzica anilor 1980. În seara aceea de duminică o formație de jazz cânta ceva din repertoriul lui Louis Armstrong și câteva perechi dansau.

Pam privi în jur, căutând-o fără succes pe Joy. Cu părul lung de culoarea mierii, înaltă, gura generoasă cu dinți puțin cam mari, dar care o prindeau bine, Pam era o femeie frumoasă. Născută în San Francisco, din doi părinți care, când a ajuns la vârsta de cincisprezece ani, au decis să se despartă, Pamela avusese o viață sufletească destul de tumultoasă, în ciuda faptului că Eugen, tatăl ei, s-a străduit să o protejeze. La cei douăzeci și nouă de ani, tânăra nu avusese prea multe experiențe amoroase, cea mai serioasă relație fiind cu William, un jucător de tenis foarte talentat, colegul ei de liceu. Din păcate, de câtva timp relația lor începuse să scârțâie; succesul și multele fete frumoase din viața lui nu erau ușor de acceptat. William era tânăr, cu o poftă de viață senzațională, dar s-a simțit repede prins în cușcă de iubita lui posesivă, cu care se certa în fiecare weekend și se împăca în fiecare luni.

Pasiunea lui Pamela era să fotografieze și, de câte ori avea ocazia, accepta câte un contract fie în New York, fie în Colorado sau California. Așa a ajuns să se îndrăgostească de Los Angeles și să decidă să se mute acolo.

Pam bătu în ușa biroului lui Joy și, cum nu răspunse nimeni, intră. Știa că avea nevoie de ajutor, chiar dacă ea evita pe toată lumea. Cu capul pe birou, noua ei prietenă și proprietară plângea. Joy era o persoană cu inimă bună, o femeie frumoasă, dar cu prea puțin noroc la bărbați, căreia-i muriseră părinții cu doar două luni în urmă. Pamela se apropie de birou și întrebă încet:

– De ce plângi?

Joy se îndreptă repede, își șterse fața și-și aranjă părul, apoi răspunse tot printr-o întrebare, dregându-și glasul și făcând haz de necaz:

– De ce au murit Romeo și Julieta?

– Ca să nu murim de plictiseală? răspunse interogativ Pam, mângâind-o pe cap.

Joy ridică din umeri şi începu iarăşi să plângă.

– Mi-e dor de părinţii mei, scânci ea, pe urmă, după o pauză, adăugă: Şi de Boy, iubitul meu despre care nu credeaţi că exista. Mi-a zis că eram fată bună, însă că nu era pregătit să intre într-o relaţie.

– Acel Boy pe care-l ţineai ascuns de frică să nu-ţi poarte ghinion dacă-l scoteai în lume? întrebă Pamela strâmbând din nas.

– Daa, răspunse Joy plângând exact ca o fetiţă de doisprezece ani. Ce nu e în regulă cu mine de-mi toarnă toţi fraze dintr-astea? E cea mai urâtă scuză din lume.

– Mai e şi: „Îmi pare rău, băieţii mi-au dat să beau şi habar n-am ce-am făcut", rosti Pam cu amărăciune. Sau: „Fosta mea iubită m-a făcut să-mi pierd încrederea în mine, nu cred că sunt bun pentru tine".

Joy îşi şterse lacrimile şi îşi privi prietena despre care nu ştia prea multe.

– Chiar aşa? o iscodi ea, apoi ridică tristă din umeri şi văzu în ochii Pamelei o suferinţă bine ascunsă. Regreţi despărţirea de William?

– Câteodată... Nu ştiu sigur. Aş vrea să întorc pagina şi să merg înainte, şi chiar aş face-o... dacă aş şti direcţia.

– Păcat că busolele nu ne ajută să găsim o astfel de direcţie, nu-i aşa? Crezusem că am găsit-o cu Boy, dar m-am înşelat. Iarăşi. Cum pot să îi aleg atât de prost, Pam? Sau e doar neşansa?

– Nu. Cineva a spus că e în legătură cu ceea ce nu suntem noi. Însușiri pe care nu le avem.

– Boy este alcoolic. Asta caut?

Prietena ei clătină din cap.

– Culmea ironiei, continuă Joy, este că el poate să stea două luni într-o clinică și să-și revină. Pentru demonii mei nu cred că există clinici.

– Fii serioasă, Joy! Tot ce ai nevoie este o seară în oraș cu prietenele și surorile tale.

– Crezi că o ieșire între fete o să mă facă să uit cât de bleagă sunt cu bărbații?

– Asta și prietenul nostru, Johnny Walker, preciză Pam serioasă.

– Cred că de data asta voi avea nevoie de mai mult decât o sticlă cu whisky, gânduri pozitive și respirații cu Sunny.

Pamela zâmbi.

– M-a trezit ieri la cinci dimineața și am făcut o ședință de yoga incredibilă. E fenomenală femeia asta și suntem norocoase să o avem cu noi la vilă. Veșnic este binedispusă și pentru toată lumea are câte o vorbă bună... sau un suc de legume.

Iubitul lui Sunny, doctorul Phil, începu să-i ducă lipsa și din când în când venea să o viziteze pe Baby; nu păcălea pe nimeni, se vedea de la o poștă că Sunny îi lipsea mult. Într-o seară chiar se autoinvită la masa lor din grădină și împrăștie complimente la toți locatarii, poate, poate va fi acceptat. Tara se făcu că se împiedică și-i varsă tot paharul de vin roșu pe tricoul alb imaculat.

– Bună mișcare, îi șoptise Sunny la ureche.

– Fac și eu ce pot, replicase zâmbind roșcata Tara. N-are Phil al tău un frate care să-i semene? Sau prieteni?

– O droaie de amici. Toți albi, sportivi și căsătoriți.

Joy și Pam stăteau confortabil pe fotoliile din piele maronie și se gândeau. Poate că nu erau atât de norocoase la bărbați, însă avuseseră noroc să se cunoască. Micul grup de la Ocean House se înțelegea foarte bine. Pamela se aplecă și luă sticla cu whisky din barul micuț cu lumini vesele.

– Crezi că o să ne ajute sticla asta să ne înecăm amarul? Alcoolul este bun câteodată.

– Alcoolul, da. Sticla aia, nu. E doar ceai în ea, spuse râzând Joy, puțin mai veselă.

Simțea că se apropia din ce în ce mai mult de Pamela. La fel și de Sunny, înțeleapta grupului.

Douăzeci de minute mai târziu, după cinci duști de whisky, cele două prietene își găsiră multe lucruri în comun: nu aveau iubiți și nici încredere în ele înseși, erau aproape de aceeași vârstă, le plăceau cățeii și amândouă credeau că Brianna era prea răsfățată.

Tara dădu buzna în biroul lui Joy și-și ridică mâinile la cer.

– Te-am căutat peste tot! zise ea arătând ca o păpuşă în rochia roşie, cloşată.

– Unde?

– În bar, aici...

– Ce vrei, Tara? Şi apropo, nu ştii să baţi la uşă? întrebă Joy enervată, care se simţea bine în prezenţa lui Pamela, fără sora ei gălăgioasă.

Tara luă sticla cu whisky şi, privindu-le cu reproş, spuse:

– E aproape goală!

– Sau aproape plină, zise Pam şi Joy pufni în râs.

– Hei, Tara, apropo, adăugă sora ei, la douăzeci şi doi de ani Gandhi avea trei copii, iar Mozart, treizeci de simfonii. Aşa că, data viitoare, bate la uşă, chiar dacă ai doar douăzeci şi cinci de ani.

Tara nu vedea nicio legătură între ea, Gandhi şi sticla cu whisky, dar ştia că n-avea niciun sens să-şi mai piardă timpul pe acolo. Cele două erau bete şi puse pe nebunii, aşa că le lăsă în pace şi continuă să o caute pe Sunny.

Sunny ieşea de la Mangiamo, din Manhattan Beach, un restaurant micuţ unde se mânca bine. O puse pe Baby în coşuleţul cu flori al bicicletei, îşi luă la revedere de la prietena cu care cinase şi se îndreptă spre promenada de lângă plajă. Era o seară cu Lună plină şi o adiere plăcută de vânt împrospăta atmosfera. Se hotărî să-şi lege bicicleta şi să se plimbe puţin, când deodată, pe o bancă pe ponton, îl văzu pe soțul Briannei; stătea și se holba în gol. Sunny se apropie și-l bătu ușor pe umăr.

– Deranjez? întrebă ea sfioasă.

Brent se întoarse și zise:

– Bună, Sunny, ce faci aici?

N-avea pic de interes și ea își dădu seama că-l deranja.

– Mergeam acasă...

În acel moment, un motociclist se îndreptă cu viteză spre ei, iar Brent sări și o trase pe Sunny din calea lui. Fata era șocată. Motociclistul nici măcar nu se opri. Brent o ajută să se ridice, apoi scoase din rucsac o sticlă cu apă plată și i-o întinse.

– Bea, o să-ți facă bine!

Ea se conformă ca un copil și duse automat sticla la gură, golind-o.

– Mulțumesc pentru apă, Brent. Și pentru că mi-ai salvat viața!

– Ești okay? o întrebă el calm.

Ea încuviință și pe urmă au stat așa mai bine de zece minute. Aveau amândoi nevoie de liniște.

– Ce seară plăcută, zise ea într-un final. Era stupid să mor așa. De fapt, moartea e stupidă.

El zâmbi.

– Deci vom vorbi despre moarte?

– Prefer asta decât să vorbesc despre relația mea cu Phil.

– E încă foarte îndrăgostit de tine; toată ziua vine la vilă.

– Prea puțin, prea târziu. A depășit limita, caz închis pentru mine.

– Pare atât de ușor când te aud, rosti el trist. Am trecut de la stadiul „Aș ucide pentru ea" la „Oh, Doamne, aș omorî-o!" Nu sunt atât de zen ca tine. Și nu e prima oară când Brianna mă înșală, dar tot nu m-am obișnuit cu asta.

– Nici n-ar trebui, Brent.

– O iubesc încă atât de mult, iar ei nici măcar nu-i pasă. Seara, când suntem toți reuniți la vilă și ea stă în fața mea indiferentă, îmi vine să-mi iau câmpii. Știi, când cineva te privește ca și cum ai fi totul, și apoi... nimic. E insuportabil.

Lui Sunny îi părea rău pentru el. Nu-l știa prea bine, însă părea un om bun.

– Brianna a devenit un monstru, continuă el. Și știi ce e mai grav? Eu l-am creat. Ani de zile de umilințe, în care n-am spus nimic, doar am iubit-o și am iertat-o. Mi-a zis că avea nevoie de timp. Să se deprindă cu viața de femeie căsătorită. Și că era prea tânără, și am crezut-o. I-am dat ce mi-a cerut. Și mai știi ceva? Am învățat că, dacă dai timp suficient oamenilor, îl vor folosi ca să te rănească.

Ea consimți cu o mișcare scurtă din cap.

– De aceea sunt hotărâtă să nu-l mai iert pe Phil. Știi treaba aia cu „O persoană care te-a rănit o dată o va face și a doua oară". Este adevărat. În plus, tatăl meu nu l-a plăcut niciodată, ar fi trebuit să țin cont de asta.

– Unde este tatăl tău?

– În orașul Providence, Rhode Island, unde am crescut. Mama ne-a părăsit când aveam șase ani, zise ea trist. Și-acum îmi aduc aminte scena. Eram îmbrăcată într-o rochiță de culoare roz cu volănașe și mâncam înghețată cu ciocolată. M-am pătat și mă străduiam să-mi șterg pata. Ea a intrat ca o furtună în bucătăria galben cu verde, a clătinat de două ori din cap, a ţâţâit de alte două ori şi apoi m-a certat: „Nu există zi în care să nu te pătezi. Nu există zi în care vecina Jacky cea cocoşată să nu ne fure ziarele sau gemenii vicioşi de peste drum să nu îmi murdărească maşina. Ştiu că n-are sens ce o să-ţi spun, Sunny, însă trebuie să plec, altfel voi înnebuni. Înţelegi, nu-i aşa?" Nu, rosti Sunny tristă, n-am înţeles atunci şi nu-nţeleg nici acum. Au trecut douăzeci şi patru de ani şi nu găsesc niciun sens în ceea ce a zis sau a făcut mama. Tatăl meu e un om bun, n-a făcut rău niciunei muşte în viaţa lui. De ce ne-a părăsit mama? Asta nu o să-nţeleg niciodată.

Brent o privi blând şi se gândi că părea o persoană tandră. Îi părea rău pentru ea şi conştientiză că nu era singurul cu „schelete în dulap".

– Tata, continuă Sunny, îi dăduse mamei mai multe şanse, dar în final, ea tot ne-a părăsit. Aşa că, vezi tu, n-am niciun chef să repet istoria. Şi nici tu nu ar trebui să mai accepţi.

– Ai dreptate. Nu o să mai accept. O să ridic nişte ziduri în jurul meu şi o perioadă o să mă ţin la distanţă de toţi şi de toate.

– Pari foarte trist... şi însingurat.

– Sunt îndrăgostit de ea, Sunny. Pur şi simplu. Ştiu că nu mă vrea, totuşi mi-e greu să accept. Nu văd altă portiţă de ieşire.

– Asta e soluţia ta, Brent? Să te izolezi? Ai treizeci şi doi de ani, eşti dentist şi arăţi ca un zeu. Crede-mă, pentru tipi ca tine, viața e făcută doar din lucruri faine. Doar trebuie să le observi.

– Arăt ca un zeu!? întrebă el zâmbind și începu să râdă. Mulțumesc.

Ea încuviință.

– Știi ceva? Mă simt deja mai bine, mărturisi el. Poate că ar trebui să facem asta mai des.

– *Asta* ce? Să te numesc *zeu* mai des sau să-mi salvezi viața?

– Ce-ar fi să începem cu o simplă prietenie? Ne vedem o dată pe săptămână, luăm prânzul sau cina împreună, povestim, ne spunem ofurile, ne plimbăm, mergem la cinematograf. Ceva în genul ăsta.

– Ca un cuplu căsătorit, sublinie ea.

– N-am pomenit de sex.

– Așadar, exact ca un cuplu căsătorit, repetă ea și Brent râse.

Se simțeau amândoi mai bine și stabiliră ca o dată pe săptămână să facă ce și-au propus. Pentru început voiau să țină totul secret; nu erau siguri că ceilalți – în special Brianna – ar fi înțeles relația lor platonică.

# 3

Îmbrăcată toată în gri şi purtând pantofi cu tocuri, Brianna bătu la uşa noului cabinet al lui Ashton şi intră. La recepţie nu era nimeni, iar de clanţă atârna un carton cu „Nu deranjaţi". Îşi aranjă părul blond, uşor tapat, zâmbi şi deschise larg uşa, vrând să-l impresioneze. Din nefericire, ea fu cea impresionată când o văzu pe secretară călărindu-i iubitul. Ashton îşi ţinea ochii închişi şi era în plin extaz. Tânăra drăguţă îşi întoarse capul şi o privi în timp ce se mişca languros pe el, prelungindu-i orgasmul.

Adevărul o lovi brusc, trezind-o la crunta realitate; îl lăsase pe Brent, care era onest şi iubitor, pentru un tip care călărea orice căţea. De fapt, el era cel călărit şi ea, cea părăsită. Brent alesese să se retragă din joc; o lăsase pe ea să câştige ceea ce meritase, dar victoria nu era a nimănui. Umilită şi dezamăgită, Brianna se retrase. O ardeau parcă ochii după ce văzuse scena toridă. Ce putea să-i spună lui Ashton? Că era un afemeiat şi un escroc sentimental? Ştia şi el asta. Oare surorile ei avuseseră dreptate când îi reproşaseră că făcea cea mai mare greşeală despărţindu-se de Brent? În felul ei încă-l iubea şi deseori îi simţea lipsa.

Obişnuiau să se uite seara la filme şi să mănânce popcorn, să se plimbe pe plajă la răsăritul soarelui şi să joace mima, râzând ca doi copii. Da, îl pierduse pe prietenul ei cel mai bun, singura fiinţă încă în viaţă care o iubise necondiţionat. Şi părinţii ei îl adoraseră pe Brent. Toată lumea îl iubea pe Brent, doar ea fusese oarbă şi inconştientă.

Se întoarse la vilă deprimată şi pe plajă o văzu pe Sunny făcând yoga. Se duse în casă, se schimbă şi ieşi afară hotărâtă să stea şi ea în cap măcar câteva secunde; Sunny era expertă în Chaturanga, Eka Pada Koundinyasana şi în arta conversaţiei. Toţi de la vilă o îndrăgeau şi-i respectau opinia.

După o oră de yoga, cele două femei se aşezară pe paturile din curte, pe urmă Sunny aduse o carafă rece cu suc de castraveţi, ghimbir şi ananas. Brianna o privi admirativ.

– Pari fericită, zise ea, iar Sunny zâmbi.

– Ţi se pare anormal?

– Nu. Voiam doar să-ţi spun că e fain să vezi pe cineva zen, aşa ca tine. Treci cu fruntea sus prin perioada de după despărţire, chiar dacă încă îl iubeşti pe Phil.

Sunny rămase tăcută.

– Îl mai iubeşti, nu-i aşa?

– Nu ştiu sigur. Şi nici nu vreau să ştiu exact. Nu mai pot fi cu el şi nu are rost să-mi obosesc mintea cu întrebări inutile. În timp, durerea o să treacă. Merg mai departe şi ştiu că într-o zi va fi mai bine.

– Brent m-a părăsit, însă eu am fost cea vinovată. Acum îmi dau seama cât de stupid m-am purtat.

– Îl mai iubeşti?

– Nici eu nu știu sigur. În orice caz, țin la el foarte mult. Brent nu mi-a făcut niciodată rău.

Chiar atunci soțul ei veni acasă și le salută zâmbindu-le timid. Brianna se ridică să-l întâmpine.

– Vrei să bei unul dintre sucurile sănătoase ale lui Sunny? Ne-ar plăcea compania ta.

Era exuberantă și arăta bine în șortul mulat alb și doar cu sutienul de yoga. N-avea un gram de grăsime pe ea, iar picioarele-i erau interminabile.

– Aș bea cu plăcere, dar în treizeci de minute am un pacient. Am venit doar să iau ceva.

– Poate altă dată, rosti ea amabilă și, întorcându-se pe pat, îi șopti lui Sunny: „Robot". E un tip destul de plictisitor și previzibil, de aia l-am înșelat. Totul e calculat cu el; niciun suspans, nimic.

– Unele femei se simt în siguranță cu un astfel de bărbat.

– Mda, rosti sec Bri, plictisită, cele moarte. M-am distrat cu Ashton într-o lună mai mult decât am făcut-o cu el în opt ani.

– Am avut o prietenă care, la fel ca tine, a căutat întotdeauna necunoscutul, focurile de artificii și tot ce e excitant. Când soțul a părăsit-o, și-a dat seama că avusese toate acestea cu el, însă n-a știut. Sper din tot sufletul să nu ți se întâmple la fel, spuse prietena ei și ridică din umeri. Îl placi mult pe Ashton?

Brianna luă o gură de suc și, privind oceanul cu ochii mijiți, răspunse:

– Da. La fel și secretara lui de douăzeci și cinci de ani căruia i-o trage în timpul serviciului. Am doi bărbați în viața mea: unul, seducător și mincinos, altul, cu un cod de onoare ireal, idealist și debil. Cine poate fi mulțumit cu asta?

— Ireal? interveni Brent din spatele lor, părând supărat foc. Asta numești tu când cineva așteaptă puțin adevăr și respect? Brianna, m-ai dezamăgit enorm. Dacă ți-ai fi făcut puțin timp și ai fi încercat să mă cunoști mai bine, poate ai fi văzut că sunt un om de valoare, nu doar un cont în bancă și prostul de serviciu care-ți înghite toate infidelitățile. Dar pentru asta ar fi trebuit să te oprești din critici... și să nu te culci cu asociatul și prietenul meu.

— Nu te-ai săturat să tot asculți pe la uși? se burzului Bri.

— N-ai nici măcar decența de a vorbi încet; știai că eram aici.

Ea își ridică umerii nepăsătoare și zise încet:

— Întotdeauna m-a agasat sensibilitatea asta a ta exagerată. Parcă ai fi o duduie suferindă.

— Cel puțin conștientizezi cât de mult jignești, Bri? Și sensibilitatea asta exagerată a mea se numește dragoste, dorința de a te face fericită. Însă cred că e ceva prea complicat pentru cineva atât de superficial ca tine.

— Auzi, știi ceva? Credeam că pot îndrepta lucrurile între noi, dar m-am înșelat. Voiam să „las o ușă deschisă", deși, de fapt, cred că am să ți-o trântesc în nas.

— Ușile de genul ăsta se deschid ușor, Bri. Și locul în care intri este fantasmagoric, ca apoi să devină coșmaresc. Am convingerea că ne-am căsătorit prea repede, așa cum ai menționat, și în timp ce credeam că te voi ajuta să devii femeie, ai trăit cu senzația că te târăsc și te forțez să intri în viața de adult. M-ai pedepsit pentru asta de multe ori.

– Nu, Brent, nu pentru asta, ci pentru faptul că te-ai comportat cu mine ca şi cum tu m-ai fi creat!

– N-aş crea niciodată un monstru, o înfruntă el.

– La început, nu te deranjau capriciile sau felul meu de a fi.

– Nu mi-am dat seama că o să fie un job cu normă întreagă.

– Ar trebui să te hotărăşti, omule. Data următoare când ai chef de un sfârşit de basm, du-te la cinematograf, nu încerca să mai plănuieşti vieţile altora. Şi mai controlează-ţi frica de schimbare; e aproape maladivă la tine.

El o privi şocat, iar Sunny dădu să se ridice, însă el o opri cu un gest al mâinii.

– Schimbare? Aşa numeşti tu infidelitatea, Brianna?

El privi cerul şi apoi din nou spre ea.

– Imaginează-ţi cât de mult te iubesc, de vreme ce eram gata să-ţi trec cu vederea şi faza asta. Voiam să te pun să alegi între mine şi Ashton. Cât de prost poate fi un om ca să facă asta? Te-am iubit mai mult decât pe viaţa mea, în schimb, eşti persoana care m-a rănit cel mai mult.

O privi cu tristeţe. Nu era ură. Brent nu era capabil de aşa ceva.

– Opt ani din viaţă irosiţi, spuse el, pe urmă se răsuci pe călcâie ca să plece, făcu doi paşi, apoi se întoarse iarăşi spre ea: Spune-mi totuşi pe cine ai fi ales?

– Pe mine, veni răspunsul rapid al Briannei.

– E pentru prima oară în ultimele luni când mărturiseşti adevărul. Chiar te cred.

– Şi de ce o spui ca pe un reproş? se oţărî ea. De când e o crimă faptul că mă iubesc pe mine însămi?

– Nu este. Ceea ce e rău e că nu mai iubești pe nimeni în afară de tine. Toți avem nevoie de cineva, Bri, dar prin egoism nu o să obținem mare lucru.

Ea își analiză plictisită manichiura, gest prin care Brent își dădu seama că a pierdut-o și că se lupta cu morile de vânt. Așa că nu mai spuse nimic. Doar plecă.

Brianna pufni, dându-și ochii peste cap. Sunny o privi revoltată.

– Ești o proastă, Bri. Nu o să mai întâlnești un bărbat care să-ți iubească atât de mult fiecare parte oribilă a minții.

– Nu te băga în treaba asta, Sunny! Habar n-ai cum e să fii măritată.

– Din păcate, nici tu.

Brianna zâmbi ironic, apoi trecu la atac.

– Ești ca un fel de Lagună Albastră, Sunny; de la depărtare, o oază de liniște binefăcătoare, dar când te apropii, îți dai seama că este plină de țânțari și cu umiditate mare. Nu știu de unde scoți toate tâmpeniile astea despre mine.

– Îți spun eu unde duc toate astea, Brianna: nicăieri!

– M-am înșelat: credeam că o să ne înțelegem bine, că o să fim cele mai bune prietene.

Sunny rămase tăcută. Pe urmă se ridică și intră în casă.

Telefonul lui Sunny sună și ea a fost surprinsă să-l audă pe Brent. Era a doua oară în acea săptămână, și nu era decât miercuri.

– Ce pot face pentru tine, Brent?

– Ar fi multe, dar e interzis de lege, spuse el glumind. Așa că, dacă ești disponibilă și o adevărată prietenă, m-ai lăsa să te invit la... E ora patru, deci te invit la ce vrei tu. Am anulat toate programările cu pacienții, prin urmare sunt liber ca pasărea cerului. Și știu că și tu ești.

– Și știi asta pentru că...?

– Sunt pe plajă și văd în camera ta.

– Cred că, în final, o să-mi cumpăr niște perdele.

– În Hermosa Beach?! Nu, nici vorbă!

Ea ieși pe terasă și-l văzu în costum și cu cămașa desfăcută, ieșită într-o parte din pantalon.

– Ai băut?

– Cum ți-ai dat seama? o întrebă el zâmbindu-i, iar Sunny îi zâmbi la rândul ei. E oribil ce i-am spus ieri Briannei. Am tratat-o ca pe ultimul om.

„Este nebun? se întrebă Sunny. Cum poate să fie atât de orb și să nu vadă că el este cel bun aici?"

– Oamenii afirmă tot felul de lucruri pe care nu le cred în asemenea circumstanțe. Dar să știi că ai avut dreptate, Brent.

– Vrei să mergem la un film diseară, Sunny? propuse el schimbând subiectul.

Ea se gândi puțin, iar el zise repede:

– E film sau vorbesc toată seara despre relația mea ratată cu îngerul amăgitor?

– Cinematograf este în cazul ăsta, răspunse ea râzând.

– Știi ce mă deranjează din divorțul ăsta și din faptul că nu m-am ales cu nimic?

– Că nu te-ai ales cu nimic?

– Opt ani, Sunny. Mi-am pierdut opt ani din viață cu ea.

– Nu aşa trebuie să gândeşti, Brent. Aţi avut momente bune, v-aţi iubit, deci n-a fost un timp pierdut.

Joy dădu buzna în apartamentul lui Sunny şi, bătând din palme, o anunţă pe prietena ei că are un iubit.

– E înalt, şaten cu ochi verzi şi e normal. Jur că ăsta e normal. Este actor, prieten cu Ed şi n-a fost niciodată căsătorit, în puşcărie sau gras. Toată lumea îi spune F.

– F de la...?

– F de la maică-sa, care e nebună, răspunse Joy ridicându-şi mâinile la cer şi având aerul unei adolescente. Nu ştiu ce i-a trecut femeii ăleia prin minte când l-a botezat Fat.

Sunny îşi duse mâna la gură forţându-se să nu râdă, însă Brent, care auzea toată conversaţia la telefon, o luă la fugă spre casă. În zece secunde a fost lângă ele, respirând sacadat şi cu părul zbârlit.

– Când o să mi-l prezinţi şi mie pe umflatul ăsta? întrebă el.

Sunny nu se mai putu abţine şi pufni în râs. Joy îl privi cu ochii mijiţi.

– Ai băut, îl certă ea.

– Nuuu!

– Tu, care le ştii pe toate şi eşti beat în plină zi, o să vii diseară cu Sunny şi cu noi la un restaurant din Merlose, o să te comporţi civilizat şi să nu faci aluzie la numele lui sau la schizoida de maică-sa.

– Da, să trăiţi, strigă el milităreşte şi ducându-şi mâna la tâmplă, în semn de salut, apoi căzu lat pe podelele din lemn de un gri deschis.

Cele două își înclinară capul spre stânga și-l priviră cum dormea dus, pe urmă săriră peste el și se instalară pe terasa cu vedere la superbul Pacific. Se anunța ploaie spre seară.

— Ador vremea asta, zise Sunny cu o expresie fericită pe față.

— Cum să mă îmbrac diseară? Aș vrea să-l impresionez pe F.

— Du-te goală; ai un corp frumos și chiar o să-l impresionezi.

— De o eternitate n-am mai avut o relație sănătoasă... sau cu un om sănătos. Vreau să iasă bine. Deci, cum mă îmbrac?

— Rochie neagră, simplă. Cu asta nu dai greș niciodată, răspunse Sunny și Joy a fost de acord.

La ora șapte fix, Joy intră în elegantul restaurant italian, căutându-l pe F cu privirea. Acesta se oferise să vină să o ia de acasă și ea regretă în acel moment că nu-l lăsase. Sunny și Brent erau în fața restaurantului; Joy le ceruse să aștepte zece minute și apoi să intre. În acel moment nu i se mai părea o idee atât de bună, în special pentru că Brent era încă beat. Îl scăpaseră cinci minute din vedere și el se pusese iarăși pe băut. Își dădu seama doar în taxi.

— Încă ești beat! îl certă Joy.

— Nuuu...

Ea n-avea niciun chef să discute, așa că-l lăsă în pace, sperând că se va comporta cât mai rezonabil posibil.

F veni în întâmpinarea ei și o sărută pe obraz. Avea ochi zâmbitori și părul puțin zbârlit îl făcea să arate mai tânăr decât cei treizeci și doi de ani ai lui.

– Am crezut că vii cu prietenii tăi. Ca să fiu sincer, mă bucur că suntem numai noi doi. Am vrut să-ți propun asta de la început, dar m-am gândit că poate vei fi mai relaxată dacă sunt și ei.

– Trebuie să ajungă, rosti ea timid. Îmi pare rău...

– Nu trebuie să te scuzi, zise el blând și chiar atunci Brent intră în restaurant în fugă, cu Sunny disperată pe urmele lui, și ajuns la masă, se împiedică și căzu. Joy se uită la el, apoi la F.

– Acum înțelegi de ce-mi pare rău? spuse ea glumind doar pe jumătate.

Brent se ridică gemând și-și duse mâna la gură.

– Cred că mi-am rupt un dinte, se văită el chinuindu-se să se ridice, iar F îl ajută. Cine ești? îl întrebă Brent sprijinindu-se de el. Trebuie să pleci, Joy are întâlnire cu noul ei iubit; oricum, se pare că ești cel bun, chicoti el făcându-i discret dintr-un ochi, moment în care Sunny și Joy schimbară rapid o privire, mirate. Deși te prefer pe tine, continuă Brent. Nu ești gras deloc și pari cumsecade.

Joy își dădu ochii peste cap și F râse cu poftă.

– Mulțumesc... cred, se bâlbâi F. Cu mine are întâlnire în seara asta. Bărbatul perfect, adăugă el zâmbind, arătându-și dinții albi.

O tânără trecu pe lângă ei și, când îl văzu pe F, își duse mâna la gură, apoi aproape că țipă:

– Fat Fat! Te-am adorat în filmul *Cine mi-a răpit maimuța?* Îmi dai, te rog, un autograf?

Zâmbind, F își scoase stiloul din vesta costumului și a fost surprins când tânăra își ridică bluza din mătase.

– Poți să-mi semnezi pe sutien? Vreau ca toate prietenele să moară de ciudă, zise fata care n-avea mai mult de douăzeci de ani.

F râse, luă o foaie de hârtie și scrise „Pentru cea mai drăguță și originală fată, cu drag, F".

– Nu se cade să semnez sutiene în fața prietenei mele, șopti el.

Fata îi puse repede degetele pe buze.

– Te iubesc, FF, mai spuse ea, pe urmă plecă veselă.

– Fat Fat? exclamă Brent. Nume și prenume?! Pe onoarea mea, omule, ar trebui să-ți schimbi numele... și să-l omori pe cel care ți l-a pus.

– Nu mă deranjează, rosti sincer F. Am terminat liceul și chiar am fost popular, preciză el râzând. Mă simt bine în pielea mea și, nu, n-am să o omor pe mama pentru că este extravagantă. Chiar dacă a fost o perioadă în care am avut unele gânduri sumbre, glumi el.

Îi trase scaunul lui Joy, iar Brent pe al lui Sunny, pe urmă Brent mai căzu o dată, apoi se așeză liniștit la masă, după care vomită pe pantofii lui F.

– Oh, gemu el privind-o pe Joy, care-l lovi tare cu piciorul în rotulă, oh...

– N-are nimic, opină F, toți am trecut prin asta măcar o dată în viață.

– Nu, nu, se tângui Brent, m-a lovit pe sub masă. Mi-a rupt rotula, gemu el frecându-și piciorul. De ce, de ce ești rea cu mine, Joy? Sau e doar o trăsătură de familie?

Joy îl săgetă cu privirea, apoi Brent se întoarse spre F și explică:

– Știi, sora ei și cu mine suntem căsătoriți de opt ani. M-a părăsit pentru asociatul meu. Și-o punea cu el de trei ori pe zi, zise el dându-i lovitura de grație lui Joy. Timp de patru luni.

Toți își lăsară capetele în farfurii.

– Era angajată doar cu jumătate de normă, deci timp berechet pentru sex, adăugă el încet, pe urmă își lăsă capul pe masă și începu să plângă ca un copil.

– E din cauza lui Bri sau a alcoolului? întrebă Joy la urechea lui Sunny.

– Cred că puțin din amândouă, răspunse prietena ei, în timp ce F îl ajuta pe Brent să se ridice și să meargă la toaletă.

– Cum am ajuns, oare, aici? se lamenta Joy.

– Am luat taxiul, glumi Sunny și amândouă începură să râdă.

– Și știi ceva, dacă el e cel ales, va trebui să-mi cunoască toți prietenii, surorile și tot ce vine cu astea, corect?

Sunny încuviință și comandară două pahare cu șampanie. În același timp, în toaletă, F îi făcea psihoterapie lui Brent. A funcționat, deoarece ulterior, pe tot parcursul serii, Brent s-a purtat civilizat și nu a mai vomitat decât o dată... în geanta vecinei lor de masă.

Pe la ora 23:00, F își luă la revedere de la Joy în fața vilei. O sărută tandru pe buze și-i spuse că petrecuse o seară bună și că-i plăceau prietenii ei. Ea se gândi că era un om excepțional, modest și deloc complicat. Era ușor să fii cu el.

– Regret că m-am cam pierdut la începutul serii, recunoscu ea. Probleme acasă, probleme la serviciu, tu, care ești atât de sexy...

El râse și o strânse în brațe.

– Te ador, Joy Ford.

O mai sărută o dată tandru, apoi plecă. Ea îi spusese într-o seară când el venise la barul ei că nu era genul de femeie care intra repede într-o relație. Se fripsese de mai multe ori, iar în acel moment sufla și-n iaurt. Când intră în casă dădu cu ochii de Ed, care era aproape gol; îi făcu semn cu ochiul și intră la el, unde-l aștepta o prietenă. „În fiecare seară, alta", se gândi Joy. Se obișnuiseră deja cu Ed, era un tip amuzant și săritor, iar de câte ori dădeau câte o petrecere, aducea doar persoane interesante. În cea mai mare parte bărbați.

Cel mai retras din grupul lor era Harrison O'Brien, psihiatrul; nu stătea niciodată mai mult de zece minute cu ei. N-avea nici prieteni și se pare că nici prea mulți pacienți, pentru că la ora patru, aproape zilnic, era acasă. La început, toți și-au spus că era suferind, că avea nevoie să-și plângă căsnicia terminată, dar de fapt, el nu făcea niciun efort să se integreze sau să aprecieze ajutorul colocatarilor lui.

La etaj, surorile ei stăteau pe terasă la o masă joasă prevăzută cu un sistem sofisticat de încălzire. Își deschiseră o sticlă de vin rosé și când ea intră amândouă își ridicară paharele.

– Trebuia să-l aduci sus, chicoti Tara, noi l-am fi îmbătat şi tu ai fi profitat de el.

– E atât de dulce, mărturisi Joy cu zâmbetul pe buze şi ochi de căprioară. E bun, calm şi onest. Cred că m-aş putea îndrăgosti de el foarte repede.

Râsete.

– Eşti topită deja, spuse Brianna, având în ochi o strălucire stranie.

– Iar tu eşti beată, replică Joy.

Sora ei îşi ridică mâna în care ţinea paharul şi adăugă:

– Da-mi un motiv pentru care n-aş fi.

– Ce-ai zice de adult responsabil?

Brianna pufni pe nas ironică.

– Vreau să-mi las vechea viaţă în urmă; ţi se pare suficient de responsabil?

– Lucrul ăsta poate fi extenuant, Bri. Să fugi de o viaţă anterioară, vreau să spun. Şi apoi, ai avut o căsnicie bună cu Brent, de ce nu vrei să vă mai daţi o şansă? Bietul de el, stă numai beat şi vorbeşte mereu de tine. Nu cred că ăsta este finalul.

– Pentru el, este. Data trecută când l-am văzut mi-a dat de înţeles că totul era terminat, preciză Brianna, încrucişându-şi picioarele lungi.

Avea unghii frumoase şi degete fine. Era ornamentală şi o ştia.

– I-ai spus ceva de l-ai făcut să-ţi închidă uşa în nas? interveni Tara, care o cunoştea cel mai bine pe sora ei.

Brianna privi spre ocean, evitând să răspundă.

– Ce i-ai spus? insistă Tara.

– E posibil să-i fi zis ceva despre Ashton... de secretara lui și de faptul că sunt rănită.

Cele două surori o priviră șocate.

– N-ai făcut asta!

– Da. Așa de disperată sunt, confirmă Bri, fără a arăta deloc suferindă. Am poftă de o brioșă, schimbă ea subiectul.

Surorile ei o priviră clătinând din cap, nevenindu-le să creadă ce-i făcuse lui Brent. În altă ordine de idei, Brianna nu mânca niciodată brioșă. Sau pâine. Paste făinoase și alți carbohidrați.

– Ador ouăle, mai zise ea luând o gură de vin.

– Dar ești alergică, spuseră ele în cor.

– Nu am zis că le mănânc. Doar cred că e fantastic că o găină poate face așa ceva.

Brianna își admiră câteva clipe manichiura cu unghii scurte curate, apoi trecu la alt subiect, așa cum făcea de câte ori se amețea. Bea foarte rar și, în acele momente, după primul pahar, deja plutea.

– Știți că Brent planifica vacanțe în care nu mergeam niciodată? continuă ea. Și apoi, mai erau și chiloții...

Ele o priveau fără să înțeleagă.

– Poartă chiloți enormi din bumbac.

Râsete.

Au stat pe terasă și au râs până pe la ora două dimineața, când l-au văzut pe ciudatul Harrison strecurându-se neobservat în vilă.

– Ce sinistru e omul ăsta, obiectă Tara. N-are nici familie, nici prieteni.

– Poate din cauză că este atât de urât, își dădu cu părerea Brianna, strâmbându-se.

– Nu este oribil, interveni Joy, care încerca să vadă întotdeauna ce era mai bun în cineva.

Adevărul era că nu găsea nimic lăudabil la Harrison. Avea nas mare acvilin, nu era foarte înalt, iar privirea rece parcă ascundea întotdeauna ceva. Fizic, nu era atrăgător, iar ca fel de a fi, nici atât. În timp ce vorbeau despre el şi se întrebau dacă n-ar fi fost mai bine să-l evacueze din vilă, el ieşi iarăşi, agitat, târând un sac mare, greu. Părea aproape imposibil să-l care aşa până la locul unde-şi parca maşina. Casele de pe plajă nu aveau garaje, doar cele din spate. Cu chiu cu vai, ajunse la scările pe care trebuia să le urce, apoi făcu la dreapta spre maşină. Ele o luară la fugă pe scări şi după aceea îl urmăriră pe furiş. Nu le era greu să-l prindă din urmă, înainta foarte încet.

– Mi se pare cumva sau ceva în sacul ăla se mişcă? întrebă Brianna încet.

– Nu. E doar alcoolul din mintea ta, o ironiză Tara holbându-se mai bine la sac.

– Mi-ar plăcea să pot fi atât de sigură ca tine, interveni Joy speriată, dar parcă şi mie mi s-a părut aşa.

– Adică ce? întrebă Tara. Că sacul s-a mişcat?

Joy consimţi, apoi atenţia le-a fost atrasă de prezenţa unui alt bărbat care începu să-l certe în şoaptă pe Harrison:

– Ce naiba ţi-a luat atât? Aştept aici de două ore.

– Crezi că e uşor să scoţi tâmpenia asta de sac dintr-o casă plină cu lume care nu doarme? Ed şi-o trage şi se plimbă prin vilă de parcă ar fi singur, iar cele trei căţele sunt bete la etaj. Mi-ai adus banii?

Bărbatul de vreo patruzeci de ani, înalt şi bine făcut, scoase un plic şi i-l întinse.

– Restul la cealaltă livrare, șopti el, pe când Harrison număra agitat banii.

– OK. Însă după aia vreau să mă lăsați în pace.

Namila nu spuse nimic, doar ridică sacul dintr-o mișcare, ca și cum ar fi fost o nimica toată, și-l aruncă în camioneta Chevrolet care era parcată la câțiva pași de scările unde se aflau. Surorile Ford văzură tot ce aveau nevoie ca să se hotărască să-l dea afară din vilă. Mai rămânea să găsească o metodă prin care să o facă. Omul semnase un contract și avea toate drepturile să stea acolo. Nu făcea gălăgie sau mizerie. Din câte se părea, curăța întotdeauna după ce omora pe cineva. Oricum, n-aveau nicio probă concludentă în urma acelei livrări din acea seară. Nu puteau să-l evacueze doar pe motiv că era ursuz sau ciudat. O luară la fugă spre casă, aflată la doi pași, și se duseră să o trezească pe Sunny.

– Doamne, vreți să mă omorâți de frică? De mâine mă închid cu cheia.

– Și bine o să faci, rosti Bri serioasă. În vilă avem un criminal în serie.

Sunny le întoarse spatele.

– Lăsați-mă să dorm, în trei ore am o clasă de yoga.

Joy se urcă lângă ea în patul mare de un alb imaculat, urmată de Brianna și Tara.

– Nu glumim. Cred că Harrison a omorât pe cineva. Trebuie să găsim o soluție și să-l dăm afară din vilă înainte să mai omoare pe cineva.

Sunny ofta plictisită.

– Nu pot să fac parte din asta.

– Dar faci. Şi va trebui să ne ajuţi dacă nu vrei să mori tăiată în bucăţi şi băgată într-un nenorocit de sac, şuieră Bri.

– Oh, exclamă Sunny întorcându-se spre ea, domnişoara aproape perfectă binevoieşte să-mi vorbească iarăşi? Domnişoara-nu-pot-să-nu-distrug-tot-ce-e-în-jurul-meu.

Brianna dădu din mână a lehamite, fără să-i pese. Pentru ea mica lor discuţie fusese doar un dezacord, nicidecum o ceartă.

– Nu face asta, Sunny. N-are niciun sens.

– Ce? Să vreau să înţeleg ce naiba se întâmplă aici? Asta n-ar trebui să se numească Ocean House, ci mai degrabă Vila Groazei.

Ele nu o ascultau, ci se gândeau la Harrison.

– Fuge de ceva, preciză Joy. Şi trebuie să aflăm de ce anume.

– Cam de totul, conchise Sunny, uimindu-le. L-am văzut discutând cu o femeie în urmă cu câteva zile în faţă la Mangiamo. Bănuiesc că era fosta lui soţie, pentru că se certau. El gesticula supărat, însă ea vorbea destul de tare. Şi cred că el a părăsit-o, chiar dacă Harrison a spus că ea l-a înşelat.

– Deci ciudatul chiar a fost căsătorit, spuse Tara mirată.

Ele încuviinţară. Începeau să creadă că totul cu Harrison era doar o minciună.

– Harrison îi spunea că nu făcea asta ca să o pedepsească, ci ca să se elibereze pe el. Apoi ea i-a zis că nu credea în idei care distrugeau şi reconstituiau în acelaşi timp. Harrison se străduia cu delicateţe să-i explice că baza relaţiei lor a fost nevoia şi că de la început au pornit-o pe picior greşit, dar ea nu era de acord. Pe urmă el i-a reproşat firea iute. „Sunt o femeie pasională, Harry." „Din păcate, spargi prea multe în jurul tău când îi dai frâu liber pasiunii, iubito. Aş înlocui «pasională» cu «agresivă periculoasă.»"

– Unde erai de ai auzit toate astea? întrebă Joy mirată, iar Sunny se foi jenată. Ce ştii şi nu ne spui?

– Oh, bine, bine, zise Sunny, privindu-le pe toate trei pe rând. Dar să ştiţi că nu o să vă placă.

– Zi odată, nu ne mai ţine atâta-n suspans, o îndemnă Tara, ciupind-o uşor.

– Cum sunt acasă aproape tot timpul, la fel ca şi el, am început să-l observ. Într-o zi, pe când stăteam pe plajă cu o prietenă, l-am văzut scotocind în camera Tarei.

– Ceee?! tresări ea. Şi ai decis să nu-mi spui pentru că…?

– N-am vrut să vă îngrijorez.

– Ţi-ai spus că e mai bine să mă omoare decât să mă îngrijorez, nu-i aşa? o certă Tara.

– Mi-am propus să-l urmăresc înainte să trag concluzii pripite. Acum ştiu că am greşit, recunoscu ea.

– Ştii ce căuta în camera Tarei? întrebă Joy.

– Cred că e îndrăgostit de ea, răspunse Sunny timid, apoi se întoarse spre Tara: Ţi-a umblat printre chiloţi. I-a mirosit…

– Ai făcut poze? Zi-mi că ai făcut poze, o imploră Joy din priviri.

– Voi aţi făcut în seara asta?

Ele clătinară din cap în semn că „nu".

– Totul s-a întâmplat atât de repede, încât nu ne-am mai gândit la telefoane, adăugă Tara. La fel ca în ziua în care ne-am ales locatarii, nu ne-a trecut prin minte să controlăm că era veridic ceea ce spuneau, iar acum trăim sub același acoperiș cu un criminal în serie, mirositor de chiloți și cu un nas enorm.

– Totul este din vina ta, o acuză Bri. Te îmbraci prea ostentativ și cât e ziua de lungă te hlizești la toată lumea.

– Ești doar geloasă că nebunul mă place, nu-i așa? Despre asta e vorba. Nu suporți să mă placă cineva și că nu tu ești aleasa, indiferent că e un oribil criminal cu părul gras.

Joy își dădu ochii peste cap plictisită.

– Oh, nu mai vreau o ceartă debilă de-a voastră, vă rog! Situația este mult prea gravă. Una din voi două va trebui să programeze o întâlnire la cabinetul lui.

– Brianna, propuse Tara, ea pare perturbată și, în plus, trece printr-un divorț, deci ar fi mai plauzibil.

– Da, consimți Bri, însă ce ne facem cu chiloții? Pe ai tăi îi preferă, deci tu să te duci la Doctor Frankenstein. Și asta-i cel mai înțelept lucru pe care trebuie să-l faci.

– Oh, îmi dau seama, opină Tara clătinând din cap. Așadar, este drept sau înțelept ceea ce decizi tu că este, nu-i așa, Bri?

– Nu sunt obligată sau interesată să am iarăși conversația asta cu tine, replică sora ei agasată.

– Emoțional, sunt pe moarte, rosti Tara dramatic, și tu ești cea care mă omori, falsă blondă platinată!

– Acum vreau să dorm, interveni Sunny, ce ar fi să aveți această discuție altă dată? Sau niciodată! Vă comportați ca niște adolescente în plină criză hormonală.

Cele două surori urcară nervoase la ele în apartament și continuară să se certe. Joy fugi în sus pe scări să le oprească. Era ora unu dimineața și riscau să trezească toată casă. De fapt, doar pe Brent, deoarece ceilalți erau încă treji: Ed făcea sigur dragoste, ele patru făceau pe detectivele, iar Harrison plănuia, probabil, o altă crimă perfectă.

— Asta e veioza mea, strigă Bri la Tara, încercând fără succes să recupereze frumosul obiect din cristal cu abajur roz pal.

— Acum este veioza ta spartă, zise ea aruncând-o pe podea și făcând-o cioburi.

— Ce naiba faceți? le certă Joy. E ora unu dimineața!

— Nu o mai suport pe roșcata asta afurisită, i se adresă ea surorii lor mai mari. Jur că într-o zi am să o omor.

— Nu mă interesează tâmpeniile voastre, spuse Joy. Faceți ce vreți, dar în liniște. Mi-e somn!

— În liniște, așa ca Doctor Frankenstein? glumi Brianna doar pe jumătate.

— Totul e în regulă? auziră în spatele lor o voce de bărbat.

Când se întoarseră, dădură cu ochii de Harrison, încă îmbrăcat în costum. Joy și Tara tresăriră, nu și Brianna.

— Dormi cu el? îl iscodi ea sarcastic, iar bărbatul o privi fără să înțeleagă. Cu costumul, adică. Nu te-am văzut niciodată fără el. Mă întreb dacă faci și surfing în costum.

Harrison o privi calm, fără să i se miște un mușchi pe față.

— Iar eu mă întreb, Brianna, cum arăți când îți pierzi busola?

— Am să-ți spun eu, ciudatule, cum sunt, zise ea supărată.

Joy o apucă de braț, afișând un zâmbet cât se poate de natural.

– Nu o băga în seamă, Harrison, a băut o sticlă de vin singură și acum are chef să se certe cu toată lumea.

El nu spuse nimic, doar se uită la toate trei pe rând, în felul acela impersonal atât de specific, apoi făcu stânga împrejur și, tăcut, se retrase în apartamentul lui. Cel puțin așa sperau surorile Ford.

– Va trebui să-l dăm afară de aici, spuse Brianna, altfel îl voi omorî și o să-mi facă și plăcere.

– Îți dai seama că era cât pe ce să ne dai planurile peste cap făcându-l ciudat și mai știu eu ce aveai în minte? întrebă Tara furioasă.

– Despre ce plan vorbești? N-avem niciunul și nebunul ăsta cu nas coroiat o să ne taie în bucățele pe toate. Mâine o să sun la poliție, zise Brianna hotărâtă.

– Da? Și ce o să le spui? Că ți-ai spionat locatarul și că l-ai văzut scoțând un sac negru afară din casă? o iscodi Joy.

– Nu. Le voi spune că se fofilează prin vilă și ne miroase chiloții, că nu are niciun prieten, în afară de cel cu camioneta, care a venit să ia cadavrul.

– Nu ai cadavru, nu ai probă, Brianna. Cred că ar fi mai bine să-l urmărim un timp, să strângem câteva dovezi înainte de a merge la poliție cu povestea noastră despre chiloți și cadavre, propuse Tara.

– Și când spui dovezi te referi la organele noastre interne îngropate undeva pe plajă? bombăni Brianna ironică.

– Cum a fost posibil ca lucrurile să ia atât de rapid o întorsătură atât de urâtă? întrebă Joy.

– Tu să-mi spui, răspunse Brianna. Doar eşti deşteapta familiei.

– Mai bine să ne culcăm, şi mâine este o zi; o să discutăm liniştite şi vom lua o decizie împreună. Sunteţi de acord? Oricum, la ora asta nu mai judecăm corect.

Fără să mai spună nimic, surorile Ford se retraseră în camerele lor, verificând dacă uşa apartamentului era închisă. Dintr-odată, Ocean House, oaza lor de linişte, se transformă în coşmarul de pe ţărmul Pacificului.

# 4

Noua doamnă Raven Parkinson se plimba plictisită prin fosta vilă a familiei Ford – între timp, a ei. Nu-şi iubea noul soţ, dar era uşor să fie cu el; fiind mai în vârstă decât ea, dormea des, lăsându-i răgaz pentru planurile machiavelice. Tara se băgase cu bocancii în viaţa ei şi voia să o facă să sufere la fel cum suferise şi ea când Down recunoscuse că avea o aventură. Spusese că nu o iubea pe Tara, însă ea simţea că el era mereu cu gândul în altă parte. O separase un an de familia ei, apoi cumpărase casa în care crescuse, sperând că dezrădăcinarea o va îngenunchea. Dar spărgătoarea de căsnicii reuşi să-şi facă cuibul la vila de la plajă, înconjurată de prieteni cu care se distra seară de seară, fără măcar să se gândească la părinţii ei morţi.

Raven considera că astfel de persoane meritau să fie pedepsite sever şi îşi făcuse un scop în viaţă, acela de a-şi chinui rivala, pe urmă de a se debarasa de ea. Fratele ei, Harrison, îi promisese că o va ajuta, însă de când se mutase la vilă, abia dacă-l văzuse. Aflase de la prietenul lor comun că aproape toţi pacienţii îl părăsiseră şi că bătea străzile de nebun. Într-o zi, când luaseră micul dejun împreună, Harrison îi zisese lui Raven că surorile Ford erau cumsecade, amuzante și că o duceau foarte bine. La un moment dat, ea avusese impresia că lui îi plăcea viața la vilă și că o aprecia chiar și pe Tara. Când îi reproșase asta, el sărise în apărarea surorilor.

— N-am făcut decât să le ascult de câteva ori durerea și să le consolez ca pe niște prietene. Nu puteam să le întorc spatele și să o iau la fugă doar ca să-ți fac plăcere, Raven.

— Îmi ești dator, nu uita asta! Și haide să fim serioși, nu ai prieteni, Harrison. Și fără mine, ai fi în spatele gratiilor. Te-am salvat de la pușcărie și ce-mi oferi în schimb? Doar nevroză.

— Fiindcă suferi de crize de angoasă? o întrebă el plictisit. Ai comportament compulsiv și obsesional? Asta înseamnă nevroză, Raven. Și nu mai dramatiza atât! Încetează să mă faci să mă simt culpabil pentru ce s-a întâmplat. Ești tot atât de vinovată ca și mine, iar dacă voi cădea, vei cădea și tu.

Raven se foi jenată; nu-i plăcea când el avea dreptate. De fapt, nu-i plăcea când ea știa că greșea. Era o învingătoare, dar din cauza cățelei de Tara, ea pierduse ce avusese mai drag în viață. Existența ei fericită cu Down luase sfârșit și trebuia să mimeze orgasme cu un bărbat care avea de două ori vârsta ei. Se gândea la Harrison și la cum ingratul ei frate încerca să iasă din ecuația atât de bine gândită de ea. Ultima oară când se văzuseră se certaseră.

— Raven, când o să te dai jos de pe piedestalul pe care te-ai pus singură, o să putem conversa. Mama a fost o vrăjitoare, bunica noastră a fost una și la fel ești și tu. Un arbore genealogic spectaculos, nu-i așa? Îți dai seama că ești pe cale să devii un monstru?

– Sunt deja unul. Și Tara Ford l-a creat, iar pentru asta, atât ea, cât și surorile ei vor plăti. Tot ce îi aduce confort acestei cățele în călduri va dispărea, treptat, chiar dacă va trebui să aștept o viață pentru a reuși. Și o voi face, cu sau fără ajutorul tău, Harrison.

Din nefericire pentru surorile Ford, Raven era un dușman de temut. Avea bani suficienți, timp berechet la dispoziție și un munte de ură. Pentru ea, moartea reprezenta doar o figură de stil. Era o ființă rece, calculată și cu o minte nebună, combinația cea mai periculoasă. Ea și Harrison proveneau dintr-o familie în care dragostea nu exista; efuziunile sentimentale erau interzise. Tot ce contase pentru părinții lor fusese ca ei, copiii, să facă studii superioare și să fie respectați într-o lume pe care o considerau inferioară capacităților lor. Raven era un fizician bun, însă hotărâse că era mai simplu se cheltuie banii soțului decât să-i câștige singură. Ea și Harrison nu mai aveau nicio relație cu părinții lor; fusese prea multă ură acolo și prea multe schelete erau ascunse în dulapul familiei ca să mai stea la masă împreună și să vorbească despre sezonul de fotbal american și despre mătușa Grace, care nu-și epila mustața. Raven nu-și dorea copii; nu cu fosila de Parkinson. Își dorise la un moment dat să întemeieze o familie cu Down, dar Tara a lipsit-o de asta.

Fratele ei o sfătuise să renunțe la obsesia răzbunării, însă nu era de acord. Pentru ea era un vis la care nu putea renunța, deoarece dacă ar fi făcut-o, acesta nu s-ar fi împlinit niciodată. Raven credea că nicio faptă bună nu rămânea nepedepsită, deci evita să le facă.

– Ți-am adus ceva, îi zise ea lui Harrison. Știu că ai trecut prin perioade grele și vreau să îți arăt că sunt lângă tine.

El știa că așa ceva nu era posibil. Raven nu făcea niciodată nimic pentru alții dacă ea nu avea ceva de câștigat în schimb.

– Mi-ai adus Biblia? o întrebă el știind deja răspunsul.

– Nu, răspunse ea scoțând un revolver Smith & Wesson, moment în care el începu să transpire abundent.

– Ești nebună! Cum de te-ai gândit să aduci un revolver într-un loc public? Chiar nu ți-e frică deloc? se răsti el la ea.

– Frica este pentru lași. Sunt o luptătoare și fac parte dintre puținii care răzbesc în viață. Și dacă mă iubești, o să mă ajuți să fac ceea ce mi-am propus.

– Știi că țin la tine, rosti el chinuit, de ce nu pot face asta?

– Nu știu, Harry. De ce nu poți?

– Poate pentru că este viața reală, și nu un film de mâna a doua? Poate fiindcă, în final, îmi pasă.

Raven râse isteric.

– Pentru a-ți păsa, ar trebui să ai o conștiință, Harrison, însă nu ai. Și n-ai nici inimă în tine, nu avem niciunul din noi, o știi doar. Diferența dintre noi doi este că eu conștientizez toate astea, spre deosebire de tine, care încă ai convingerea că lumea în care trăim poate deveni mai bună dacă noi ne schimbăm. Astea sunt povești de adormit copiii, or noi nu mai suntem copii, Harrison. Nu am fost niciodată și știi asta.

El își privea mâinile cu manichiura perfectă; avea palmele umede, ca de fiecare dată când se întâlnea cu sora lui. Se ura pentru faptul că reușea mereu să-l influențeze. Pentru Dumnezeu, doar era psihiatru, el ar fi trebuit să o influențeze pe ea, și nu invers. Dar într-un fel, trebuia să recunoască faptul că sora lui avea dreptate. Încercase de atâtea ori să se integreze în așa-zisa societate, însă de fiecare dată fusese dat afară cu picioare-n fund. Visurile-i fuseseră mari. Pe măsură îi fuseseră și dezamăgirile, iar în acel moment era obligat să facă tocmai ceea ce nu avea chef să facă. Poate că soția lui avusese dreptate. Poate că ar fi fost bine dacă și-ar fi făcut valizele și ar fi plecat împreună undeva în Europa. Undeva unde Raven nu era. Și nici amantul soției lui. Vorbea franceza destul de bine, ar putea să se mute în Franța, să practice acolo. Să-și ierte nevasta și să își făurească o familie departe de lumea dezlănțuită a lui Raven. Dar lui nu-i plăceau francezii. I se păreau aroganți și murdari, or Harrison se spăla pe mâini de cel puțin treizeci de ori pe zi. Bacteriile erau dușmanul numărul unu al lui, deci era exclus să trăiască în țara lui Molière. Oricât ar fi încercat Harrison să-și îmbunătățească viața, nimic nu-i reușea. Se spune că uneori, când ai impresia că lucrurile nu se aranjează, ele se aranjează mai bine decât am fi putut noi să o facem, însă pe moment nu ne dăm seama. Harrison nu era de acord cu asta; sfârșiturile lui nu erau niciodată bune. Știuse să aștepte, dar nu i se întâmplase nimic bun în viață, niciodată. Deci, în final, probabil că sora lui avea dreptate.

Luă revolverul pe sub masă, apoi se duse la baie, vomită, își dădu cu apă pe fața lucioasă, pe urmă ieși din restaurant cu umerii gârboviți și cu privirea lui Raven care îi ardea ceafa.

Tânăra femeie își aruncă halatul de mătase bej lângă patul de la piscină și plonjă în apa răcoroasă. Făcea sport în fiecare zi și avea corpul zvelt; exercițiul fizic o ajuta să-și pună gândurile în ordine. Trebuia neapărat să-l vadă pe Harry și să stabilească următorul pas. Nu era indicat să-l lase de capul lui, știa că fratele ei era slab, incompetent și labil psihic, la fel ca tatăl lor. Asta nu-l împiedicase însă să o violeze din fragedă pruncie. Era sigură că mama ei știuse totul, dar ca să scape de corvoada conjugală, închisese ochii și-și lăsase soțul să o violeze ani în șir. Când Raven crescuse suficient de mare ca să înțeleagă că abuzurile tatălui ei erau împotriva oricărei legi umane sau animale și împotriva lui Dumnezeu, hotărî să-l înfrunte.

Într-o noapte, când el se pregătea să-i facă o vizită, ea își ascunse o foarfecă sub pernă și, după ce tatăl se vârî în pat, îl înțepă aproape de testicule. Șocat și plin de sânge, el sări ca ars. În ochi avea o ură nedisimulată, însă ei nu-i mai era teamă. Ce putea, oare, să-i facă mai rău decât îi făcuse până atunci? Se ridică și se apropie de el, înfruntându-i privirea.

— Data următoare n-am să te ratez. Te voi castra din două mișcări, porc ordinar! șuieră ea cu acel calm dinaintea furtunii.

El conștientiză brusc că perioada jocului se terminase. Ea nu mai era o fetiță, fiindcă el îi pusese capăt copilăriei.

Părăsi încăperea cu coada între picioare și aceea a fost ultima noapte în care a vizitat-o. După doi ani, când Raven intră la el în cameră într-o noapte în care mama ei era absentă, lui i se făcu frică. Ea avea o lamă în mână și o privire sticloasă; avea paisprezece ani, dar i-ai fi dat douăzeci și nimeni nu știa cât putea să fie de perspicace.

– A venit timpul să ne jucăm din nou, tăticule, zise ea zâmbind și aruncându-i o eșarfă. Leagă-te! îi ordonă fata excitată de frica din ochii lui, iar el, fără să știe de ce, se conformă. Cât de prost poate să fie un bărbat în toată firea ca să asculte de o puștoaică de paisprezece ani și să se lege singur, lăsându-se la discreția ei? spuse ea râzând și el se foi speriat, însă nu îndrăznea să articuleze niciun cuvânt.

Era ca un animal sălbatic la pândă și știa că era momentul să plece capul. Nu putea să explice cum de simțea asta, dar o simțea prin toți porii. Raven se apropie de patul lui și-l privi de sus.

– Ca să ne fie clar, știi că pe nimeni n-am urât vreodată mai mult așa cum te urăsc pe tine, nu-i așa?

El doar încuviință și înghiți în sec. Cu o mișcare scurtă și rapidă, ea îi tăie fața. Șocat, vru să spună ceva, însă Raven nu-i dădu timp și-l lovi cu toată forța, cu dosul palmei.

– Chiar credeai că vei putea să-ți continui viața după ce mi-ai distrus-o pe a mea?

El vru să spună ceva și Raven îl lovi iarăși.

– În seara asta eu vorbesc, violator de copii! Știi cu ce se pedepsește incestul? Cu ani grei de pușcărie și o sentință veșnică de partea cealaltă; dar nu crezi în Dumnezeu, în Rai sau în iad. Nu crezi în nimic, însă am să-ți dovedesc că iadul există și pentru tine începe chiar astăzi, aici și acum! Apoi într-o bună zi, când mă voi sătura să-mi bat joc de tine, te voi arunca în spatele gratiilor.

Zicând aceasta, se așeză pe pat lângă el și începu să-l taie încet cu lama, de la umeri până la picioare. El plângea în hohote, ca un copil, și îi ceru îndurare, lucru care o enervă tare și o convinse să termine cu el atunci și acolo. Dar înainte să mai facă ceva, cineva o lovi în cap.

Era patru dimineața când se trezi întinsă pe podeaua din camera lui, cu el pe pat într-o baltă de sânge și inconștient. Îi duse mâna la gât și-i simți pulsul. „Dracu' nu moare atât de repede", reflectă ea cu părere de rău. Sparse totul în camera lui, la fel și în restul casei, înscenând un jaf, apoi plecă fără să sune poliția sau la 911, numărul de urgență. Mama ei trebuia să se întoarcă în acea zi. Dacă el rezista până atunci, urma să trăiască, dacă nu, cu atât mai bine.

Ordinarul a supraviețuit și cumva mama ei a mușamalizat toată situația. Raven s-a dus la prietena ei care stătea mai departe cu două străzi și a revenit acasă a doua zi. Nimeni nu i-a pus nicio întrebare, acest fapt confirmându-i că, în mod cert, mama ei era la curent cu tot ce se întâmplase în viața lor și știa că era de datoria ei să facă în așa fel încât totul să pară un jaf. Câtva timp poliția a încercat să găsească hoții care au spart casa, apoi cazul a fost clasat. Tatăl ei și-a revenit după câteva luni, dar nu a mai fost niciodată același. Astfel, Raven a ajuns la o școală în Elveția, cât mai departe de America și de familia ei. Nu avea idee cât de multe știa Harrison, însă bănuia că el a fost cel care, din spate, a lovit-o în cap în acea noapte. Părinții lor locuiau undeva lângă Long Beach, nu se mai văzuseră de ani de zile, totuși ea își spuse că într-o zi va trebui să-i facă o nouă vizită tatălui ei.

Pam dădu nas în nas cu Ed pe scările largi dintre etaje. Era prima oară când îl vedea singur, dar ca de obicei, era zâmbitor și binedispus.

– Unde mergi așa drăguță și elegantă? o întrebă el, iar ea râse.

– Sandale plate și rochie din in alb, asta numești eleganță?

– Probabil că ești doar tu... Ai mersul ușor legănat, sigură pe tine, fără să fii arogantă sau înfumurată. Asta numesc adevărata eleganță.

Ea îl privi blând fără să-l lase să vadă cât de impresionată era de ceea ce-i spusese.

Nu-i menționase că de mică luase lecții de dicție, mers, cântat, mâncat și tot ce altceva era necesar ca să fii la înălțime într-o societate de elită. Mama ei își dorise ca ea să fie actriță, însă nu o forțase și-i respectase dorința de a se face fotograf.

– Pot să te însoțesc oriunde te-ai duce? o întrebă el.

– Mi se pare sau îmi faci curte? îl iscodi ea zâmbind.

– Ar fi chiar atât de rău?

– La câte iubite ți-am văzut perindându-se pe-aici, nu cred că ar fi o idee chiar atât de bună. Nu-mi place să-mi împart iubiții. Și nici să-i omor, zise ea râzând.

– Dar nu ți-ai omorât fostul iubit și din câte am înțeles te-a înșelat, rosti Ed neinspirat.

Când îi văzu însă tristețea din ochi, își regretă lipsa de delicatețe. Nu era așa porc de obicei, ci dimpotrivă, renumit pentru diplomația și respectul față de ceilalți.

– Îmi pare rău că am spus asta, se scuză el, iar Pam își lăsă capul în jos pentru o secundă, apoi, privindu-l cu ochii mari, căprui și blânzi, îl asigură că va supraviețui.

În ziua aceea se duseră amândoi la plajă; îi făcu poze când stătea alungit cu ochii închiși sau când se îndrepta spre ocean. Avea un corp senzațional, numai fibră, fără pic de grăsime. Părea un bărbat fericit, simplu, copilăros și matur în același timp.

– Dintotdeauna ai vrut să fii actor?

El zâmbi, arătându-și dinții perfecți.

– De fapt, visul meu a fost să fiu scriitor.

– Și ce s-a întâmplat cu acest vis?

– L-am amânat, pur și simplu, răspunse el ridicând din umeri. Fiindcă visurile noastre nu pleacă nicăieri, doar le amânăm, le punem bine într-un sertar al inimii și apoi uităm de ele. Iar în serile în care suntem triști sau dezamăgiți, ne întoarcem acolo, la sertarul nostru secret, și ne întrebăm de ce n-am făcut-o mai repede. De ce am lăsat timpul să treacă peste noi și să ne îndepărtăm de aceste visuri care sunt atât de prețioase?

Dintr-odată, i se păru că e trist; nu-l cunoaștea prea bine, însă îl văzuse mereu vesel și-l crezuse puțin superficial. Stând de vorbă cu el, Pam își dădu seama că nu era deloc așa.

– Mi se pare sau îți plângi de milă?

– Foarte puțin, răspunse el râzând. Promiți să nu mai spui la nimeni?

Ea își duse mâna la inimă și jură ca un copil.

– Povestește-mi despre tine, îi ceru el. Ce are William ăsta așa de special, deși toată viața n-ați făcut decât să vă împăcați? Pari fată deșteaptă, cum se face că te-ai lăsat trasă într-o asemenea poveste?

– Asta se numește dragoste, răspunse ea puțin enervată.

Știa prea bine că-și pierduse mult timp în acea relație. El înțelese că pentru ea era încă un subiect tabu, ceva ce o durea.

– E ca și cum încerci să urci în trenul vieții, continuă ea. Fugi după el și-l iei din mers. Înțelegi?

– Metaforic vorbind, vrei să sugerezi că e minunat?

– Nu. Doar încerci să nu cazi și să mori. Și n-are nimic metaforic.

Ed o privi tăcut. Era clar că nu era de acord cu ea, dar nu voia să o mai supere, și ea înțelese. Pam îi deslușea firea, structura interioară, ca și cum ar fi avut în față o carte deschisă.

– Știu prea bine că mi-am pierdut timpul în această relație, însă în viață facem ce putem, nu ce ar trebui să facem. Ultima dată când m-am împăcat cu el, am făcut-o pentru că mi-a căzut la picioare, pur și simplu.

El o privi așteptând.

– E cea mai bună metodă de a-ți băga o fată în pat, știi? zise ea și amândoi începură să râdă. Cum se face că nu ai o iubită stabilă? Ești un tip aparte.

– Tocmai asta e problema. Sunt prea deosebit și fetele trag la mine, și nu le pot refuza. Ceea ce este un lucru bun. Dar nu și pentru ele.

Râsete.

Se prostiră toată după-amiaza ca doi copii, iar seara, când luară aperitivul cu ceilalți la vilă, el nu-și mai aduse nicio iubită. Era pentru prima oară și ea se gândi deodată la el nu ca la vecinul sexy de la etajul întâi, ci ca la un bărbat cu care petrecuse o după-amiază bună.

Se grăbise însă să tragă concluzii, fiindcă pe la ora zece seara, o tânără blondă, genul hollywoodian, își făcu apariția la vilă îmbrăcată cu cea mai scurtă rochie pe care Pam o văzuse vreodată. Chiar și Brent, care era jumătate beat și jumătate depresiv, avea ochii lucitori când o văzu.

– Bună, le zise ea zâmbindu-le la toți și, fără să fie invitată, se așeză pe genunchii lui Ed, apoi începu să discute cu ei ca și cum i-ar fi știut de-o viață.

Pam se foi jenată, lucru care nu le scăpă surorilor Ford.

– Ești noua iubită a lui Ed? întrebă Tara și Joy o lovi pe sub masă, pe când Brianna zâmbi în colțul gurii.

– Poți să spui că sunt o veche-nouă iubită, răspunse zâmbind tânăra blondă. Cu el nu se știe niciodată dacă am nevoie de o valiză sau de o paraşută. Însă tocmai asta îmi place, adăugă ea sărutându-l pe buze.

– Cu ce te ocupi? întrebă Pam.

– Sunt actriţă, la fel ca Ed, răspunse tânăra şi-l mai sărută o dată.

– Bineînţeles că eşti actriţă, mormăi Pam în barbă, iar Joy, înţelegătoare, îşi puse mâna pe a ei.

– Şi ce anume lucrezi? o iscodi Beverly, despre care aflară ulterior că locuia în Beverly Hills.

– Sunt fotograf, răspunse Pam fără niciun chef.

O ura pe tânăra actriţă şi nu ştia de ce. Probabil pentru că era drăguţă şi amabilă... sau că stătea în braţele lui Ed.

– Ce bine, se entuziasmă Beverly, poate în una dintre zilele astea o să ne faci şi nouă, lui Ed şi mie, nişte poze, ca să le punem în albumul de familie.

– De ce? Intenţionaţi să faceţi copii şi să vă mutaţi într-o suburbie şic? întrebă Pam enervată şi lui Ed nu-i scăpă.

– Nu neapărat. De-abia am ieşit dintr-o relaţie care a contat pentru mine; nu sunt încă pregătită pentru ceva serios, rosti Beverly sincer, şi cred că nici Ed nu este. Poate tocmai de asta totul merge atât de bine între noi, deoarece suntem oneşti unul cu celălalt.

– Ce s-a întâmplat cu prietenul tău? întrebă Brianna.

– Păi, el a decis să se facă jurnalist de război şi să zboare în Afganistan. Voia să merg cu el, să fac nu ştiu ce acolo. I-am spus că n-am chef să mor împuşcată doar pentru că voia să se plimbe prin Afganistan. Vreau să-mi termin studiile de actorie, să mă mărit, să divorţez, **să fac un copil** sau zece și să am probleme cu creditul la bancă, dacă asta vrea Dumnezeu. Dar nu vreau să mor.

Beverly se întristă spunând toate astea; părea prostuță și superficială, însă nu era, și în mai puțin de zece minute de la sosirea ei la vilă, toți o adorau. Mai puțin Pam.

„Ce naiba s-a întâmplat cu actrițele blonde platinate, cu dinți perfecți, țâțe mari și creier minuscul?" reflectă ea privindu-l pe ascuns pe Ed, însă fără să știe ce simțea el. Surorile Ford discutară cu Beverly toată seara. Trebuiau să recunoască, era o tipă destul de interesantă.

– Deci ești ospătăriță, Tara? o întrebă tânăra actriță care era mai apropiată de vârstă de Tara decât de celelalte.

– Nu, interveni râzând Brianna, doar schimbă lucruri, cum ar fi mâncare și băutură, pentru bani. Cum am putea să numim asta? Un fel de agent de bursă sau profesoară?

– Ha-ha, ce deșteaptă ești, doamnă asistentă în șomaj, care te culci cu cine apuci și apuci să te culci cu cine e dispus să te ia, replică Tara zâmbind răutăcios.

Pe la ora unsprezece, Harrison își făcu apariția. Îmbrăcat ca de obicei în costum și cu părul unsuros, se așeză cu ei la masă, forțându-se să zâmbească și să dialogheze, dar nimic din ce spunea nu era plăcut sau interesant. Când Tara se ridică și intră în casă, el o urmă ca un cățeluș.

– Cândva... poate facem... ceva? se fâstâci el în spatele ei.

Tara se întoarse și-l privi, abținându-se să nu vomeze pe el.

– În urmă cu două zile am făcut ceva și am deja planuri pentru... cândva.

– Nu știu dacă ți-ai dat seama, Tara, însă îmi placi foarte mult, mărturisi el ștergându-și broboanele de sudoare de pe frunte.

– Nu am timp de asta. Sau de tine, replică ea privindu-l cu scârbă.

Oare cum își putea imagina soiosul acela că ar fi interesată de persoana lui?

– Dacă mi-ai acorda o șansă și te-ai obișnui cu mine, ți-ai da seama că sunt un om de valoare și că aș putea să te fac foarte fericită.

– Cu cât te cunosc mai bine, cu atât te plac mai puțin, deci ce-ar fi să mă lași în pace? spuse ea neașteptând ca el să răspundă, apoi ieși afară la ceilalți.

– Va trebui cumva să ne debarasăm de ciudatul ăsta cu fața lucioasă și păr gras. Auzi, a îndrăznit să mă invite să facem ceva! Singurul lucru pe care mă văd făcându-l cu el este să-i scot intestinul gros și să-l arunc la rechini.

– Nu înțeleg ce vede la tine, opină Brianna.

– Știu ce vrei să zici, replică Tara, ani de zile mi-am pus aceeași întrebare în ceea ce vă privește, pe tine și pe Brent. Nu știu ce dracu' o fi văzut omul ăsta la tine: nu ești nici simpatică, nici deșteaptă și nici plăcută. În plus, te culci cu cine poți. Uite, Harrison este liber. De ce nu-ți încerci norocul cu el?

Brent începu să râdă, iar Brianna îl săgetă din priviri.

– Dacă ataci, trebuie să-ți asumi consecințele, rosti Joy încet. Tu ai început, Bri.

– Întotdeauna ai fost de partea ei, se plânse Brianna. Și în spate numai de rău te vorbește.

După încă o jumătate de oră, gașca se sparse și fiecare se îndreptă spre apartamentul lui. Beverly n-avea de gând să meargă la ea acasă și Pam o văzu îndreptându-se cu Ed spre apartamentul lui.

– Îmi pare rău că am ratat piesa ta de teatru, îi spuse Pam lui Ed. Cum a fost?

– Jessica a vomat pe scenă, răspunse el trântind ușa în spatele lui și lăsând-o pe Pam pe culoar cu surorile Ford.

– Mă duc să mă culc, zise Pam. Dar înainte cred că voi vomita.

– Ești îndrăgostită de el? o întrebă Joy.

– Doar o urăsc pe ea. Și cum e o tipă simpatică și faină care nu mi-a făcut niciodată nimic, înseamnă că da, sunt îndrăgostită de el. Când și cum s-a întâmplat asta, habar n-am.

– Nici măcar nu aveam idee că vă vedeți, zise Brianna.

– Nu ne-am întâlnit decât astăzi. O dată. Deci ori sunt foarte proastă, ori foarte disperată.

– Poate puțin din amândouă? opină Brianna și surorile Ford își dădură ochii peste cap.

Într-adevăr, sora lor știa să dea cu bățul în baltă la momentul potrivit.

– Când a zis Sunny că revine din Santa Barbara? întrebă Tara.

– Mâine, răspunse Joy. Trebuia să fie la vilă luni, însă Phil s-a dus după ea acolo. Se pare că terapeuta de cuplu nu-l mai satisface; dar Sunny nu mai vrea să se întoarcă la el chiar dacă-l iubește. O admir pe fata asta cât este de serioasă, iar când își propune ceva, nu se lasă până nu răzbește. Este calmă, simplă și dă întotdeauna sfaturi bune.

Urcând treptele din sticlă spre apartamentul lor, dădură nas în nas cu Harrison. Pentru prima oară, aveau ocazia să-l vadă fără costum; în acel moment purta o pijama albă cu dungi maronii și arăta de parcă tocmai ieșise dintr-o pușcărie de prin anii 1930. De fapt, locul în care el ar fi trebuit să fie, se gândeau ele.

– Tara, te rog, pot să-ți vorbesc? o abordă el pentru a doua oară în seara aceea.

– Du-te dracu', Harrison! grăi tânăra roșcată trecând pe lângă el, fără ca măcar să-l privească, apoi se adresă pe scări surorilor: Începe să mă obosească rău de tot cretinul ăsta.

El rămase tăcut și doar se uită după ele. Înainte să intre în apartament, Brianna se întoarse și-l privi. Se sperie când văzu privirea din ochii lui. Era ceva între furie, ură și frustrare.

– Cred că ar trebui să te controlezi când îi vorbești nebunului ăluia, Tara. Sunt convinsă că e psihopat și, mai înainte, te privea cu ochi de nebun. Nu te pune cu el, că o să pierzi. Mi-e foarte frică de el.

Tara intră în camera ei și, după ce făcu duș, ieși pe terasă și atunci îl văzu. Stătea și se uita la ea. Nu se feri când observă că ea îl privește. Tara intră în cameră și pentru prima oară închise geamul. Nu se mai simțea în siguranță în propria casă. Se duse repede la Joy în odaie, dar aceasta o expedie printr-un semn cu mâna; vorbea cu Fat și nu avea chef să fie deranjată. Tara se gândi să se ducă la

Brianna, însă se răzgândi pe loc. Surorii ei nu-i păsa niciodată de nimeni și nu știa să consoleze în situații critice. Trecând prin fața ușii ei, o auzi și pe aceasta vorbind la telefon. I se părea sau Brianna chiar plângea? Tara își lipi urechea de ușă și ascultă.

– Brent, nu înțeleg de ce ești atât de crud. Știu că am greșit, dar crede-mă, am fost în iad. Chiar trebuie să mă pedepsești pentru asta? De ce pleacă toți din viața mea? întrebă ea plângând și lui Tara i se făcu milă.

Chiar și monștrii aveau inimă câteodată.

– Nu pleacă nimeni din viața ta, spuse Brent, care urca scările, tu îi dai afară cu picioare în fund. Deschide ușa, Brianna, vin la tine.

Tara intră în camera ei. Ar fi vrut să meargă pe terasă și să le asculte conversația, însă îi era frică să nu o vadă Harrison. Privi pe geam afară, dar nu-l văzu. Probabil că nebunu' era extenuat și s-a dus să se culce, se gândi ea, pe urmă deschise încet geamul și merse pe terasă ca să asculte conversația celor doi. Nu-și imagina că Brianna încă îl iubea pe Brent. Sau că-l iubise vreodată. Nu vorbise niciodată prea elogios la adresa lui, nu dăduse impresia că suferea sau că-i ducea lipsa și în acel moment era mirată să-și audă sora implorând iertare. Nu era stilul ei să-și ceară scuze sau, mai mult, să recunoască faptul că era vinovată. De când o știa, Brianna fusese întotdeauna în centrul atenției. La liceu fusese star, la clubul de fitness era vedeta, iar părinții lor o crezuseră o sfântă.

– Am făcut o greșeală, te implor, iartă-mă! Îți promit că nu o să-ți pară rău.

– Așa mi-ai zis și anul trecut, replică Brent, care nu mai părea deloc beat, și în urmă cu doi ani, Brianna. De fiecare dată ți-am iertat escapadele sexuale și am suferit ca un câine, însă nu te-a durut nici în cot.

– Nu mi-am dat seama cât de mult te iubeam până nu te-am pierdut. Acum știu că ești potrivit pentru mine și vreau să te recompensez. Mai dă-mi o șansă, una singură, și nu vei regreta, se miloji ea, dar Brent nu părea deloc convins. Știu că mă mai iubești. Uite, porți încă verigheta.

El se uită trist la mână.

– A însemnat mult pentru mine... Angajament, iubire, familie.

– Haide, recunoaște, spune-mi că mă mai iubești, Brent.

– Nu, Brianna. Ai reușit, în final, să ucizi și asta. Însă mi-a plăcut să fiu căsătorit. Cred că am moștenit asta de la părinții mei, o lămuri el privind spre plaja întunecoasă.

Arăta trist și ea se întrebă dacă el chiar își dădea seama că vorbea cu ea. Se pare că mai mult avea nevoie să-și vorbească sieși.

– Părinții mei sunt căsătoriți de peste treizeci de ani și încă se țin de mână când merg pe stradă. Credeam că și noi aveam asta, dar se pare că m-am înșelat. Privind retrospectiv, conștientizez că deseori m-am înșelat în viața mea, explică el. Se întoarse spre ea și o privi direct în ochi: Prima mea greșeală și cea mai mare a fost când am decis să mă căsătoresc cu tine. Mi-ai spus că nu erai pregătită și ar fi trebuit să te ascult, însă te iubeam atât de mult, încât știam sigur că era o decizie bună. Se pare că ai avut dreptate.

Brianna plângea în continuare. Conștientiză ca situația era mult mai gravă decât îi plăcea să creadă. Nu cunoscuse acea latură hotărâtă a lui; în relația lor, ea fusese întotdeauna cea care luase deciziile. Fusese convenabil, dar cu timpul încetase să-l mai respecte. Îl dresase așa cum dorise și când, în final, ea obținuse rolul de bărbat al familiei, îl aruncă la gunoi. Iar în acel moment, odată ce el decise să-și recupereze masculinitatea și să devină indisponibil, redevenise un bărbat atrăgător și interesant. „Oare de ce suntem atrași întotdeauna de ceea ce nu putem avea", se întrebă ea. Îl privea și avea convingerea că era un bărbat foarte atractiv. Nu știa sigur dacă era dragoste adevărată ceea ce simțea sau doar frica de a-l pierde definitiv. Era dentist, era tânăr și atrăgător, nu-i trebuia mai mult de două minute pentru a-și băga în pat pe oricine ar fi vrut el. Nu își dădea seama că lacrimile îi șiroiau pe obraji. El se apropie de ea, o privi blând, apoi îi șterse fața.

– Nu o să știi niciodată cât te-am iubit, Brianna, îngerul meu scump, adăugă el cu lacrimi în ochi, pe când ea plângea în hohote, pentru că simțea finalul. Te-am iubit mai mult decât pe viața mea și urăsc faptul că te fac să plângi, însă din păcate, nu am o altă soluție mai bună. Trebuie să mă gândesc la mine; de ani de zile sunt foarte nefericit și nu merit asta. Pur și simplu nu mai suport să sufăr, să fiu gelos, suspicios și să mă întreb tot timpul ce faci și cu cine ești.

– Nu o să mai fiu cu nimeni, se tânguia Brianna, plângând în continuare, te rog, mai dă-mi o șansă. Îți voi face chiar și un copil. O fetiță care să semene cu mine, așa cum ți-ai dorit dintotdeauna, zise ea cu fața plină de lacrimi și nasul roșu de la plâns.

El nu vru să-i spună că de mult nu își mai dorea o a doua Brianna. Nu era genul de om care să calce pe cadavre sau să lovească un om care era deja jos, chiar dacă persoana aceea îl făcuse să sufere enorm.

– Într-o zi, iubita mea, o să-ți găsești pe cineva care te va face fericită. Toți merităm să fim fericiți. Suntem încă tineri și nimic nu e pierdut.

– Dar nu înțelegi că de abia acum îmi dau seama cât de mult te iubesc? Întotdeauna ai fost tu, însă, nu știu de ce, nu am văzut. Cum am putut să fiu atât de oarbă?

– Nu a fost vina ta, Brianna. Te-am lăsat să faci cu mine ceea ce ai vrut, apoi ai încetat să mă mai iubești. Deoarece îți plac bărbații puternici, or eu m-am lăsat călcat în picioare de tine. Am făcut-o din dragoste, dar n-ar fi trebuit. Asta a ucis totul între noi.

Ea clătina din cap. Nu era de acord cu ceea ce afirma el. Nu fusese vinovat cu nimic, iar ea, care se crezuse feminitatea întruchipată, nu era decât o castratoare insensibilă. Avusese atâtea șanse cu el, însă nu le întrezărise. Se spune că fiecare ne merităm soarta. Da, ea era total de acord cu asta și sosise timpul să plătească.

– Mă voi bate pentru tine, Brent! Nu mă voi retrage de pe scenă chiar dacă pentru asta va trebui să aștept o viață întreagă. Îți voi demonstra că te iubesc și că nu e doar un moft de-al meu. Nu voi avea niciun bărbat în viața mea și am să-ți demonstrez că m-am trezit la realitate; voi sta cuminte și te voi aștepta. Sunt sigură că într-o zi vei reveni la mine și ne vom face o familie a noastră, așa cum ți-ai dorit întotdeauna.

– Tocmai despre asta e vorba, Brianna. Niciodată nu ne-am dorit același lucruri: eu mi-am dorit o familie, tu n-ai fost pregătită pentru una, eu te-am lăsat să mă îngenunchezi, deși știam ca asta mă va pierde, iar acum tu vrei să-ți sacrifici visurile pentru a le realiza pe ale mele. Baza relației noastre este fondată pe greșeală, sacrificiu și efort. Nu avem nicio șansă să funcționeze. Știu că ai convingerea că mă iubești și că ai pierdut dragostea vieții tale, dar într-o zi îmi vei mulțumi, rosti el zâmbind trist. Nu însă înainte de mă urî puțin. Nu ai suportat niciodată abandonul, refuzul, faptul că cineva îți spune „nu". Astăzi suferi, mâine îți vei zice că sunt un monstru, pe urmă, într-o zi, totul se va liniști, nu va mai fi atât de grav sau de important și vom trece mai departe. Dar să nu uiți niciodată un lucru, Brianna: întotdeauna voi fi prietenul tău și, dacă te voi putea ajuta cu ceva, o voi face.

Ea plângea în hohote în brațele lui. Mirosul familiar îi lipsea deja și atunci îi veni o idee.

– În numele a ceea ce am fost odată pentru tine, Brent, te rog să faci dragoste cu mine pentru ultima oară. Îți promit că te voi lăsa să pleci, însă am nevoie să-mi iau la revedere de la tine așa.

El o privi cu o foame nebună în ochi, dar știa că ar fi fost cea mai mare greșeală să facă asta. Cum ar mai fi putut a doua zi să plece din brațele ei? Viața lor sexuală fusese bună, Brianna avea un talent înnăscut pentru asta. Era o femeie căreia-i plăcea să facă dragoste, era pasională și generoasă. Doar la gândul nopților lor fierbinți el simți cum se întărește, iar Briannei nu-i scăpă. Se lipi toată de el, lăsându-l să-i adulmece mirosul atât de familiar, miros pe care îl adorase ani în șir. Brianna folosea întotdeauna parfumul lui Tom Ford, Jasmine Rouge, și el îi spusese într-o zi că niciodată n-ar putea uita acel odor.

Îl mângâie pe gât, apoi îl sărută ușor și își făcu drum spre buzele lui înfometate. Când îi simți cu limba căldura primitoare a gurii, toate simțurile ei se treziră la viață. El ar fi vrut să se retragă și știa că, dacă o făcea, trebuia să ia decizia asta cât mai repede, altfel era prea târziu. Cu sânii fermi pe pieptul lui, Brianna începu să-și unduiască trupul frumos, mângâindu-l și dezmierdându-l. Îi cerea să o iubească, să o umple și să o împlinească. Era atât de bine să o aibă iarăși în brațele lui, încât Brent își spuse că, în definitiv, nu era decât o noapte și nu avea dreptul să și-o refuze. Doar fusese iubirea vieții lui. Simțindu-i coapsele care se frecau de-ale lui, conștientiză cât de dor îi fusese de ea și într-o secundă o ridică în brațe și o întinse ușor pe pat. Își scoase repede tricoul și o privi de sus, lăsându-i și ei timp să-l privească.

În cameră era semiîntuneric și la lumina lunii Brianna îi vedea abdomenul ferm și brațele vânjoase. Se aplecă peste ea și îi trase rochia peste cap, lăsând-o doar într-o pereche de chiloței minusculi. Apoi își lipi fața de sânii ei cu sfârcurile excitate și începu să-i sărute, jucându-se cu miezul roz și făcând-o să geamă ușor. Pe urmă puse stăpânire pe gura ei cu buze groase, îi sărută ochii, fața și sprâncenele, după aceea coborî pe abdomenul suplu și cu o mișcare sigură îi smulse chiloții, făcând-o să geamă de plăcere. Când buzele lui îi atinseră partea intimă, ea înnebuni. Își arcui spatele și când fu aproape de orgasm el intră în ea, urcând-o pe culmi pe care nu mai fusese niciodată. Fusese surprinsă să descopere acea parte a lui. Se lăudaseră întotdeauna cu viața lor sexuală, dar în acea seară fusese extazul complet. Ea gemu arcuindu-și coloana vertebrală, apoi își încolăci picioarele lungi în jurul taliei lui și-l trase mai adânc în ea, oferindu-i la rândul ei același extaz. Adormiră pentru scurt timp unul în brațele celuilalt, pe urmă ea se trezi prima și începu să-l sărute din nou. Se urcă pe el unduindu-și corpul languros deasupra lui, dominându-l și ridicându-l pe culmi minunate. Când soarele răsări, ei încă făceau dragoste. Mai calm, mai încet, însă cu o intensitate înnebunitoare, pe care aveau să și-o amintească pentru tot restul vieții.

Într-un final, când ea adormi mulțumită, Brent se ridică și, fără să facă zgomot, se îmbrăcă, o mai privi o dată, după aceea ieși din apartamentul și din viața ei.

# 5

Brianna dormi dusă până la ora zece, pe urmă se trezi cu zâmbetul pe buze și se întinse languros în patul mare cu baldachin, de unde vedea oceanul care era o oază de serenitate. Exact cum se simțea și ea. Dumnezeu îi dăduse o nouă șansă cu Brent și avea să fie, în sfârșit, soția pe care el și-o dorise. Ashton nu era serios. Și nici interesat de monogamie. Sări din pat goală pușcă, se băgă rapid în duș și după ce se spălă pe dinți își puse o rochiță scurtă din mătase în culorile curcubeului. Nu avea nevoie de machiaj, era foarte frumoasă naturală. Ochii mari albaștri cu gene lungi și negre erau expresivi, iar în acea dimineață, foarte surâzători. Cu un zâmbet larg pe gura cu buze roșii groase, ieși pe terasă, unde surorile ei își beau cafeaua.

– Nu o să vă vină să credeți ce mi s-a întâmplat aseară, zise ea fericită.

– Vrei să spui în afară de faptul că te-ai milogit în fața lui Brent, o ironiză Tara, iar Joy o privi cu reproș.

– Milogeală sau nu, am obținut ceea ce am vrut. Brent și cu mine suntem iarăși în cuplu și asta este tot ce contează la ora asta, preciză Brianna făcând piruete ca o fetiță de trei ani.

— Ești sigură că n-a fost mai degrabă o noapte de adio? întrebă Tara.

— Oare când o să te oprești să mai asculți pe la uși? se răți Brianna la sora ei.

— Am făcut-o pentru binele tău, replică roșcata, luând o gură de cafea din ceașca mare roșie pe care scria „Sunt o tipă extraordinară".

— Și cum ar putea faptul că spionezi să-mi fie benefic?

— Simplu. Fiind implicată, nu poți să vezi realitatea așa cum o văd eu. În ceea ce tu numești o noapte fierbinte de dragoste care vă va uni „până când moartea vă va despărți", vă veți omorî unul pe altul sau până când îți vei găsi un alt amant, eu văd doar o noapte de sex torid care pecetluiește finalul unei relații complicate. Mi se pare că încurci dragostea cu mila, Brianna.

— Ce te face să crezi asta? o întrebă sora ei dintr-odată îngrijorată.

— Faptul că dimineață, când ieșea din camera ta pe vârful picioarelor, se simțea culpabil și aproape că nici nu a îndrăznit să mă privească în ochi, răspunse Tara.

— Dar ce dracu', mă, femeie, ai dormit în fața ușii mele? se răsti enervată Brianna.

— Nu, răspunse Tara. M-am trezit devreme ca să-mi fac joggingul și atunci am dat cu ochii de el. Nu părea fericit, mai degrabă vinovat, suferind.

— Ce psihologă ai devenit în ultimul timp! se răți Brianna la ea.

– Îmi dau seama că ne certăm şi toate astea, însă să ştii că ţin la tine şi nu vreau să suferi. Îmi place să te tachinez, aşa cum o faci şi tu, dar îţi doresc binele. Şi mi-aş dori din tot sufletul ca tu şi cu Brent să fiţi iarăşi împreună, însă îţi spun sincer, nu asta am observat de dimineaţă pe faţa lui.

– Rămâne de văzut, nu-i aşa? glăsui Brianna cu încăpăţânare, fiind totuşi îngrijorată.

Ştia că Tara era foarte perspicace; desluşise întotdeauna mai bine decât oricine altcineva sufletul oamenilor.

– Oricum, deocamdată, vreau să păstrez secretă legătura noastră, pentru că dacă, într-adevăr, este adevărat ceea ce afirmi, n-am chef să mă fac de ruşine în faţa tuturor de la vilă.

Surorile ei acceptară pe loc, apoi trecură la subiectul Fat.

Joy şi cu el se vedeau regulat, iar ea îl plăcea din ce în ce mai mult, fără să depăşească însă stadiul săruturilor. Ea voia să o ia încet, să nu mai sară nicio etapă. Învăţase că, vrând să ajungă mai repede la destinaţie, rata multe lucruri frumoase, cum ar fi: primele întâlniri, primul buchet de flori, sărutul în faţa uşii şi emoţia următoarei revederi.

– Weekendul următor am stabilit să mergem în Palm Springs, spuse Joy.

– Şi tu pleci? întrebă Tara disperată. Ceilalţi pleacă în Las Vegas, asta însemnând că la vilă voi rămâne doar cu nebunul de Harrison? Aşa ceva nu este posibil, va trebui să plec şi eu în Vegas cu ceilalţi.

– Iar eu ți-am promis un job la barul meu, așa că, vrei sau nu, zise Joy, trebuie să mă înlocuiești. Dacă ți-e chiar atât de frică de Harrison, de ce nu dormi la mine în birou?

– Știi bine că nu pot să dorm pe o canapea sordidă din piele; am nevoie de confortul meu, o lămuri Tara.

– Oare ce e mai bine? opină Brianna mimând că se gândește. Să dormi inconfortabil pe o canapea sau să fie Harrison pe urmele tale? Va fi în delir să te aibă doar pentru el. Te iubește la nebunie.

– Ceea ce tu numești iubire eu numesc episod psihotic, rosti Tara, dar bănuiesc că nu e chiar atât de nebun. Ce ar putea să facă mai mult decât să mă agaseze cu propunerile lui timide?

– Să te taie în bucățele și să te bage într-un sac negru? spuse sora glumind doar pe jumătate.

– Se va îmbrăca la patru ace, declară râzând Joy, își va da cu briantină pe părul deja lucios de grăsime și-apoi îți va face o curte nebună.

– Un jegos la patru ace rămâne tot un jegos, opină Tara plictisită. Cred că nebunu' ăsta are doar un singur costum și, la cât este de boțit, sigur doarme îmbrăcat în acesta. Mi-e silă de el, dar nu mi-e frică. Pare frustrat și toate astea, însă nu cred că este un criminal în serie, în ciuda faptului că l-am văzut cu sacul acela. Al cincilea simț îmi spune că nu este periculos. Doar foarte frustrat. Oare nu există un tratament pentru asta?

– Ba da, răspunse râzând Joy, se numește Johnny Walker.

– Nebunu' nu bea niciodată, ați observat? întrebă Brianna. Poate urmează un tratament și n-are voie alcool, adăugă ea, apoi, privind-o pe Tara, i se adresă: sincer, te-aș sfătui să dormi la birou. Nu poți să știi de ce e capabil Harrison. Niciodată nu ne gândim că ni s-ar putea întâmpla ceva; credem că doar la alții vin nenorocirile.

– Nu cred deloc asta, a fost de părere Tara. Mai ales după ce părinții noștri au murit în accidentul acela stupid.

– Parcă nici n-au fost vreodată, rosti Joy tristă. Mi-e atât de dor de duminicile noastre în familie, de *brunch*-urile pe care le făceam cu vecinii noștri.

– Mda, mârâi Brianna, vecini care nu ne-au mai sunat de două luni ca să ne întrebe cum mai suntem. Sunt sigură că s-au împrietenit cu Raven, vrăjitoarea cartierului.

Chiar atunci Sunny își făcu apariția pe faleză; când le văzu, le făcu fericită cu mâna.

– Hei, așteptați-mă și pe mine, zise ea veselă ca de obicei. Pregătiți-mi o ceașcă de cafea, îmi las bagajul în apartament și vin într-un minut.

– Te așteptăm, ziseră ele în cor.

Erau fericite să o știe pe Sunny acasă. Cumva, ea ajunsese stâlpul grupului, liderul lor. Veșnic binedispusă și dornică în a ajuta atunci când i se cerea ajutorul, toată lumea o aprecia. Bruneta drăguță își făcu apariția în mai puțin de un minut. Ajunsă pe terasă, le sărută fericită pe toate trei; indiferent ce dezacorduri avusese înainte cu Brianna, acestea se terminaseră.

– Ce mă bucur să vă văd, spuse ea cu ochii albaștri surâzători și un zâmbet larg pe buze. Am plecat doar de o zi, dar am impresia că nu v-am văzut de o eternitate.

– Știi ce semnifică asta, da? întrebă Joy. Înseamnă că inima ta este aici, ceea ce face din această vilă casa ta. Pentru noi toți, locatarii, ea nu este doar un acoperiș deasupra capului, ci căminul nostru, locul unde ne simțim bine, înconjurați de oameni care ne iubesc. Suntem aproape o familie și când afirm asta, evident, nu mă refer la Harrison. El este singura oaie neagră din micul nostru grup perfect.

Toată lumea era de acord cu asta.

– Povestește-ne cum a fost în Santa Barbara, îi ceru Brianna.

– Scurt. Drăguț, însă foarte scurt. Phil și-a făcut apariția smerit și gata să-mi ofere Luna de pe cer. Mi-a zis că-i pare rău pentru ce a făcut și că ar mai vrea a doua șansă. I-am replicat că nu mai am nimic să-i ofer.

– Asta înseamnă că nu-l mai iubești? o întrebară ele.

– Dacă faptul că nu pot sta în aceeași cameră cu persoana în cauză sau că-ți vine să-i scoți ochii când o vezi este dovada lipsei de iubire, atunci, da, nu-l mai iubesc chiar deloc.

– Ce bine cred că îți e să poți trece atât de ușor peste o relație în care ai fost câțiva ani, rosti Brianna tristă. Poate ar trebui să stau și eu mai mult în cap; poate m-ar ajuta să fiu mai puțin sensibilă.

Sunny o privi cu interes.

– Vrei să sugerezi că îl iubești pe Brent?

– Nu, răspunse Brianna, mințind, ca Sunny să nu afle adevărul. Vreau doar să te anunț că de-acum încolo voi face yoga cu tine cel puțin de trei ori pe săptămână. Îmi faci un preț, da?

– Și luna viitoare îmi faci și tu un preț la chirie, așa-i? chicoti Sunny.

Nu era avară sau egoistă, dar yoga era singura ei sursă de venit.

– Bine, bine, consimți Brianna, deloc supărată, n-am nevoie de nicio reducere, dar va trebui să lucrezi al naibii de mult cu mine. Vreau să ajung o campioană.

– Bineînțeles că vrei, zise Tara în barbă, iar Joy zâmbi. Ele știau că sora lor nu făcea nimic pe jumătate.

– Haide, povestește-ne peripețiile tale cu Phil, spuse Joy.

– N-a fost nicio peripeție, rosti Sunny plictisită. Tipul chiar mă ia drept Maica Tereza. A dat buzna la restaurantul unde luam cina singură și, fără să-l invit, s-a așezat la masa mea. Mă privea cu o dragoste nemărginită, crezând, în mod cert, că îi voi mai înghiți minciunile. „Fața ta e aceeași ca în visele mele", îl imită ea strâmbându-se ca o școlăriță. „Arăți așa cum te știu dintotdeauna și am visat atât la această reîntâlnire." L-am mințit și i-am spus că mă căsătoresc în curând, explică Sunny râzând.

– Gelozia poate să funcționeze, declară Brianna, gândindu-se că era posibil să-l recupereze, probabil, pe Brent făcându-l iarăși gelos. Ce ți-a răspuns?

– M-a privit trist cu ochi blânzi, mincinoși, cu care m-a amăgit de atâtea ori, apoi și-a pus mâna peste a mea și cu vocea cea mai caldă din lume mi-a trântit ceva de genul:

„Cumva, căsătoria asta nu făcea parte din visul meu". Acest individ nu m-a apreciat niciodată la adevărata mea valoare. Sunt o fată care trăiește după propriile reguli, nu o târfuliță răsfățată și leneșă, așa cum m-a făcut el să mă simt de nenumărate ori. Ajunsesem să mă obișnuiesc cu absențele lui, cu scrisorile de dragoste sau telefoanele anonime de la miezul nopții, povesti Sunny și privi cu ochi triști în depărtare. Îmi aduc aminte că odată a avut un episod destul de lung cu o individă. Îmi spunea că nu era cu ea; că era doar o pacientă care avea nevoie de el și îi era frică să nu se sinucidă. Ulterior am aflat că era o tipă care era nehotărâtă, nu știa ce drum să aleagă în viață. Încercase câteva joburi, pe urmă s-a apucat să ia unele droguri și, în final, a decis să aibă o aventură cu un doctor.

– Crezi că te-a înșelat cu ea? întrebă Joy.

Fusese întotdeauna o naivă și crezuse toate minciunile pe care iubiții ei i le debitaseră. Joy era onestă și nu pricepea de ce lumea trebuia să mintă.

– Evident că m-a înșelat. Cu ea și cu multe altele. Iar eu am fost suficient de fraieră să mă mint. De-acum încolo, voi avea grijă să fiu oriunde nu se va afla el. Mi-a zis că eram singura lui legătură cu viața normală. Ei bine, pentru mine, el este legătura cu o viață pe care acum o urăsc. A fost crescut de mama lui după ce aceasta a divorțat de Peter, tatăl lui, un porc și jumătate. Iar Phil a ajuns cine a ajuns doar datorită mamei, o femeie rezonabilă și incredibil de hotărâtă. Fratele lui, care la divorț a optat să locuiască împreună cu Peter, a ajuns o epavă a societății. Taică-său l-a învățat cum să fumeze marijuana, cum să bea șampanie fără să se îmbete și cum să le facă pe femei să intre mai repede în patul lui. Un escroc insensibil. Și cred că Phil l-a moștenit. A fost bine crescut de mama lui, totuși genele sunt gene. Este o combinație de sex-appeal ostentativ, energie pozitivă și un corp atletic fenomenal. În timp ce eu sunt adepta monogamiei, el crede că un partener infidel poate prinde bine unei relații. Voi doi, i se adresă ea Briannei, v-ați potrivi de minune.

– De ce? Fiindcă suntem atât de ornamentali amândoi? întrebă Brianna serioasă, iar Sunny o privi ca să vadă dacă glumea sau nu.

Nu, nu glumea. Sunny se uită la Joy și Tara, iar acestea încuviințară zâmbind. Da, sora lor putea fi foarte egoistă și insensibilă. Faptul că a trișat de câte ori a putut nu i s-a părut o crimă.

– Tara, se auzi o voce bărbătească din curtea vilei.

Cele patru fete se uitau la Harrison, care, în șort și-n tricou, pentru prima oară, îi făcea fericit cu mâna Tarei.

– Vrei să vii cu mine la o înghețată? o întrebă el cu o nonșalanță dezarmantă.

Fata îl privit cu dezgust.

– Ți-am mai spus și aseară să mă lași în pace! Asta este viața mea, nu un basm cu happy-end din imaginația ta bogată.

– Dacă recunoști că e un basm, suntem deja la jumătatea drumului. Și basmele se termină întotdeauna cu happy-end, zise el cu un rânjet antipatic pe față.

– În mod cert, nu basmul tău, adăugă ea săgetându-l cu privirea.

– Bine, atunci mă duc la o bere, spuse el şi plecă târşâindu-şi picioarele.

– Nebunu' asta nu ştie să umble cu papuci, comentă Tara cu scârbă în priviri. Nu o să-nţeleg niciodată cum o fi făcut ăsta medicina.

Ele erau de acord cu ea.

Plictisit, Harrison se aşeză pe marginea pontonului şi începu să arunce cu pietricele în ocean. Tresări când îi sună telefonul. Răspunse, auzi vocea lui Raven şi se sperie de-a binelea.

– Într-o jumătate de oră vreau să te văd la Urth Café în Beverly Hills, îi ordonă ea pe un ton care nu admitea refuzul.

El bolborosi ceva de neînţeles, apoi, fără niciun chef, chemă un taxi şi se duse să o întâlnească pe sora lui.

Ea îl aştepta deja pe terasă, având în faţă un ceai verde cu Boba, specialitatea casei. Era îmbrăcată în ţinută sportivă, la fel ca majoritatea celor de acolo. Cafeneaua era plină, ca întotdeauna. Lumea se întâlnea acolo la orice oră din zi: după joggingul de dimineaţă, când îşi luau micul dejun, pentru un prânz sănătos sau o băutură cu colagen. Erau tineri cu laptopurile care discutau afaceri, alţii care doar se amuzau pe internet. Raven îi zâmbi larg lui Harrison, spunându-şi în gând că va trebui să-l ajute să-şi aleagă garderoba. Îi era ruşine cu el, dar în America oamenii nu erau critici, aşa ca în Europa.

– Ai venit repede, unde ai parcat? întrebă ea, neinteresând-o deloc cu ce ajunsese el acolo.

– Am venit cu taxiul, răspunse el apatic.

Ar fi avut chef să-l plesnească. Se abținu și își spuse în gând: „Cu incompetentul ăsta nu o să ajung nicăieri, însă din păcate, am mare nevoie de informațiile lui".

– Peste câteva zile vei rămâne doar tu cu ea la vilă. Va trebui să faci în așa fel încât să nu aibă companie.

– Și cum aș putea să fac așa ceva? Dacă ea decide să-și invite o prietenă, cum o pot împiedica să nu vină?

– Nu știu, nu mă interesează. Va trebui să găsești ceva. Umblă în pielea goală prin vilă, fă-le să o ia la fugă.

– Mulțumesc, ești drăguță, grăi el privind-o cu reproș.

– Nu, iubitule, n-am vrut să spun că ești oribil, dar câteodată știi cum să faci o femeie să fugă de tine.

El continua să o privească supărat și ea încercă fără succes să-și repare gafa.

– Ai fi chiar atrăgător dacă ai pierde câteva kilograme, sugeră ea atingându-i abdomenul inferior care era flasc.

El o apucă brusc de încheietura mâinii și o strânse tare.

– Oprește-te, femeie, că te plesnesc! îi șopti el printre dinți.

Ea îi simți respirația greoaie în față. Harrison nu se enervase de foarte multe ori în viața lui, dar ea știa că, atunci când o făcea, se lăsa cu sânge. Se hotărî să bată în retragere. Cel puțin până se calma.

– Bine, bine, iubitule, orice, numai nu te enerva. Știi că data trecută când ai făcut-o era să iei doi ani de pușcărie.

El îi dădu drumul la mână și-și comandă o cafea neagră. După ce chelnerița i-o aduse, vărsă în cană o sticluță întreagă de whisky, luată din minibarul unui hotel. Ea îl privi suspicioasă.

— Să nu-mi spui că te-ai întors iarăși la acel hotel?

Harrison o săgetă cu privirea.

— Nu-ți zic nimic, e clar?

„Evident, reflectă ea, nu mi-am ales bine ziua în care să mă întâlnesc cu bizarul meu frate."

— Am de dat câteva telefoane, se rățoi el, ce-ar fi să mergi și să-mi faci rost de puțin alcool?

Nu era o întrebare, ci mai mult un ordin, și ea știa că trebuia să se conformeze. După ce o va pedepsi pe Tara, se va ocupa de educația fratelui ei.

— Și cuvântul magic este...? întrebă ea pe un ton fals vesel.

— Felație! Într-o secundă te vreau înapoi cu sticla de whisky!

— Nu pot ajunge nicăieri într-o secundă, răspunse Raven scrâșnind din dinți și forțându-se să nu pară furioasă.

Nu era întotdeauna dispusă să asculte vulgaritățile și ordinele nebunului ei de frate.

— Astea sunt doar visele voastre, ale bărbaților, nu și ale noastre, încercă ea să glumească, deși, în realitate, avea chef să-i smulgă jugulara.

— Hm!... exclamă el ironic. Viața nu-i făcută din vise. Dezamăgirea este.

Nu aștepta mare lucru de la el. Bizarul ei frate nu era întotdeauna coerent și, deseori, nu o interesa ce avea el de spus. În acel moment o privea și Raven observă că voia cu orice preț să-i spună ceva.

– Și dacă vrei să ți-o spun pe șleau, continuă Harrison, chiar o plac pe Tara.

– Ce vrei să insinuezi cu asta? îl iscodi ea, fiindu-i teamă ca el să nu se răzgândească în ultimul moment.

„Cum de am scăpat situația de sub control? se întrebă ea în gând. Cum de nu am văzut că asta avea să se întâmple? Fratele meu a avut întotdeauna nevoie de atenție și toată viața lui a fost lipsit de ea. De afecțiune. Sau de un suflet căruia să-i pese de el."

– Nimic, răspunse el ridicând din umeri. Doar că în seara în care ți-ai propus să te răzbuni pe ea, am plănuit să fac pentru prima oară dragoste cu Tara.

Raven îl privi cu ochi mijiți.

– O să o facem, consimți el dintr-odată fericit. Ce să port?

– Un prezervativ și un cuțit, veni răspunsul ei rapid, iar el își dădu ochii peste cap.

– Mmm, ce romantic! Dar, oare, la ce altceva aș putea să mă aștept din partea ta?

Ea strânse atât de tare paharul cu ceai verde în mână, încât îl sparse și se tăie umplându-se de sânge. Neafectat deloc, Harrison o privi zâmbind.

– Ești în criză hormonală?

– Menopauză? Crezi că am vârsta de menopauză!? șuieră ea furioasă.

– Da. Dar de fapt, mă gândeam la schizofrenie.

„Oare ca psihiatru nu ar trebui să știe mai multe"? chibzui ea.

– Pot să-mi șterg sângele de pe mână în timp ce mă judeci? zise ea ironic.

– Nu mă mai privi așa, că nu eu te-am tăiat.

– Mda, poți tăia doar la lumina lunii.

El sări peste masă la ea și o apucă de bărbie.

– Ține-ți închis pliscul ăla spurcat!

Cei din jurul lor îi priveau suspicios și șușoteau, așa că se ridicară de la masă și părăsiră cafeneaua. Își luară scurt la revedere pe trotuar și înainte ca ea să se urce în mașină el îi aduse aminte că nu va abandona sub nicio formă ceea ce își propusese să facă.

Weekendul mult așteptat de Raven sosi cu repeziciune și, spre fericirea lui Harrison, Tara nu invită nicio prietenă la ea. Cu câteva zile în urmă, tânăra roșcată căzuse și se lovise urât la genunchi. Cu sângele șiroindu-i pe picioare și cu lacrimi de durere în ochi, Tara încercă să se ridice de pe treptele de la etajul întâi al vilei; Harrison o auzi și îi veni repede în ajutor, ocupându-se de rana deschisă. În cinci minute îi curățase genunchiul lovit și îi pusese un bandaj.

– Ești mai bine acum? o întrebă el ajutând-o să coboare treptele.

Ea încuviință și el o mai întrebă dacă putea să o lase singură.

– Ți-aș ține companie cu cea mai mare plăcere, dar am pacienți în după-amiaza asta, Tara. Însă dacă nu te simți bine, pot să le sun pe surorile tale și să le anunț că ai nevoie de ele.

– Nu, Harrison. Îți mulțumesc, chiar nu e nevoie. M-am speriat puțin, atâta tot, zise ea zâmbind din colțul gurii, iar el își spuse că e înnebunit după ea.

Din acea zi, parcă nu mai era atât de sălbatică. Îi răspundea frumos la salut și el evita să o deranjeze. În acel moment, pe treptele vilei, ea îi spuse că pleca până la restaurant și că, dacă voia, la întoarcere, puteau să bea un pahar împreună și să discute ca doi prieteni.

Raven îl sună pe la noua seara.

– Nu va veni acasă decât pe la unsprezece, o informă el, așa că, dacă ajungi pe la ora unu dimineața, e perfect. De fapt, nu, perfect ar fi să ieși naibii afară din viața mea și să mă lași să-mi văd liniștit de relația cu Tara.

– Relație? Harrison, toată lumea știe că trăiești în lumea ta, dar nu crezi că exagerezi când afirmi că ai o legătură cu această fată?

– Nu mă vei înțelege niciodată... sau pe o altă ființă omenească, zise el sarcastic și plictisit în același timp. Așteaptă semnalul meu și nu cumva să vii înainte, pentru că, dacă o faci, anulez totul. O fi jocul tău, însă regulile sunt ale mele.

Raven acceptă fără prea mare tragere de inimă. În general, ea era cea care îi manipula pe ceilalți. Nu era obișnuită să i se spună ce să facă și când anume să o facă. Dar cu mult timp în urmă învățase că, din păcate, câteodată trebuiau făcute anumite sacrificii ca să îți realizezi visurile. Viața ei nu fusese niciodată simplă sau ușoară. Se îndrăgostise de Down, se căsătorise, se separase. Trăise minciuna, trădarea și umilința, apoi trecuse prin divorțul dureros. Câteodată își spunea că viața ei era ca un episod de serial: partea a doua diseară la opt: *Cel mai prost destin din lume*. I se întrezărea un viitor promițător și, cumva, totul o luase razna. Asta începuse în momentul în care Down decisese să o înșele cu târfa de Tara. „Ești o parte din mine. Cea mai bună", îi spusese ea soțului ei, însă lui îi păsase prea puțin. Venise momentul ca domnișoara Ford să plătească pentru tot răul pe care i-l făcuse. Down fusese singurul lucru bun și real din viața ei; fiind o ființă bizară care provenea din doi părinți și mai bizari, Raven își găsise liniștea în acea căsătorie. Pe urmă înțelese că „nicio minune nu ține mai mult de șapte zile".

Când Tara se întoarse pe la miezul nopții, el îi pregăti un cocktail Margarita rece, băutura ei preferată.

– Îți mulțumesc, Harrison, dar sunt foarte obosită în seara asta. Ce-ar fi să o lăsăm pe altă dată?

– Cum vrei, Tara, rosti el trist.

Și cum el nu insistă, ea se hotărî totuși să accepte. Poate că era momentul să-i dea o șansă acelui suflet pierdut. Poate că era așa de bizar doar pentru că toată lumea din jurul lui îi întorcea spatele.

– E o seară frumoasă, adăugă ea privind cerul înstelat. De mult nu am mai văzut atâtea stele în Los Angeles; de fapt, aproape că nu le vedem niciodată aici, iar în seara asta sunt milioane. Poate chiar mi-ar face bine o Margarita, spuse ea zâmbind, apoi se aşeză pe unul dintre şezlonguri şi acceptă paharul cu băutură de la el.

Au vorbit de copilăria ei şi despre cât de minunaţi au fost părinţii Ford, iar el i-a zis că a fost norocoasă.

– Chiar dacă părinţii mei nu sunt morţi la fel ca ai tăi, relaţia noastră este inexistentă. Nici în copilărie nu am avut parte de dragoste părintească. Mama este o scorpie rece, iar tatăl, un porc libidinos. La fel a fost şi bunicul şi tot aşa sunt şi eu, cred, recunoscu el, având înfăţişarea unui băieţandru.

Ea zâmbi. Aproape că goliră carafa cu băutură şi amândoi erau conştienţi că petreceau o seară normală, chiar plăcută.

– Nu eşti un băiat rău, Harrison. De ce te comporţi uneori atât de bizar?

– Fără să pară un clişeu, cred că asta este vina tatălui meu. A tuturor umilinţelor pe care l-am îndurat pe parcursul anilor în care am fost obligat să locuiesc sub acelaşi acoperiş cu el. Acoperişul lui, cum obişnuia adesea să-mi spună. Mi-a distrus încrederea în mine, de aceea am şi decis să mă fac psihiatru; credeam că, într-un fel, mă voi vindeca. Uneori sunt chiar normal, preciză el râzând, dar asta doar când lumea nu mă tratează ca pe un animal ciudat.

– Îmi cer scuze, Harrison, dacă m-am purtat urât, rosti Tara sincer. Începând din seara asta, te voi trata cu respect și le voi cere și celorlalți să facă la fel. Ești unul de-al nostru, nu uita asta. Și vei avea în mine un aliat, însă trebuie să știi că relația dintre noi trebuie să rămână strict platonică.

– Sunt de acord, consimți el repede, sperând totuși că în timp ea se va răzgândi.

– Sunt foarte obosită, mă duc să mă culc.

Se ridică în picioare și se îndreptă spre intrarea vilei, apoi se opri și zâmbi.

– Mă bucur că te-am cunoscut așa cum ești cu adevărat, Harrison. Noapte bună.

El îi zâmbi și îi făcu un semn de noapte bună cu mâna, întrebându-se când, oare, drogul pe care i-l pusese în pahar avea să-și facă efectul. După zece minute ieși pe plajă și privi în sus la camera ei. O văzu când ieși de la duș și când stinse lumina. Mai așteaptă câteva minute, pe urmă urcă.

Ușa de la apartament nu era închisă, așa că intră fără niciun fel de problemă. Se duse direct la ea în cameră și, așezat la capul patului, o privi cât era de frumoasă în lumina lunii. Era îmbrăcată într-o cămășuță de noapte lungă din mătase și când o mângâie pe coapse simți că nu purta chiloți, lucru care era foarte convenabil. Nu că o pereche de chiloți l-ar fi oprit să facă ce avea de făcut. Se dezbrăcă încet și se strecură sub lenjeria albă, moale, începând să o miroasă și să o mângâie cu tandrețe. O broboană de transpirație îi căzu pe pielea ei albă și se lipi cu mădularul tare de pulpa ei; Tara dormea dusă, iar când el o penetră, ea nu simți nimic. Pe culmile extazului, Harrison se ocupa de iubita lui ca un bărbat adevărat ce era. Din păcate, a fost întrerupt de soneria de la ușă.

Un bărbat o striga pe Tara și-i spunea că-i adusese cheia de la seif pe care ea o uitase la birou. Harrison stătu ascuns în apartament și așteptă până când angajatul lui Joy pleacă, apoi, cu regret, se îmbracă. Trebuia să se gândească la un plan, cum să facă să-i spună lui Raven că voia să anuleze întâlnirea lor din seara aceea.

Se duse la el în apartament și o sună, dar ea nu răspunse, așa că își turnă un whisky.

– Mă servești și pe mine? îl întrebă sora lui și el sări în sus speriat.

Ea se plimbă prin încăpere analizând totul.

– Camera asta are un...

– Șarm? o completă el plictisit.

– Miros de ciorapi, zise ea, așezându-se pe fotoliul confortabil de lângă televizorul cu ecran mare.

– Nu ți-am spus să nu vii până nu te sun?

– M-ai sunat, Harrison, și am venit atât de repede pentru că am stat pe plajă și v-am privit.

– O iubesc, Raven.

– Și atunci, de ce ai violat-o?

– N-am violat-o. Am făcut dragoste cu ea, așa cum nimeni n-a mai făcut vreodată.

Ea râse lugubru.

– Ai uitat că și Down a trecut pe acolo? Sper că nu îndrăznești să te compari cu el, este un adevărat armăsar.

– Perfecțiunea vine în diferite forme și mărimi.

– Da, hohoti Raven, așa spuneți toți cei dotați cu bețe de chibrituri.

Fără să zică nimic, el se ridică și plecă.

– Nu poți să-mi întorci spatele în timp ce-ți vorbesc, țipă ea după el.

– Pot să fac orice vreau, Raven, spuse el pe un ton dur, după care ieși din casă și se duse să se plimbe pe plajă.

Avea nevoie să se relaxeze, să-și pună ordine în gânduri. Dintr-odată își dădu seama că lăsase terenul liber pentru sora lui. O luă la fugă înapoi spre vilă și, fără să intre în apartamentul lui, se duse direct la Tara. Ea dormea liniștită și nu era nici urmă de Raven. Se așeză pe fotoliul moale de lângă patul ei și o privi cât de frumoasă era; era sigur că ziua în care ei doi vor forma un cuplu minunat nu era departe. Tara încă nu știa asta, dar viața putea fi minunată alături de el. Se vor căsători, vor locui într-un loc mirific și vor forma o familie frumoasă. Se opri gândindu-se la una dintre relațiile lui. Fusese o legătură adevărată și avusese planuri cu Ana. Se implicaseră mult și îi vorbise și ei despre viitorul lor fantastic, apoi, într-o zi, ea îi spusese că avea nevoie de spațiu.

– De ce? De ce vrei să mă părăsești? N-ai înțeles cât de minunat va fi pentru noi? o întrebase el disperat.

– Prea mulți de *minunat* în frazele tale, Harrison, replicase ea blând, dar adevărul tot crud suna, indiferent de tonul vocii ei.

O iubise cum nu mai iubise pe nimeni niciodată, însă ea îl pedepsise, din nu se știe ce motiv. Pe urmă o pedepsise și el.

Se gândi la viața lui tristă și singuratică; așa fusese dintotdeauna. Mama lui nu-i acordase niciodată atenția necesară, ca să nu mai vorbim despre dragoste, iar tatăl fusese un om crud şi insensibil care se manifesta faţă de el cu un comportament pasiv-agresiv. Pentru cea mai mică greşeală copilărească, lua bătăi crunte sau era pedepsit cu săptămânile. Harrison adormi pe fotoliul din camera Tarei, încercând să o protejeze de monstrul de soră-sa. Când se trezi, era ora patru dimineaţa. Speriat, se uită în jur şi văzu că totul era în ordine. Tara dormea în aceeaşi poziţie şi nici urmă de Raven în zonă. Nu înţelegea unde dispăruse aceasta. Harrison ştia bine că nu era genul ei să abandoneze atât de uşor. Ceva se întâmplase, simţea asta. O sărută pe Tara pe creştet, apoi se duse la el în apartament şi se culcă.

În acelaşi timp, în Las Vegas, ceilalţi se amuzau de minune. Erau toţi cazaţi la The Venetian, cel mai amplu complex hotelier din oraşul luminilor, cu 7 117 de camere repartizate pe trei teme. S-au plimbat cu gondola, au jucat la cazino, după care s-au dus în discotecă şi au dansat până la patru dimineaţa. Aflat în faţa uşii lui Pam, Ed îşi lua la revedere.

– Mă simt foarte bine cu tine, zise el privind-o în felul lui blând şi atât de sexy.

– Şi eu, replică Pam şi zâmbi timidă. Ştii cum să faci o femeie să se simtă în largul ei.

– Cunosc câte puţin din multe lucruri, zise Ed şi zâmbi la rândul lui. Dacă vrei, te pot învăţa şi pe tine.

Ea nu știa sigur la ce se referea, dar era clar că, pe zi ce trecea, se îndrăgostea de acest bărbat. Era câteodată superficial, apoi devenea foarte matur, lucru care o tulbura și fascina în același timp.

— Mă inviți înăuntru? o întrebă el natural. Ca să-ți spun drept, n-am niciun chef să împart camera cu Brent.

— Prietenii împart totul între ei, nu? glumi ea încercând să câștige timp.

Nu știa sigur ce avea de făcut. Îl plăcea mult și și-ar fi dorit să depășească stadiul de prietenie, însă nu intenționa să fie una dintre numeroasele lui femei de o noapte. Nu fusese niciodată pentru nimeni și nu avea de gând să-nceapă asta la cei douăzeci și nouă de ani ai ei.

— Prietenii împart totul între ei doar în teorie. Și teoriile sunt geniale până le pui în practică și-ți ruinează viața.

— Nu-mi spune că ai avut și tu probleme în viața ta, chicoti Pam, neîncrezătoare că el ar fi suferit vreodată. Aparent, ești un tip norocos, care obține tot ce vrea fără niciun efort.

El râdea amuzat și, sprijinindu-se cu cotul de perete, îi atinse o șuviță de păr.

— Nu-ți spun, rosti el făcându-i cu ochiul, pe urmă se apropie și o sărută pe frunte.

Pam era superbă: înaltă, cu părul lung blond, bogat, și un zâmbet amețitor. Era o fotografă bună, dar după părerea lui, locul ei era pe copertele revistelor, și nu în spatele camerei de luat vederi. O aprecia pentru că, în ciuda aspectului ei impresionant, rămânea o femeie liniștită, cu o modestie plăcută.

– Dacă vrei să te invit în cameră, va trebui să-mi povestești câte ceva din trecutul tău, îl tachină ea glumind doar pe jumătate.

El o privi o clipă, se gândi puțin, apoi acceptă. Intrară în camera spațioasă și el se așeză pe fotoliul din fața geamului, de unde se vedea The Strip, superbul bulevard principal al orașului Las Vegas.

– Vrei să bei ceva? îl întrebă ea, iar el acceptă o bere.

Fusese singurul în acea seară care nu băuse aproape nimic. Ed era genul sportiv și rareori consuma alcool. Știa să se simtă bine și fără să se îmbete.

– Cu ce să încep? Provin dintr-o familie iubitoare, care mi-a oferit tot ce își putea dori un copil: dragoste, atenție, cadouri și promisiunea unui viitor fără griji. De mic am fost obișnuit cu tot ce a fost mai bun, apoi, ajuns la maturitate, părinții au început să-mi impună lucruri. Dacă fata cu care eram în relație nu era pe placul lor, îmi tăiau substanțial sumele de bani cu care eram obișnuit. Nu i-am dezamăgit niciodată, nu le-am creat probleme mari la școală; când mi s-a cerut să realizez un desen care mă făcea fericit, nu am desenat o masă de intestine pline de sânge. Mai mult, nu am băut, nu m-am drogat și nici nu le-am adus un plod acasă. Cu ani în urmă am făcut un pact și totul a mers pe încredere între noi. De aceea și relația noastră, părinte-copil, a fost una specială. Adevărată. Însă din păcate, se pare că numai eu mi-am îndeplinit partea contractului. Cerințele lor sunt din ce în ce mai mari, iar eu mă simt din ce în ce mai încolțit.

Dintr-odată, Ed deveni trist, iar Pam regretă că-i ceruse să vorbească despre viața lui, deși această confesiune o făcea să se simtă mai apropiată de el. Relația lor se baza pe o prietenie adevărată, pe încredere și respect. Și, oare, toate acestea nu erau bazele esențiale într-o legătură?

– Nu trebuie să-mi destăinui mai multe dacă nu vrei. Văd că te-ai întristat și nu asta îmi era intenția.

El o privi adânc în ochi, apoi o întrebă:

– Și care ți-era intenția?

Ea se îmbujoră și Ed reflectă că era incredibil de frumoasă și pură. O perlă rară în zilele lor, în special în Los Angeles.

– Îmi pasă de tine, Pam.

– La fel și de Beverly, replică ea zâmbind. Un club aglomerat din care nu sunt sigură că vreau să fac parte.

– Beverly este doar o prietenă, nimic mai mult.

– O prietenă care ți-ar umple casa cu copii.

El râse cu aerul cel mai natural din lume.

– Dar tu ești cea care mă interesează, Pam. Mă simt foarte atras de tine. Spune-mi că-s nebun și că doar eu simt această atracție între noi.

– Tocmai am ieșit dintr-o relație destul de complicată, rosti ea evaziv.

– Nu asta te-am întrebat.

– Nu ești nebun.

El se ridică și, apropiindu-se de ea, o mângâie încet pe față, pe ochi și apoi pe buze. Își puse un deget pe buza ei inferioară, pe urmă o sărută în locul unde își avea degetul.

Se jucă puțin cu gura ei; un joc incredibil de senzual. După aceea se opri puțin și o privi tandru.

– Vom face exact ceea ce vei dori să facem, îi șopti el și ea doar își dorea să nu se oprească.

– Și după aceea? îl întrebă ea, dorindu-și să o sărute iarăși.

– Nu știu, răspunse el sincer, dându-i șuvițele blonde la o parte de pe față. Chiar trebuie să ne facem un program?

O sărută, și de data asta îi mângâie buza cu limba. Când o simți topită în brațele lui, se opri, fără să se îndepărteze de ea, și îi privi fața, admirându-i liniile fine, aristocratice.

– Fă dragoste cu mine, Pam, îi ceru el și ea ar fi strigat în gura mare că era toată a lui și din tot sufletul, însă experiența o învățase să fie mai puțin exaltată în asemenea circumstanțe.

O luă de mână și o așeză încet pe fotoliu, apoi se duse și dădu drumul la apa din cada care se afla în cameră, pe un podium la înălțime, în stânga geamului. Puse spumant de baie, pe urmă se duse la minibar, scoase sticla cu șampanie și-i turnă un pahar. Ea se conformă ascultătoare, fără să spună un cuvânt. Sorbi din băutura rece cu bule, iar el veni în spatele ei și, ridicându-i părul bogat, o sărută senzual pe gât. Pam gemu ușor și-și lăsă capul pe spate, dorindu-și ca noaptea aceea să nu se termine niciodată. Când baia era pregătită, el îi luă paharul de șampanie din mână și îl puse pe măsuța mică de lângă fotoliu. Apoi o ajută să se ridice în picioare și cu gesturi încete, dar sigure, începu să-i desfacă nasturii din spate ai rochiei bej. După ce rămase doar în sutien și chiloții din mătase dantelați, o privi admirativ și se dezbrăcă încet la rândul lui. Era suplu, cu mușchi lungi și un abdomen de invidiat. Se apropie ușor de ea și începu să-i mângâie pielea catifelată. Se părea că avea foarte mare dexteritate la dezbrăcat femei, fiindcă ea nici măcar nu simți când îi dădu sutienul jos.

Când se lipi de ea și-i simți bărbăția tare, Pam uită de principii, de fostul ei iubit cu care fusese nevoită să se căsătorească și de „toate Beverly" din lume. O ajută să intre în apa spumoasă și se așeză primul în cadă, trăgând-o în jos spre el și cuprinzând-o cu brațele. Îi ridică părul și i-l prinse în vârful capului, apoi o sărută ușor pe gât, pe umeri și pe față. Luă buretele și începu să o spele încet, pe urmă să se joace cu ea ca și cum Pam era un copil. Când o simți complet destinsă, o luă în brațe și o scoase din cadă cu o ușurință de admirat, după aceea o întinse pe pat. Începu să o dezmierde, să o sărute și să o iubească așa cum nu o mai făcuse nimeni niciodată până atunci, apoi, pentru un moment, se opri și o privi. Îi văzu ochii plini de dorință și intră ușor în ea. Pam gemu încet, excitându-i toate simțurile. Dansul lor perfect dură până când soarele răsări și, fericiți, adormiră unul în brațele celuilalt.

# 6

În Hermosa Beach, la ora noua dimineața, Tara se trezea încet. O durea capul foarte tare și își spuse că data viitoare va trebui să o ia mai încet cu băutura. Se ridică din pat și, îndreptându-se spre duș, se miră că o dor toți mușchii; cu două zile înainte făcuse puțin Pilates, dar nimic care să justifice acea febră musculară. Nu era obsedată de sport ca Sunny sau Brianna, însă era o persoană sportivă. După ce-și făcu dușul, își trase un șort mic de ginși decolorați, un tricou alb imaculat și în picioarele goale coborî în curte ca să stea puțin la soare și să discute cu Veronica, vecina ei de la vila alăturată.

Veronica era avocată, avea treizeci și șapte de ani și în fiecare miercuri și sâmbătă își făcuseră ritualul de a-și bea cafeaua împreună și a sporovăi liniștite despre tot ce le trecea prin minte. Prietena ei era căsătorită cu un bărbat mai mare cu trei ani ca ea și ultima oară îi zisese că bănuiește că el ar avea o aventură. În acel moment, Tara abia aștepta să afle ultimele detalii și spera ca vecina ei să se înșele, deși întotdeauna era bine-venit puțin suspans.

Când dădu cu ochii de Harrison, a fost dezamăgită, totuși încercă să nu-i arate asta.

– Bună dimineața, Tara, spuse el zâmbitor, întinzându-i un pahar cu suc proaspăt de portocale.

Pe masă aranjase o carafă cu cafea, fructe de pădure, pain au chocolat și croasanți.

– Veronica mi-a zis să-ți transmit că a fost nevoită să plece de urgență în Los Angeles. Se pare că fetița clientei ei, care a divorțat, s-a sinucis.

Tara își puse mâna la gură.

– Dar avea paisprezece ani. Cum se poate sinucide o fetiță la vârsta asta?

– Da, viața poate să fie foarte cruntă uneori.

– Biata fată, ce destin urât a avut! În urmă cu trei luni a aflat că a fost adoptată și a primit foarte greu vestea. De fapt, se pare că nu a primit-o deloc. Oricât a încercat mama ei adoptivă să o consoleze, n-a reușit. Într-o zi, fiica ei i-a spus verde în față că nu e „sângele ei, ci greșeala altcuiva".

Tara începu să plângă încet. Chiar dacă nu o cunoștea pe fată, se simțea tristă pentru povestea ei. Venise pe lume într-o familie care a abandonat-o, apoi a fost primită într-o altă familie în care membrii ei s-au abandonat unii pe alții. Sfârșitul poveștii. Sfârșitul vieții. Tara-l privi pe Harrison, care o asculta liniștit. Știa să asculte, doar asta-i era meseria.

– Probabil că biata de ea și-a imaginat că nu avea o altă alternativă decât sinuciderea, adăugă Tara.

– Toți avem o alternativă în viață. Însă ea probabil era prea mică și dezamăgită ca să gândească logic sau să ceară ajutorul cuiva. Pe urmă mai este și depresia care poate surveni la orice vârsta și atunci, dacă nu ești pe mâini bune și știutoare, e mai greu să ieși la suprafață. A trăit divorțul părinților ei adoptivi ca pe un al doilea abandon și atunci a decis și ea să abandoneze suferința și, odată cu ea, viața. I-a fost frică să mai continue.

– La toți ne e frică de ceva, rosti Tara cu voce joasă și, cum el nu zise nimic, îl întrebă: În cazul tău, de ce ți-e frică, Harrison?

– Să nu-mi pierd iubita, răspunse el fără să ezite.

– Oh, n-am știut că ai o prietenă. Cum este?

– Este amuzantă, veselă și frumoasă. Cu ea am cunoscut dragostea aceea care-ți dă forța să te simți împlinit, fericit. Nu șters. Acea dragoste care te face să crezi că totul este posibil. Și care te face mai bun.

– Sunt fericită pentru tine, Harrison, și sper că în una dintre zilele acestea o să mi-o prezinți. Mi-ar plăcea să o cunosc.

„Și mie", reflectă el, apoi adăugă cu voce tare:

– Nu vreau să precipit lucrurile. Mi-e frică să nu poarte ghinion și să o pierd.

– Da, te înțeleg, după câteva relații care te-au dezamăgit, sufli și-n iaurt, nu-i așa?

El doar încuviință și ea înțelese că nu vrea să dea mai multe detalii despre viața lui. În mod normal, s-ar fi retras, Tara știind să fie discretă, dar ceva din forul ei interior îi spunea că trebuia să afle mai multe despre acel bărbat.

– Cu soția ta te mai vezi? Ați rămas în relații bune?

– Cât de bune se poate în situația în care, la divorț, am pierdut totul.

– De ce ați divorțat? insistă ea. Ceartă, bătaie?

– Astea erau deja o tradiție familială, răspunse el trist, lăsându-și capul în jos. Oricum, în momentul în care a început să mă și înșele, am decis să mă retrag.

– Ea te-a înșelat și tu ai rămas fără o lețcaie?

– E frumoasă legea în California, nu-i așa? rosti el pe un ton amar.

„Dar ce-ai avut în sacul acela negru?" ar fi vrut ea să întrebe, nefiind pe deplin convinsă de inocența lui. Voia prea mult să placă, reflectă ea. Se comporta ca un om cu multe secrete și, chiar dacă în prezent nu-i mai era frică de *el*, tot nu avea încredere.

– Ai cearcăne, Harrison. Ai avut o noapte rea sau ceva în genul ăsta?

– Sau ceva, răspunse el zâmbind, dorindu-și să o sărute, să-i spună că o găsea incredibil de frumoasă și că fusese extraordinară noaptea trecută.

Harrison privi pe plajă și o văzu în depărtare pe Raven. Începu să se bâlbâie și să se comporte bizar, așa că Tara se retrase în camera ei. Cinci minute mai târziu îl zări pe Harrison alergând pe plajă și întâlnindu-se cu o femeie. Erau prea departe ca să-și dea seama că însoțitoarea lui Harrison era dușmanca ei numărul unu. Ar fi putut crede orice despre Harrison, dar nu că era fratele lui Raven. Își luă o carte de-a lui Dale Carnegie și se întinse pe terasă pe unul dintre șezlongurile confortabile. Telefonul îi sună și răspunse fără niciun chef:

– Deci ești în viață, se auzi vocea lui Joy.

– Iar tu te plictisești, zise Tara veselă. Ai plecat doar ieri și deja ți-e dor de casă?

– Pot să am o viață amoroasă și în același timp să mă gândesc la ce face sora mea mai mică. Ai petrecut noaptea cu Frankenstein, am dreptul să mă îngrijorez, nu-i așa?

– Da, sunt în viață și sunt bine. Ce-ar fi să vorbim despre lucruri mai importante, cum ar fi sexul cu Fat.

– Pentru asta va trebui să mai aștepți, chicoti Joy. Tot ce pot să-ți spun este că sunt foarte îndrăgostită de el. E amuzant, galant și foarte inteligent.

– Spune-mi despre maică-sa, mai trăiește?

– Ce stranie ești! Știi doar că trăiește în Los Angeles, răspunse Joy și sora ei zâmbi.

– Chiar că n-ai noroc la bărbați, concluzionă Tara, dorindu-și din suflet ca Joy să-și găsească sufletul pereche.

Tânjea după așa ceva de ani de zile și chiar merita să cunoască fericirea alături de un om bun. Joy era puternică, însă în același timp avea nevoie de protecție și dragoste.

– Mi-ar plăcea să mă îndrăgostesc și eu din nou; să iubesc așa cum l-am iubit pe Down.

– Ai douăzeci și șase de ani, Tara. În mod cert, îți vei găsi perechea.

– Crezi că e posibil ca măcar o dată în viață să iubim de două ori, Joy?

– Nu toată lumea are acest noroc. Tu, da. Nu ești genul care să stai și să-ți plângi prea mult de milă; ești tânără, frumoasă și inteligentă, bărbații vor face coadă la ușa ta.

Tara râse cu poftă.

– Mulțumesc că-mi ridici moralul, Joy. Și sper ca de data asta să ai și tu noroc cu grasul tău.

Râsete.

– Ce fel de femeie și-a numit copilul Fat Fat? Bietul de el, nici nu vreau să mă gândesc cum și-a dus traiul în curtea școlii.

– F e un tip fain, fără complexe. Viața i-a fost ușoară întotdeauna, indiferent de numele pe care l-a purtat. Mi-aș dori și eu să fiu măcar pe jumătate la fel de bună ca el.

– Glumești, da? Nu există persoană mai bună ca tine, Joy.

– M-am schimbat. Am devenit cineva care-și pune alarma pe telefon și lasă note de genul: „Sun-o pe Tiffany, ca să vezi dacă se simte mai bine copilul". Cu ani în urmă nu uitam astfel de lucruri. Nu aveam nevoie de alarme telefonice și nici nu făceam cadou o cremă de față prietenei mele cosmeticiene.

– Nu mai fi atât de drastică, ești o femeie minunată.

– Cum este cu Frankenstein la vilă?

– Mi-a pregătit micul dejun, apoi, ca de obicei, a început să se bâlbâie, așa că m-am retras la mine pe terasă. După nici două minute l-am văzut alergând pe plajă după o femeie. Mi-a mărturisit că era îndrăgostit, dar pe ea n-am văzut-o, era prea departe.

– Mă bucur că totul acolo e OK. Acum te las, mă duc să mă ocup de iubitul meu, spuse Joy, după care închise telefonul.

– Când spui *iubitul meu*, sper că la mine te referi, zise F ieșind de la duș doar într-un prosop înfășurat în jurul taliei înguste.

Era bine făcut: înalt, cu un abdomen perfect și picioare atletice. Parcă era o sculptură de-a lui Paige Bradley.

Ea zâmbi și se întinse languroasă pe pat.

– Ai un corp de parcă ar fi sculptat.

– Sper că nu te referi la Chong Fah Cheong, creatorul unui mare număr de statui care simbolizează oameni ce se aruncă în apă.

Joy râse. Se simțea în elementul ei cu el. Putea să-i spună totul, să fie ea însăși; nu știa dacă mai trăise asta cu cineva înainte. Întotdeauna se controlase, fiindu-i parcă frică să nu gafeze, și în acel moment își dădea seama că asta îi distrusese toată spontaneitatea.

– Mă simt foarte bine cu tine, F. Totul este perfect.

Telefonul lui sună și, fără să privească ecranul, el spuse:

– Asta este, în mod cert, mama. Numai ea mă sună în momentele importante și perfecte ale vieții mele.

Râsete.

Se duse la telefon, privi ecranul, apoi schiță un semn din cap în sensul că are dreptate și i-l arătă.

– Jur că femeia asta are un radar care o anunță când sunt prea fericit și trebuie să fiu pus la punct.

– N-ai de gând să răspunzi? îl întrebă ea râzând. Se va înfuria.

– Furioasă este mereu; parcă ar fi Jack Nicholson în *Shining*. Singurele perioade în care este calmă sunt atunci când se îndrăgostește de cineva.

– Fiindcă se îndrăgostește des?

– De câte ori poate. De când s-a despărțit de tata, e mereu cu câte un tip, ori se desparte de un altul. N-a luat niciodată o pauză să fie doar cu ea.

– De ce s-a despărțit de tatăl tău?

– Nu i-am văzut niciodată râzând împreună. Apoi, într-o zi, ea i-a spus că se plictisește și că ar vrea să meargă împreună să ia lecții de salsa. El nu a refuzat-o, dar a tot amânat-o. Într-o zi însă i-a zis că nu vrea să ia lecții de dans, iar ea i-a replicat că nu mai vrea să fie căsătorită cu el. Așa s-a terminat totul.

– Și el nu a contracarat nicicum? spuse mirată Joy.

– Nu. I-a zis ceva de genul: „Eram sătul oricum să mai asist la conferințele tale cu nume bizare ca «Prezervative, secrete și furnituri școlare» sau «Carbohidrați și homosexuali»". Cred că nu au fost niciodată fericiți împreună, iar singura decizie bună din viața lor a fost când au divorțat. Nu am suferit deloc; ba dimpotrivă, am avut o relație mult mai sănătoasă cu tatăl meu după aceea. Mama are o personalitate puternică, nu e întotdeauna ușor să fii în cuplu cu o castratoare profesionistă. Părinții tăi cum au fost?

Ochii ei se umplură de dragoste și zâmbi trist.

– Mama fost totul pentru el. S-au iubit așa cum numai în filme vezi; ne-au iubit și pe noi, dar ei doi chiar făceau parte dintr-un întreg. Parcă erau închiși într-o bulă transparentă care-i proteja de tot ce-i înconjura. Chiar și noi, fetele, eram în afara ei. Păcat că nenorocita de bulă nu i-a protejat de accidentul acela nenorocit.

El se puse lângă ea pe pat, îi luă mâna și i-o sărută.

– Îmi pare atât de rău de pierderea ta. Mi-ar fi plăcut să-i cunosc. Sunt convins că m-aș fi înțeles bine cu ei.

– Te-ar fi plăcut, confirmă ea trist, părându-i rău că ei plecaseră neliniștiți la gândul că nu reușea să-și găsească un bărbat potrivit. Singura care nu-i dezamăgise a fost Brianna, însă ea este separată în prezent de Brent, pe care ei l-au iubit mult, adăugă Joy și își privi unghiile așa cum făcea de fiecare dată când era emoționată. De mică am avut tot felul de frici, dar niciodată nu m-am gândit că ei ar putea muri. Și doar asta ar fi trebuit să fie frica mea cea mai mare, nu porcii.

– Ți-e frică de porci? întrebă el zâmbind.

– Mi-e frică de porci. Chiar și de ăia mici.

Râsete.

– Mie de veverițe, recunoscu F. Veverițele sunt porcii mei. Însă știi ceva? Voi face psihoterapie, așa cum m-a sfătuit bărbatul de ieri-seară de la restaurant.

– Dar n-avea dinți în gură, sublinie Joy și amândoi începură să râdă.

La ora șapte seara au coborât la restaurantul hotelului în care stăteau. Joy radia de fericire și și-ar fi dorit ca weekendul acela să nu se termine niciodată. Ambianța era plăcută, pe toate mesele cu fețe albe imaculate erau mici lămpi care dădeau o lumină caldă; aproape toți clienții erau cupluri elegante.

F povestea în felul lui haios o peripeție din facultate și Joy s-ar fi simțit minunat dacă telefonul lui nu ar fi sunat pentru a cincea oară. Era fosta lui iubită care decisese că îl voia înapoi. Când telefonul lui mobil sună a șasea oară, ea îl luă calmă şi îi ceru persoanei de la capătul celălalt al liniei să îi lase naibii în pace. Însă aceasta continua să vorbească; Joy ascultă un moment, apoi închise. După o mică pauză îşi privi iubitul şi spuse dulce:

– Să o suni pe mama ta. Ea era.

F râse imaginându-şi-o pe maică-sa cu telefonul în mână.

– Sunt convins că o va face ea după ce va ieşi din şoc.

Brent şi Sunny stăteau la piscina hotelului, fiecare cu câte un pahar de Margarita în mână; în ciuda faptului că erau în Las Vegas, seara era liniştită. Forfota cea mare era în cazinouri şi pe bulevardul The Strip. Sunny se uita la el cum se juca, absent sau doar trist, cu picioarele în apă, lucru care i se întâmpla destul de des după despărţirea de Brianna.

– O mai iubeşti, nu-i aşa?

– Dacă dragostea înseamnă să te pui în pat noaptea şi să te întrebi de ce soţia te-a înşelat, atunci da, o iubesc, răspunse el trăgând aer în piept.

– Nu, nu asta este iubirea, dar în cazul tău totul o să fie bine.

El o privi aşteptând.

– Ai inspirat când ai rostit fraza anterioară, explică Sunny. Ăsta este un semn bun.

Iarăşi o privi fără să priceapă o iotă.

– Când murim expirăm, nu inspirăm, îl lămuri ea. Tu ai inspirat.

El zâmbi trist.

– Şi cred că ai înţeles, când am vorbit despre moarte era ceva metaforic.

El încuviinţă. Îi plăcea să fie cu ea; era optimistă, veşnic amabilă şi niciodată nu vorbea de rău pe nimeni. În ultimul timp se apropiaseră foarte mult şi dacă nu ar fi fost îndrăgostit de Brianna, ar fi putut foarte uşor să înceapă o relaţie cu Sunny.

– A mers prea departe, zise Brent cu gândul la soţia lui.

– Sau poate te-ai oprit prea repede.

– Vrei să sugerezi că e vina mea că m-a înşelat de atâtea ori?

– Nu, bineînţeles că nu. Voiam să spun că de mult trebuia să-ţi continui drumul, să nu-i permiţi să-ţi facă asta. Se spune că o persoană care ne răneşte o dată ne va mai răni şi a doua oară.

– Da, ştiu, însă de fiecare dată mă convingea că a fost doar o greşeală care nu se va mai întâmpla. Ba era vina alcoolului care îi luase minţile, ba era sigură că a fost drogată, şi lista e lungă. Prea târziu mi-am dat seama că una era ce spunea Brianna şi alta ceea ce credea cu adevărat, şi deseori acestea sunt două lucruri diferite. Un dobitoc.

– Ai absolvit-o de orice vină pentru că ai iubit-o, nu pentru că eşti prost. Dragostea face asta de multe ori. Va trebui totuşi să te decizi ce vrei să faci în continuare, pentru că dacă te tot gândeşti la ce a fost rău în viaţa ta, o să pierzi ce e bun în ea.

– O vedeam aşa cum voiam să fie, nu cum era în realitate. Îmi spuneam că multe persoane bune ajungeau să facă lucruri rele şi că Brianna era una dintre acele persoane.

Și-apoi, de multe ori în ceea ce-o privea, am căutat soluții simple pentru probleme complicate.

Brent o privi și parcă totul deveni dintr-odată mai clar.

– Am decis că separarea temporară să fie definitivă. Da, continuă el bătându-se cu mâna pe genunchi. Cred că asta este cea mai bună decizie pe care am luat-o în ultima vreme. Și tu m-ai ajutat.

– Nu. Totul era în tine și aștepta să iasă la suprafață. Ai știut asta dintotdeauna, însă nu erai pregătit. Acum ești.

Îl privea cum zâmbea trist, dar undeva în adâncul ochilor lui se întrezărea speranța. Era un bărbat frumos și vulnerabilitatea îl făcea și mai sexy. Undeva în partea stângă avea cămașa sfâșiată. La fel și sufletul. Însă asta nu îl împiedica să arate al naibii de bine. Dacă nu ar fi fost soțul Briannei, poate că ar fi încercat să vadă în el ceva mai mult decât vecinul ei de palier. Dar putea, oare, să concureze cu ea? Sau poate că întrebarea era: „Cum ar fi putut să nu o facă?" În definitiv, Brianna nu-i era nimic altceva decât una dintre proprietare. Le îndrăgea pe surorile Ford, însă cel mai mult se atașase de blânda Joy. Ea părea cea mai sinceră și respectuoasă dintre toate.

– La ce te gândești? o iscodi el.

– Că mai bine vă omorâți unul pe celălalt decât să treceți prin stresul divorțului

Brent râse.

– Și eu care credeam că ești echilibrata grupului. Acum înțeleg de ce dormi mereu singură.

– Nu dorm singură, replică ea și râse cu poftă. Am mereu un pistol la mine.

– Nu am încredere în cei care poartă arme, glumi el.

– Da, pot fi aproape tot atât de periculoși precum cei cu inima frântă.

– Ooh, domnișoara Sunny are răspunsurile pregătite dinainte.

– Nu am răspunsuri, rosti ea hotărâtă să facă un pas înainte. Doar întrebări.

El o țintui cu privirea; simțea că devenise brusc serioasă. Își lăsă capul spre umărul stâng și o privi mai atent.

– Sunt aici pentru orice vrei...

Se opri, nefiind sigur dacă trebuia să continue sau nu. Ea-l privea fără să clipească, dar era ceva acolo ca o chemare. Se hotărî să vadă unde-i ducea acea seară.

– În ultimul timp vorbim multe... În cea mai mare parte sunt nimicuri, însă cumva acestea au început să însemne pentru mine mai mult decât orice alte lucruri, Sunny.

Ea zâmbi. Deci nu se înșelase; sentimentul era reciproc.

– Spune ceva, îi ceru Brent. Încep să mă simt ca un cretin; în plus, sunt nepriceput la făcut curte. Sau la reparat mașini.

– Dar am auzit ca ești genial la pat. Sau în lift. Deci ești pe jumătate iertat, chicoti ea când îi văzu expresia de stupoare pe față.

– A îndrăznit Brianna să vorbească despre viața noastră privată?

– După ce s-a întâmplat în liftul acela, cred că ai putea să o numești oricum, nicidecum privată.

– Am impresia că am intrat într-o încăpere în mijlocul conversației.

– În cazul meu, nu-mi place apa, şi totuşi m-am mutat într-o vilă pe plajă, deci suntem chit.

El întinse mâna şi o mângâie pe faţă, iar ea îl lăsă. Îi făcea bine atingerea lui. Se apropie şi o sărută tandru, lăsând-o fără pic de forţă în corp. El se opri şi fiecare parte din ea urla după atingerea lui.

– Am încălcat regula? întrebă el privind-o în ochi şi ea consimţi.

– În fond, regulile sunt făcute să fie încălcate, nu-i aşa? zise ea apropiindu-se de el şi sărutându-l la rândul ei cu pasiune.

Apoi se retrase repede şi se îndepărtă puţin de el.

– Nu mă îndrăgostesc niciodată de cine trebuie. Şi nici nu se întâmplă cum ar trebui, mărturisi ea. Şi apoi, nici nu sunt bună la asta.

– La ce? La vorbit? întrebă el simţind că intimitatea pe care o percepuse cu un minut înainte începea să se destrame.

– Nu pot fi cu nimeni acum. Când sunt într-o relaţie devin o versiune bizară a mea. Mă sufoc, mi se umflă limba, iar gâtul mi se îngustează ca şi cum aş fi alergică la ceva.

– Cunosc senzaţia, recunoscu Brent. E un fel de alergie emoţională; e acelaşi lucru ca şi cu polenul.

Sunny râse.

– N-am fost niciodată bun la făcut curte şi unul dintre motivele pentru care-mi plăcea să fiu căsătorit era şi faptul că nu mai trebuia să trec prin toate începuturile de relaţii când transpiram abundent şi mă deshidratam cu viteza luminii. Înainte de Brianna nu am fost în intimitate cu multe femei.

— Intimitate, adică ai făcut dragoste cu ele sau e vorba despre acea intimitate când laşi uşa deschisă la baie şi faci pipi?

— Nu las niciodată uşa la baie deschisă, răspunse el zâmbind. Am însă darul să aleg femei pline de contradicţii. Tocuri de 12 centimetri şi ochelari de citit, dar fără nimic de citit la ea. Ţinută la patru ace, părul strâns elegant într-un coc pe ceafă şi ţinând în mână un pahar cu cocktail Black Russian.

Sunny zâmbi. Îi plăcea sinceritatea şi stilul lui.

— Ieşeam cu ele la cinematograf sau la restaurant, continuă el, arăta totul ca o întâlnire şi suna ca una, deşi, de fapt, nu era. Nu, nu mi-a plăcut viaţa de celibatar. De asemenea, detest să am o menajeră. Mă simt veşnic vinovat; de câte ori îmi culege un ciorap de pe jos, îmi cer scuze. Umblu prin casă după ea şi îmi cer scuze în permanenţă. Exact ce spunea Jerry Seinfeld.

Sunny râdea în hohote.

— Ce te face să te amuzi aşa de bine? o întrebă el pe un ton serios. Faptul că sunt vulnerabil şi pierdut? glumi Brent.

— Şi asta, dar e mai mult treaba cu menajera, chicoti ea.

Îl privi zâmbind şi-n adâncul sufletului îi părea rău pentru el. Se vedea că încă suferea.

— În astfel de momente ai nevoie de cineva puternic. Când am nevoie de putere îl sun pe tata; am înţeles că puterea ta este mama ta. Sun-o! Şi dacă nu merge... sună-l pe tata.

Râsete.

– Eşti foarte amuzantă, remarcă el ca şi cum atunci ar fi văzut-o prima oară în viaţă.

– Eşti surprins că sunt amuzantă?

– Nu. Doar impresionat.

Luă o gură de Margarita, apoi puse paharul pe marginea piscinei şi privi Luna Plină.

– Am petrecut câteva clipe bune în seara asta. Eu m-am confesat ca un şcolar de cincisprezece ani, tu ai râs un pic pe seama mea... n-am mâncat nimic, însă simt că a fost o noapte specială pentru noi, spuse Brent cu un aer adolescentin. La începutul serii voiam să mă arunc de pe fiecare clădire din oraş, acum mă simt mult mai bine. Chiar dacă viaţa mi-e întoarsă pe dos.

– Ai avut multe persoane care te-au ajutat la asta, zise Sunny serioasă, dar o să treacă şi vei fi iarăşi bine.

– Da, sunt sigur de asta, însă până atunci mai este, nu-i aşa? Viaţa este ciudată. Cu o seară înainte să aflu că ea mă înşela cu prietenul şi asociatul meu, când m-am culcat, eram fericit. Totul era normal. Trei ore după aceea, viaţa mea a luat o altă cotitură. Şi chiar dacă nu are prea mare legătură, mă face să mă gândesc la oamenii care se trezesc de dimineaţă şi-şi spun că vor o schimbare totală.

– Da, se pare că sunt mulţi cei care se căsătoresc la douăzeci, douăzeci şi cinci de ani, cumpără o casă şi fac copii la treizeci, pe urmă, pe la cincizeci de ani îşi spun că, de fapt, nu asta îşi doresc.

El o privi mai atent.

– De ce l-ai părăsit pe iubitul tău?

– Făceam sex în aceeaşi poziţie, glumi ea.

– Şi e rău?

– Doar când unul din noi doarme.

Brent zâmbi.

– Cum îți merge afacerea cu cabinetul de când te-ai despărțit de Ashton? Bănuiesc că cifra de afaceri a scăzut considerabil; ce păcat de această situație, părea un tip cumsecade.

– Da, este un tip cumsecade. Care se culcă și cu alți tipi cumsecade.

– Serios? se miră ea. Oare de ce toată lumea în ziua de astăzi crede că a fi bisexual e ceva normal? Nu este, Dumnezeule!

– Uau! exclamă el.

– Da, știu, mă încing la asemenea subiecte. Iar tu reacționezi bine; m-așteptam la un „Fir-aș al naibii" sau așa ceva. Chiar este bisexual Ashton?

– Nu, răspunse Brent. Pentru o clipă am vrut să-i distrug reputația, dar asta nu o să-mi aducă înapoi viața pe care am iubit-o atât. Părinții mei mi-au spus întotdeauna că nu au încredere în Brianna, însă nu i-am băgat în seamă. Eram prea ocupat să-i satisfac ei dorințele, în loc să-i ascult pe ai mei. Acum nici nu le-am spus că suntem separați; că am fost un dobitoc că nu i-am ascultat și că au avut întotdeauna dreptate.

– Aici nu este vorba despre cine a avut sau nu dreptate, rosti Sunny blând, iar dacă faptul că te poți confesa lor te ajută, fă-o.

El consimți.

– Îți vezi des părinții? Sunteți apropiați? îl iscodi ea.

– Da, foarte apropiați. Locuiesc în Peninsula Balboa, cartierul Newport Beach, și încerc să merg o dată pe lună acasă și de două ori vin ei la mine. Vorbim la telefon aproape zilnic și sunt părinții pe care orice copil și-i dorește. Au fost întotdeauna alături de mine și nu mi-au creat niciodată probleme tocmai pentru faptul că au avut o căsnicie minunată, s-au susținut unul pe altul și s-au concentrat doar pe lucrurile care ne aduceau pacea și bunăstarea. Tatăl este dentist și încă profesează; are un cabinet mic pe peninsulă, unde vin toți cei ce locuiesc în zonă, iar mama este medic generalist. Are cabinetul peste drum de tata și, chiar dacă nu sunt 24 de ore împreună, nu sunt niciodată prea departe unul de celălalt. Între orele 12:00 și 14:00, iau masa împreună la restaurantul din colțul străzii, apoi se plimbă mână în mână pe faleză, admirând micile ambarcațiuni, plaja de care nu se satură niciodată chiar dacă locuiesc de-o eternitate acolo. Am crescut pe peninsulă și am avut o copilărie ca în basme, spuse Brent zâmbind, aducându-și aminte de toate sărbătorile magice. De Halloween decoram peninsula cu două săptămâni înainte, iar în seara cu pricina ne deghizam și împreună cu copiii din cartier și cu alții care veneau în autobuze din oraș băteam din ușă în ușă și ceream bomboane. Era feeric și niciodată nu se întâmpla nimic rău acolo. Când se termina sărbătoarea de Halloween, începeam să ne ocupăm cu decorarea pentru Thanksgiving. Pe peninsulă se păstrează tradiția; familiile se strâng pe verandele caselor, se fac mese mari la care participă toți membrii familiei veniți de peste tot, precum și prieteni sau vecini care se întâmplă să fie singuri. Este o comunitate mică, dar unită, și locuitorii peninsulei se ajută unii pe alții. Deoarece casele sunt atât de apropiate una de cealaltă, toți vecinii se știu între ei și au un cod: când uşa de la intrare este deschisă, înseamnă că musafirii sunt primiţi şi, în general, în weekend, la cinci iau aperitivul. Se strâng unii la alţii, fără să aştepte invitaţii sau alte treburi pompoase. Beau câte o bere sau un pahar de vin rosé, vorbesc, râd, povestesc despre ce au făcut în timpul săptămânii sau despre ultimul meci de fotbal, iau cina împreună, deseori se uită la un film şi la zece fiecare pleacă la casa lui. E o viaţă foarte plăcută şi aşa mi-aş fi dorit şi eu.

Sunny zâmbi imaginându-şi tot ce el povestise; era, într-adevăr, un mod plăcut de a-ţi petrece copilăria. Viaţa în general. Ea nu fusese chiar atât de norocoasă, deşi nu se putea plânge. Crescuse în Providence, Rhode Island, într-o suburbie în care toată lumea se cunoştea şi se vizita, însă nimeni nu a ţinut locul mamei ei care, atunci când Sunny a împlinit vârsta de patru ani, a decis să îi abandoneze.

– Eşti norocos că ai o familie unită şi prezentă, spuse ea cu căldură. Mi-aş fi dorit şi eu să am o mamă pe care să contez, în schimb, a mea a decis peste noapte că nu-i mai place să fie căsătorită cu un om bun, să locuiască într-o suburbie calmă şi să aibă un copil. I-a zis lui tata ceva de genul: „N-ar fi trebuit niciodată să renunţ la libertatea mea pentru o instituţie ca mariajul, care este destinată mai mult de cincizeci la sută eşecului". Tata a suferit mult, dar încerca să mă protejeze şi-mi spunea mereu că era fericit doar cu mine. Atât de fericit, încât ascundeam obiectele ascuţite de el. Cu timpul mi-am dat seama că tata nu este tipul suicidal, chiar îi plăcea să aibă grijă de mine şi până la vârsta de şaisprezece ani nu a adus nicio femeie în casă. Când mi-a prezentat-o pe Krysten, o colegă de-a lui, în vârstă de patruzeci și opt de ani, m-am bucurat pentru el. Și în ziua de astăzi sunt împreună și sunt mulțumiți de viața lor. Din acest punct de vedere, sunt liniștită.

– Mama ta nu a încercat niciodată să te contacteze?

– Nu în copilărie. Nu când aveam mai mare nevoie de ea. Este o pictoriță boemă, care timp de cincisprezece ani a bătut lumea în lung și-n lat: Paris, Barcelona, Roma, New York, și a fost căsătorită în toate locurile astea. Slavă lui Dumnezeu, n-a mai avut alți copii. Când am împlinit nouăsprezece ani a apărut la ușa noastră fără să se anunțe. Avea un buchet de flori în mână și o cutie de prezervative în cealaltă. Mi-a zis că ea și-a început viața sexuală mai devreme, însă că eu eram mai tolomacă după câte își aducea aminte și bănuia că mai eram virgină. Spusese asta ca și cum aș fi suferit de o boală incurabilă și rușinoasă. Era încă pe veranda casei și nici nu îmi urase „La mulți ani" când a început să vorbească despre toate astea. Primele cuvinte pe care le auzeam de la propria mamă după cincisprezece ani de absență. Nu i-am spus nimic, eram prea șocată să o fac, dar tata i-a cerut să plece; când a văzut-o pe Krysten că mă lua protectoare pe după umeri, a început să o insulte. Se comporta ca și cum aceea era încă familia și casa ei. Nicio părere de rău, nicio lacrimă vărsată sau cel puțin să-și ceară scuze. Când tata a insistat că trebuia să plece, mama a interpretat total greșit și cu un zâmbet ironic i-a zis că era foarte răutăcios fiindcă încă o iubea. „Trăiești în trecut pentru că prezentul e oribil, nu-i așa?"

Sunny zâmbi trist și adăugă:

— N-a înțeles niciodată cât a pierdut în viață. Din ziua aceea n-am mai văzut-o, însă am auzit că s-a recăsătorit, pentru a șasea oară, și că locuiește undeva în San Diego.

— Nu de mult ai fost acolo, nu ai fost tentată să o cauți?

— Nu. Pentru mine este o străină. Nu știu ce aș putea să-i spun dacă m-aș găsi față-n față cu ea. Este o femeie care tot ce și-a dorit în viață a fost un corp de bărbat în patul ei, la orele la care era ea disponibilă sau avea chef. Nu cină la lumânare, conversații sau obligații. Îmi doresc o familie așa ca a ta: cu duminici în care toți să ne strângem în jurul mesei, să vorbim, să râdem și să ne simțim bine. Tot ce ea a detestat. Tata s-a bucurat că nu a fost în preajma mea; felul în care trata ea bărbații mi-ar fi denaturat imaginea despre toate femeile, mi-a spus el. Era rece, calculată și tot atât de oribilă ca „un porc de bărbat", așa cum îi plăcea ei deseori să spună.

— Tatăl tău este un bărbat minunat, opină Brent, căruia îi părea rău pentru ea.

— A suferit mult, dar nu s-a plâns niciodată. Când îl întrebam eu sau vreun prieten cum o mai ducea, doar zâmbea și clătina din cap glumind pe jumătate: „Am zile bune, însă mai ales nopți rele". Cred că și la ora actuală mai suferă, chiar dacă nu pomenește nimic despre asta. Dezamăgirea nu trece ușor când, peste noapte, femeia pe care o iubești te anunță că vrea să plece. Durerea rămâne mereu acolo. Doar o împingem cât de mult și adânc putem, într-un colț al minții noastre. E dificil apoi să mai crezi în clișee de genul „Timpul vindecă totul".

— Și eu care credeam că o să-mi ridici moralul, spuse el glumind, apoi îi luă mâna și i-o sărută.

Ea ridică din umeri și pentru prima oară el o vedea așa cum era ea, de fapt. O ființă bună, optimistă, dar cu suferințe bine ascunse undeva în adâncul sufletului.

– Te înțeleg, continuă el. Brianna mi-a servit întotdeauna jumătăți de adevăruri sau jumătăți de explicații. Și niciodată nu-și recunoștea vina; pentru ea, jumătate de adevăr se traducea în jumătate de minciună, deci nu era atât de grav. Ce simțeam eu nu conta. Ea manipulează pe toată lumea și dintotdeauna.

– Și dacă ai fost conștient de toate astea, de ce n-ai făcut ceva mai de mult?

– La ce-mi trebuie un psiholog când te am pe tine ca să mă judeci? zise Brent și amândoi bufniră în râs.

Mână în mână stăteau unul lângă altul cu picioarele în apa călduță a piscinei și se încurajau cum puteau.

– Crezi că aș avea nevoie de un psiholog?

– De fapt... sunt sigură de asta.

Râsete.

– Însă orice ar fi, să nu-l angajezi pe Harrison.

– Cum de n-am văzut toate astea? Și cum am scăpat lucrurile de sub control?

Sunny îl privi tăcută.

– În urmă cu câteva seri am visat că eram încă împreună cu Brianna și că eram fericiți.

– Se spune că visele sunt exprimarea secretă a sufletului.

Brent se uită la ea, dorindu-și să o sărute. Nu știa dacă voia asta doar ca să se simtă mai puțin singur sau, pur și simplu, pentru că era atras de firea ei plăcută și de aspectul fragil.

– Ce ai spune, se hotărî el să o întrebe, dacă ți-aș propune să ne vedem ca un cuplu adevărat?

Ea se îmbujoră și se bucură că este noapte și că nu îi vede în acel moment culoarea nesănătoasă a feței. I-ar fi plăcut și ei să înceapă ceva cu Brent, dar era mult prea complicat. Și părea încă foarte îndrăgostit de Brianna. În definitiv, poate că divorțul putea să le salveze mariajul, iar ea nu avea niciun chef să se găsească în mijlocul acelei situații.

– Totul mi se pare riscant... nu știu dacă e cuvântul potrivit.

– Da, consimți el. Însă nu m-ar deranja la început să ne ascundem, dacă asta vrei... E cuvântul potrivit? întrebă el zâmbind.

– În afară de Phil, n-am avut niciodată o relație adevărată. Și nici măcar cu el nu cred că am avut ceva real. Nu știu ce să fac și când...

Se foia ca o școlăriță, iar el surâse văzând-o cum se frământa.

– E ca și cum într-o dimineață te-ai trezi și ai vrea să-ți prăjești o felie de pâine, dar în loc de asta ți se face un transplant de rinichi. Este ceva logică în ceea ce afirm?

– Nu, însă nu ăsta este lucrul cel mai important în acest caz. Am suficientă experiență și știu exact ce e de făcut. Poate ar trebui să încercăm; părem atât de compatibili în atât de multe situații.

Sunny îl privi zâmbind.

– Credeam că n-ai avut multe femei înainte Briannei.

– Da, e adevărat, dar la mine e ceva înnăscut, mărturisi el ridicându-și amuzant o sprânceană.

Râsete.

Ea se gândi puțin, apoi adăugă cu calmul care o caracteriza:

– Propun să o luăm încet, să fim prieteni și cu timpul vom vedea unde ne vor duce toate astea. Totuși, va trebui să fim foarte atenți, fiindcă Brianna este încă soția ta și cred că își dorește în continuare acest statut.

El încuviință.

– Ah, încă ceva, zise Sunny, să nu-mi aduci flori.

Pactul făcut în acea seară le convenea amândurora. Au rămas la piscină până la ora patru dimineața, depănând amintiri din copilărie, studenție și vorbind despre visurile lor, în general. Nu au făcut dragoste, dar a fost pe aproape. S-au descoperit unul pe celălalt și le-au plăcut părțile lor ascunse.

# 7

În Hermosa Beach, viața își reluă cursul normal. Brianna îi dădea târcoale lui Brent de câte ori acesta era la vilă, F și Joy se vedeau din ce în ce mai des, Harrison era aproape tot timpul absent, însă nimeni nu-i ducea lipsa, iar Sunny și Brent se întâlneau pentru prima oară ca un adevărat cuplu.

Era vineri, cinci după-amiaza, și aveau la dispoziție aproape două ore. În seara aceea, ca aproape în fiecare sâmbătă, se strângeau cu toții și cinau la vilă.

Brent o aștepta emoționat pe Sunny. Când își făcu apariția îmbrăcată elegant pentru el, inima lui bătu mai rapid. Zâmbi în felul lui sexy, școlăresc, apoi scoase de la spate buchetul de pătrunjel. Ea începu să râdă în hohote. Doar îi ceruse clar să nu-i aducă flori.

– Deci ai văzut filmul cu Ashton Kutcher în care aduce morcovi la întâlnire, spuse ea veselă.

El încuviință. Parcă-i trecuseră emoțiile și spera din tot sufletul că și ea se simțea relaxată.

– Ești bine? o întrebă el grijuliu.

– Câştig cam şase mii de dolari pe lună, glumi ea, dar nu m-ar deranja să am mai mult.

Era amuzantă şi mai puţin stresată decât el. S-au plimbat pe plajă la Santa Monica, apoi s-au dus într-o cafenea deosebită din zona pietonală, unde au comandat un chai latte cu Boba şi un cappuccino cu lapte de cocos. Se simţeau bine împreună şi le-a părut rău că trebuiau să se întoarcă la vilă, chiar dacă ambianţa era întotdeauna plăcută acolo.

Au ajuns acasă la şase şi jumătate şi i-au ajutat pe ceilalţi la pregătirea mesei şi a grătarului. Erau prezenţi Veronica şi soţul ei, de asemenea, Alex, prietenul lui Tara de la vila cu trandafiri galbeni, însă *invitata* de onoare a acelei seri era Belle, mama lui F. De fapt, nu o invitase nimeni, dar când fiul ei i-a spus că va cina cu Joy şi prietenii, femeia se declară singură invitata de onoare.

Îmbrăcată în jeanşi decoloraţi şi cu un pulover gri sclipitor, scurt, Belle arăta trăsnet la cei cincizeci de ani. Îl născuse pe Fat la optsprezece ani, se căsătorise cu tatăl acestuia după un an şi divorţase după cincisprezece. Nu se recăsătorise, însă nu fusese niciodată singură. În prezent, pentru prima oară în ultimii ani, nu avea niciun iubit. Nu îşi exprimase niciun regret după ce terminase cu Paul, ultimul ei partener cu care avusese o relaţie de trei ani.

– Tocmai acum te-ai găsit să te desparţi? îi zisese F într-o zi. Nu ţi-a plăcut să ai un bărbat care să te aştepte acasă? Şi al tău chiar te aştepta.

– Mda, ultima oară cu două femei în pat.

Se integră repede în grup, simţindu-se ca la ea acasă, aceasta fiind o particularitate pe care F o ura. Se întâmpla destul de des să se autoinvite la el acasă și să pună stăpânire pe apartamentul și viața lui. Fusese o mamă cam nebunatică, dar prezentă, haioasă și iubitoare. Bărbații care se perindaseră prin viața ei nu-i intraseră și în casă, iar el nu a fost obligat să accepte un alt bărbat după tatăl lui.

– Ăsta este numele tău adevărat, Belle? o întrebă Tara și ea încuviință.

– De ce minți? o iscodi F zâmbind, apoi se întoarse spre Tara și adăugă: O cheamă Roberta, însă cumva ea crede că Belle e un fel de diminutiv. Nu este, rosti el răspicat și scrutându-și mama, care ridică nepăsătoare din umeri.

– Nu înțeleg de ce te frământă atât faptul că îmi place numele ăsta, replică femeia, luând o bucățică de broccoli proaspăt și băgându-l în gură. Poate ar trebui să îmi vezi psihologul. Te-ar ajuta să treci peste anumite lucruri dureroase din viața ta.

– Parcă tu mergeai la un psihiatru, zise F, privindu-și mama, care era întruchiparea unei femei fericite, vesele și prietenoase. Credeam că nu mai mergi la el.

– Nu mai avea niciun sens să merg, recunoscu Belle, era mai nebun ca mine și cu cincisprezece ani mai tânăr.

F o privi mirat, dar ea continuă:

– Nu are rost să intru în detalii, însă diferența de vârsta și-a spus cuvântul în final.

Apoi, întorcându-se spre fete și făcând un semn cu ochiul, preciză:

– Ar fi fost mult mai simplu dacă ar fi avut vârsta mea, dar a fost mult mai bine că n-a avut-o.

Fetele o adorau; era tânără, haioasă și al naibii de sigură pe ea.

– Când săruți pe cineva de care ești îndrăgostit, vârsta nu mai are importanță, dispare, interveni David, soțul Veronicăi, care era amuzat de tânăra mamă.

Înalt, chipeș, cu un corp atletic și figura lui Robert Redford, frânsese multe inimi înainte de a se căsători cu Veronica... și încă vreo două după aceea, însă cine mai ținea evidența?

– Secretara lui era îndrăgostită de el, așa că am renunțat la Harry pentru ea. Un fel de cadou, zise Belle zâmbind și arătându-și dinții perfecți.

– Cadou o ființă omenească?! întrebă F agasat.

– Mda, o frază care nu sună tocmai foarte potrivit.

– Poate pentru că este, replică fiul ei și, luând-o pe Joy de mână, o trase după el până ajunseră în dreptul grătarului. Îmi cer scuze pentru comportamentul mamei.

– Însă nu ai de ce, spuse ea surâzând. Este adorabilă și, după cum vezi, toată lumea o agreează. Este interesantă, amuzantă și deloc obositoare. Sper ca în viitorul apropiat să devină o obișnuită a casei.

– Nu spune asta de două ori, că nu o să mai scapi de ea și are foarte mult timp liber. Este profesoară de fizică și beneficiază de toate vacanțele școlare.

– Pare mai repede un fotomodel decât profesoară de fizică, zise Joy zâmbind și observând că Veronica îi șoptea ceva Tarei.

Ambianța era plăcută și toată lumea se simțea bine, mai puțin Sunny, care o privea pe Brianna cum roia în jurul lui Brent.

– L-am urmărit aseară, se confesă Veronica prietenei ei, Tara, mi-a spus că avea o lecție de golf, așa că m-am urcat în mașină și m-am dus după el. Am avut impresia că m-a văzut, nu sunt sigură, dar în orice caz, la un moment dat a făcut stânga împrejur și s-a dus la terenul de golf. Nu am intrat să văd dacă, într-adevăr, avea oră, însă orice ar fi fost, mi-am pierdut toată încrederea în el. Ba chiar am și pregătit-o pe Clara, în cazul în care tatăl ei și cu mine vom divorța. Are cincisprezece ani, de acum e fată mare.

– Cum i-ai explicat? întrebă Tara.

– I-am zis că lumea e făcută din două categorii de oameni: perverși și corecți. Și că taică-său era unul dintre perverși.

– Așa direct?

– Câte modalități există ca să-i anunți unui copil că taică-său e un obsedat sexual? întrebă Veronica în stilul ei amuzant.

– S-a uitat la o nenorocită de poză, zise Tara râzând, încercând să o calmeze pe Veronica.

Ea considera că cei doi formau un cuplu exemplu.

– Pervers, conchise Veronica, apoi mușcă dintr-un hotdog.

Nu părea deloc traumatizată și, după părerea Tarei, nici nu avea de ce să fie. David părea foarte îndrăgostit de soția lui și făcea tot posibilul să-i facă pe plac.

– Încearcă prea mult, îi spuse Veronica, în mod cert are ceva să-și reproșeze, iar eu voi afla.

– Iar eu sunt sigură că este inocent, șopti Tara cu ochii la David, care roia în jurul lui Belle.

– E posibil să nu intre în sfera culpabilității. În cea a inocenței, sub nicio formă. La fel de pervers ca și taică-său, sunt sigură. Mama lui l-a suportat o viață, știindu-i toate aventurile. De dragul lui David am decis să-i accept familia. Și după două zile petrecute împreună în Caraibe, am decis să-i urăsc. Minciunile gogonate ale soțului pe care soția lui le înghițea cu demnitate și mult Valium nu făceau parte din viața pe care mi-o doream. Câteodată îl fac să plătească pe David pentru greșelile părinților lui. Undeva în mine este o ură care iese la suprafață de fiecare dată când îl bănuiesc de ceva. Chiar de dimineață mi-a țipat în față ceva de genul: „Aș vrea puțin respect în casa asta!" și abia m-am abținut să nu îi spun că îmi doresc un divorț mare. Știu că pare un tip cumsecade, și chiar este uneori, dar am sentimentul că-mi ascunde ceva. Își petrece cea mai mare parte a timpului încercând să-mi facă plăcere, să-mi ascundă lucruri și apoi să-și ceară scuze. N-am nevoie de scuzele lui, ci de explicații. Nu știu, faptul că face parte dintr-o asemenea familie m-a deranjat întotdeauna. Asta și un alt aspect: în urmă cu câțiva ani l-am prins în pat cu o fată de douăzeci de ani.

Tara o privi mirată; era prima oară când auzea acea poveste.

– Să îi vezi părinții cât sunt de politicoși în societate, iar în spatele ușilor închise sunt un dezastru, continuă prietena ei, sărind peste amănuntele picante. Săptămâna viitoare David i-a invitat la noi la cină, așa că poate o să-i cunoști. Te invit să vii pentru desert. Adu-ți ochelarii de soare, o să ai nevoie. Mama lui e plină de broșe și tot felul de bijuterii; sclipește foarte tare.

Tara râse. O plăcea pe Veronica și îl plăcea și pe David, însă trebuia să recunoască: bărbatul nu inspira foarte multă încredere. În acel moment, roia în jurul lui Belle, care era numai un zâmbet, fără să pară altfel decât prietenoasă.

— Nu te deranjează că se distrează atât de bine cu mama lui F?

— Nu sunt geloasă, răspunse sec Veronica.

— Poate fiindcă știi că te iubește la nebunie. Am vorbit cu David de multe ori și mi-a spus că încă este îndrăgostit de tine.

— El numește asta dragoste. Eu zic că este disperare. Și apoi, bănuiesc că oamenii cred ceea ce voiau ei să creadă, nu-i așa? Dacă vrea să creadă asta, foarte bine, însă simt că-mi ascunde ceva. De câteva ori l-am prins cu minciuna.

— Asta nu înseamnă că o face fără încetare, Veronica. Și, oare, nu toți mințim la un moment dat în viața noastră? Ca de exemplu, fiica ta, care a băut un pahar cu vin și i-a spus lui David că este suc de struguri.

Veronica sări în picioare ca arsă.

— Clara, strigă ea, ce-ai în pahar? Vin?

Puștoaica blondă își roti ochii mari, albaștri, căutând disperată un răspuns convenabil, apoi răspunse cu o voce mieroasă:

— Sau… o alternativă a sucului de struguri?

— Ai doisprezece ani, Clara! exclamă mama ei furioasă, luându-i paharul din mână.

— Am cincisprezece ani, mamă! Cum este posibil să nu-ți aduci aminte niciodată?!

— Haide să nu intrăm în detalii, replică Veronica, gesticulând în felul ei amuzant, apoi se întoarse spre Tara și adăugă cu o voce joasă: Dumnezeule, nu există o alarmă în telefon sau undeva care să-mi aducă aminte de asta? Sunt o mamă oribilă.

Tara zâmbi. Nu era deloc o mamă rea. Nici traumatizată.

Întorcându-se spre fiica ei, Veronica preciză:

– Știu foarte bine că ai cincisprezece ani, însă îmi place să glumesc cu asta. Și faptul că bei vin nu face din tine o persoană adultă și responsabilă. Știi care este fundamentul educației în această familie?

– Frica? Șantajul? întrebă Clara ironic.

– Și astea, consimți Veronica, dar în principal, disciplina, instruirea și nu în ultimul rând comunicarea. Te-ai închis în tine, Clara. Te-ai izolat, iar asta nu o să te protejeze de nimic. Doar va ține la distanță persoane care te iubesc și care ar putea să te ajute.

– Și nu ai găsit să-i spui toate astea decât acum, în public, de față cu jumătate din populația din Hermosa? șopti David la urechea soției lui.

– Nu mai fi atât de dramatic, i-o întoarse ea, nu vezi că nimeni nu ascultă? Credeam că nici tu nu auzi nimic, fiind atât de ocupat să-i faci curte lui Belle.

– Ooh, deci încă ai ochi pentru mine?! exclamă el ironic. Și eu care credeam că e doar o obsesie a mea faptul că nu am făcut dragoste de mai bine de două săptămâni.

Veronica se uită jenată în jur, dar văzu că nimeni, în afara Tarei, nu auzise ce tocmai spusese soțul ei.

– Ahh! rosti Clara teatral, atâtea țipete în casa noastră și niciun pic de sex?

„Deci Tara nu a fost singura care a auzit", reflectă Veronica.

– Rămâi la locul tău, Clara! îi ceru ea în șoaptă, dar hotărât. Îmi pare rău că a trebuit să auzi asta, însă n-ai niciun drept să-mi vorbești pe acest ton!

– Bine, Mein Führer!

– Mai ales că, într-adevăr, n-am făcut sex de două săptămâni, șopti Veronica la urechea Tarei, iar Clara ridică mâinile exasperată.

– Știi că sunt chiar lângă tine și că stau foarte bine cu auzul?

– Harry! strigă Belle, ieșindu-i în întâmpinare lui Harrison și întrerupând discuția penibilă.

Toți cei prezenți se opriră din ce făceau și priveau scena dintre cei doi, fără să înțeleagă prea multe.

– Ce faci aici?

– Locuiesc aici, Belle, șopti el. Dar tu?

– Am fost invitată de fiul meu, răspunse ea trăgându-l de mână pe F și făcând prezentările.

– El este?! o întrebă F încet, însă nu atât de încet încât ceilalți să nu audă. Și nu ai fost invitată, o corectă F, apoi se întoarse la masă.

– Deci faimosul psihiatru cu care te-ai culcat este Harrison! zise Brianna cu un rânjet pe fața frumoasă. Interesant! conchise ea golind al patrulea pahar de vin și aruncându-i o privire ațâțătoare lui Harrison.

– Mmm, și târfă și detectivă în același timp! îi șuieră Brent furios soției, care-i făcea curte lui și fiecărui bărbat de pe Terra.

Lui Sunny nu-i scăpă gelozia acestuia, totuși nu spuse nimic. Știa că într-o zi va trebui să clarifice situația. Știa, de asemenea, că ea impusese regulile acelei relații, dar era hotărâtă că dacă, într-adevăr, urma să fie o relație, va trebui să comunice cu Brent. Petrecuse o viață întreagă într-o lipsă de comunicare și nu rezolvase nimic, însă de data aceasta nu va mai face aceeași greșeală.

– Stai cu noi la masă, Harry? întrebă Belle. E un armăsar, șopti ea la urechea Briannei, care era deja foarte amețită.

– Oamenii morți nu tac, șuieră Brianna printre dinți privindu-l fix în ochi și apoi întorcându-i spatele.

„Cu de-alde ăștia de la Ocean House m-aș îmbogăți dacă mi-ar fi pacienți", își șopti în barbă Harrison, dar lui Joy nu-i scăpă.

Brent și Brianna începură să se certe:

– Ce ți-ai spus? exclamă Brent. Am bani, am un soț minunat și un amant bine dotat. Dar unde este happy-endul?

Brianna îl privi furioasă. Se săturase să se milogească de el, cerșind vechea viață înapoi, pe care, de fapt, nici măcar nu o prețuise.

– Ai trăit ca un vierme și o să mori ca unul, replică ea cu o grimasă pe față care o urâțea, însă nu înainte de a te aduce la sapă de lemn, #domnulcumsenumeșteunstudent lamedicinăcareșiaratatexamenele #dentist?

– Ești dentist? întrebă Belle, care le ascultase conversația și dând iarăși cu nuca în perete. Am nevoie de unul.

– Iar el are nevoie de noi pacienți, adăugă Brianna, pentru că pensia alimentară pentru mine și copil va fi foarte mare.

Se lăsă liniște în jur, iar Brent o privi mut.

– Ei da, continuă ea satisfăcută că avea toată atenția lui, în noaptea aceea de adio mi-ai făcut un copil, deci în final va fi mai mult ca noaptea unui nou început. Unul foarte prost pentru tine! zise ea cu răutate.

Înainte să conştientizeze ce face, Brent o plesni.

– Căţea, ţi-ai permis să faci asta?!

Era foarte furios că-l păcălise până în ultima clipă. Toată căsătoria lor fusese o farsă, iar acum asta.

– „Când viaţa ne dă lămâi, trebuie să faci Margarita". Ştii proverbul acesta, iubitule? întrebă ea hotărâtă să-i provoace un atac de cord.

– Dacă eşti gravidă, de ce bei? se răsti Joy la ea, luându-i paharul cu vin din mână.

– Fiindcă este proastă, răspunse Brent în locul ei. Întotdeauna a fost.

– Ha-ha, râse soţia lui, de aia erai mereu suspendat de buzele mele?

– Cu cât te sărutam mai mult, cu atât vorbeai mai puţin, replică Brent, sătul de manipulările Briannei.

– Acum înţeleg de ce ai decis să locuieşti aici, Harry, spuse Belle, nu e plictisitor deloc!

Toţi o priviră miraţi, dar nu spuseră nimic.

– Ştii pe cine ar trebui să aduci aici? Pe sora ta, Raven, adăugă ea, iar Harrison se mişcă jenat de pe un picior pe altul. Nici cu ea nu ne plictiseam. Am auzit că s-a căsătorit cu un bărbat bogat şi bătrân, e adevărat?

– Nu ţinem legătura, se bâlbâi *Freud*.

– Eu da, continuă Belle, dându-i lovitura de graţie. Ne-am văzut la o cafea în urmă cu o săptămână; mă grăbeam şi nu am discutat atât cât aş fi vrut, dar am înţeles că era fericită şi că locuia într-o vilă superbă în Brentwood.

Harrison se uită în jur și văzu că surorile Ford îl priveau.

– Raven? Brentwood? întrebă Tara.

– Da, confirmă Belle veselă, o știi pe Raven? E fiziciană, la fel ca mine, dar ea nu profesează. A fost o norocoasă a soartei, chiar dacă primul ei soț a avut o aventură cu o pipiță de douăzeci de ani și apoi s-au despărțit. Raven a suferit foarte mult, explică Belle.

– Bastard nenorocit! șuieră Tara printre dinți, apropiindu-se de el. Te-ai infiltrat în casa noastră cu scopul de a-mi face rău, de a o răzbuna pe demoniaca de soră-ta, căreia nu-i ajung toate nenorocirile pe care ni le-a făcut până acum.

Toată lumea îl privea; Brianna și Joy erau șocate, însă ceilalți nu știau exact ce se întâmpla. Surorile Ford nu vorbiseră niciodată despre acea perioadă a vieții lor.

– Du-te sus și fă-ți bagajele, monstru soios! îi ordonă Tara.

– Știi, poți să spui ce ai de spus și în același timp să rămâi politicoasă, replică Harrison. Te comporți ca în filmele alea proaste, în care personajul negativ îl face pe cel pozitiv să pară mai rău decât e în realitate. Psihologie inversată, asta faci.

Cele trei surori se apropiară de el și Harrison începu să tușească.

– Tușești, mârâi Tara. Un reflex de apărare. Ce altceva ai să-ți reproșezi, monstru soios?

– Am aciditate la stomac, replică el, deloc impresionat de uniunea lor. Știți, se adresă el tuturor celor de față, *asasinul* nu este întotdeauna cel care ține cuțitul în mână, dar surorile unei târfe, continuă el privindu-le pe fetele Ford, sunt târfe prin asociere. Toată lumea de aici mă priveşte ca pe un extraterestru, din cauza voastră, însă oare ştiu ei că Tara este pipiţa care i-a distrus căsnicia surorii mele? În general, lumea vrea un vinovat, chiar dacă nu întotdeauna persoana condamnată este cea *potrivită*. Nu suportăm să nu avem pe cine acuza, şi atunci, alegem un om nevinovat, în cazul nostru, pe mine, şi dăm cu pietre în el. Cum se face, i se adresă el lui Tara, că tu te culci cu un bărbat însurat şi eu par un monstru? Unde este justiţia aici?

– Nu tu eşti cel care pui întrebările în seara asta! rosti Joy supărată. Psihologia inversată nu merge cu noi. Şi dacă tot suntem la momentul adevărului, vreau şi eu să ştiu ce aveai în sacul negru pe care l-ai scos din casă pe ascuns, în urmă cu câteva săptămâni?

– „O gaură este absenţa a orice ar fi în jurul acesteia", răspunse el părând exact cum era: foarte nebun. L-am pierdut şi am devenit astfel o altă persoană. Mai rece, mai dură...

Îşi plimba privirea de la unul la altul cu o mină serioasă şi sinceră, iar ochii aveau o sclipire diabolică de gheaţă.

– Cred că pomeneşte despre tatăl lui, şopti Belle la urechea lui David. Am auzit că a fost ucis, deşi Harrison şi Raven vorbesc despre el ca şi cum ar fi în viaţă.

– Va trebui să lăsăm trecutul în urmă, continuă Harrison, fără niciun sens, ridicându-şi mâinile la cer şi speriindu-i pe toţi cei de faţă, apoi, brusc, o scrută sumbru pe Tara, care se uita în altă parte, şi zise pe ton de blestem: Dacă nu mă priveşti, asta nu înseamnă că o să şi dispar.

Pe urmă își mută iarăși privirea de la unul la altul și adăugă:

– A fost greu și dificil. Greu de tot. Am mai spus asta? i se adresă el lui David, care își lăsă ochii în pământ. Contez pe tine, prietene, nu mă lăsa baltă tocmai acum. Suntem prieteni de mult și dacă asta nu înseamnă nimic pentru tine, voi trece la etapa următoare: șantajul.

– Ce naiba vorbești acolo, Harrison? interveni Veronica. N-ați fost niciodată prieteni.

El se apropie încet de ea și îi zise:

– Te sărutai cu amantul tău, în vreme ce David stătea în ploaie și își privea viața cum se destrăma.

Veronica scăpă paharul de vin din mână, iar Clara și-l goli pe al ei dintr-o mișcare, în timp ce David se încăpățâna să privească dalele din piatră.

– Știai? îl întrebă Veronica încet, pe când Tara își dădu ochii peste cap.

– Da, răspunse David, dar te iubesc prea mult și nu vreau să te pierd.

– Nu s-a întâmplat nimic între el și mine, se justifică Veronica. A fost doar un sărut și asta pentru că am crezut că mă înșelai. Colega ta de la golf mi-a zis că, deseori când spuneai că aveai ore, nu erai acolo.

– Și pentru asta erai gata să dai cu piciorul la șaisprezece ani de căsnicie? Asta era sursa ta?! O femeie care mă urăște pentru naiba știe ce? N-ai ascultat niciun cuvânt din ce ți-am spus în toată viața asta?

Ceea ce trebuia să fie o seară perfectă s-a dovedit a fi un dezastru general. Brianna a anunțat că era gravidă cu soțul care nu o mai voia, Veronica a fost demascată, Sunny se comporta ca o leoaică în cuşcă, iar Harrison zâmbea pe sub mustaţă.

— N-am pierdut, îi spuse el încet lui Joy, făcându-i semn cu ochiul. Doar n-am câştigat încă.

— Fă-ţi bagajele şi pleacă! îi ordonă aceasta. Nu vreau să te mai văd în viaţa mea.

Trecuseră două săptămâni de când Harrison se mutase de la Ocean House şi de câteva zile se întâmplau tot felul de lucruri bizare: găsiseră un şobolan mort pe masa din grădină, apoi poştaşul i-a adus Tarei o cutie ambalată frumos şi plină cu pământ, unghii şi fire de păr. Fusese isterie curată la vilă, iar când în acea seară Brianna ieşi de la duş cu părul roşu, surorile Ford se panicară.

— Ăsta nu este Harrison, ţipă Brianna uitându-se disperată la părul distrus. Este Brent, care profită de situaţie.

— Nu e genul lui, spuse Joy cu calmul care o caracteriza. Şi de ce ar face asta?

— Se vede clar că este o idee apărută din disperare. Mă urăşte şi crede că i-am întins o cursă cu copilul ăsta.

— Şi nu este cazul? o întrebă sora ei mai mare. Parcă aşa-i strigai pe scări săptămâna trecută. Asta şi faptul că îl voiai mort.

— Mă cunoaşteţi mai bine de atât. Nu vreau să i se întâmple ceva; morţii nu servesc la nimic, iar eu am nevoie de pensie alimentară. În special acum, că nu mai avem chiria lui Harrison.

– Ăsta-i ultimul lucru la care mă gândesc, rosti Tara abătută. Dăm la o parte câteva luxuri și gata.

– Și când spui lux te referi la curentul electric și mâncare? bodogăni Brianna supărată la ideea de a renunța la confortul cu care fusese obișnuită o viață întreagă.

Tara își privea sora și nu-i venea să creadă cât de egoistă era. Viața le era în pericol, iar ea se gândea numai la partea materială.

– Vrei să știi ce cred, Brianna?

– Nu. Nu mă interesează absolut deloc la ora asta ce crezi sau nu crezi. Tot ce vreau să fac este să-mi scot roșul ăsta oribil din păr; simplul fapt că aș putea să-ți semăn îmi dă frisoane pe coloana vertebrală.

– Despre ce coloană vorbești? o întrebă Tara și o săgetă cu ochii verzi, reci. Viermii nu au coloană vertebrală.

– Mda, minunat, v-ați găsit bine momentul să vă urâți. Nu uitați că are cine să facă asta, iar noi trebuie să ne unim forțele dacă nu vrem ca data viitoare să avem acid în șampon, nu vopsea.

Brianna și Tara se uitară una la alta, fiind de acord cu sora lor.

Telefonul lui Tara scoase două bip-uri și când aceasta citi mesajul, se îmbujoră: „Patul este locul unde te naști, unde visezi... și unde mori. Pregătește-te de moarte, cățea nenorocită!" citiră ele în cor, privindu-se speriate.

– Va trebui să anunțăm poliția, a fost de părere Joy.

– Și ce crezi că o să facă? întrebă Tara și începu să plângă. Știi bine că, până nu au un cadavru, nu mișcă nimeni un deget. Mi-e frică, se văita ea ca un copil. Mi-e îngrozitor de frică și mi-e dor de mama. O vreau pe mama!

țipă ea și în secunda următoare primi un alt mesaj care le panică pe toate trei: „Nu mai plânge, în curând vei fi cu mama ta".

– E în casă, șopti Tara, tremurând înfiorată de spaimă.

Imediat, Joy alergă în jos pe scări. În afară de Sunny care dormea, vila era goală. Era abia ora 22:00 și, de obicei, faleza era animată de oameni care-și plimbau câinii sau care doar voiau să profite de liniștea nopții, însă seara aceea era foarte liniștită. Joy se uită agitată în jur, apoi îl interpelă pe unul dintre trecători:

– Nu vă supărați, n-ați văzut vreun bărbat ciudat prin zonă?

În vârstă de aproximativ treizeci de ani, tânărul o privi și îi zâmbi.

– Nu. Dar dacă asta căutați, mă pot...

– Nu glumesc, i-o tăie ea scurt.

– Domnișoară, interveni o doamnă care își plimba Labradorul, fără să vreau am auzit discuția dumneavoastră și nu știu dacă vă este sau nu de folos, însă în urmă cu zece minute am văzut un bărbat intrând în această casă. L-am remarcat pentru că părea foarte agitat, iar câinele meu, care nu latră niciodată, a început să mârâie când am trecut pe lângă el.

Joy se apropie de ea.

– Vă rog, încercați să vă aduceți aminte mai multe detalii. Un bărbat foarte periculos ne dă târcoale casei de două săptămâni și orice informație ați avea ne-ar fi foarte utilă.

– Îmi pare sincer rău, nu-mi aduc aminte decât că era foarte agitat și că a intrat în vilă, o lămuri femeia.

Joy îi mulțumi și alergă înapoi în casă.

– Ce naiba faci aici? o auzi ea pe Brianna întrebându-l pe Ed.

– Caut un prezervativ, nu se vede? răspunse el agitat. Nu știam că e interzis să intru în camera mea.

– De când ești aici? întrebă și Joy, iar el ridică din umeri nepăsător.

– De vreo zece minute. Asta n-are nicio importanță; ce e esențial este că o fată superbă mă așteaptă în momentul ăsta pe plajă ca să o fac fericită și, odată ce găsesc nenorocitul acela de prezervativ, o voi face fericită.

– Ție îți arde de sex, iar noi ne străduim să nu facem un atac de cord din cauza lui Harrison care dă târcoale vilei, opină Tara.

– Oh, da, spuse Ed ca un fapt divers, în urmă cu douăzeci de minute l-am văzut pe plajă, se îndrepta spre vilă și i-am spus să facă stânga împrejur și să ne lase în pace dacă nu vrea să-i sparg fața.

– Și ne zici asta doar acum, cretinule? îl insultă Tara.

– Cretinul ăsta tocmai ți-a salvat fundul. Ai putea să-i mulțumești, zise Ed fără să se supere.

– Mulțumesc! De ce te porți ca un cretin? insistă Tara, iar Joy o dădu la o parte și-l rugă să ierte comportamentul surorii ei și să rămână cu ele la vilă.

– Și să ratez o partidă de sex cu o tipă care seamănă cu Shirley Temple pe heroină? interveni Pam din pragul ușii.

Din faimoasa noapte în care făcuseră dragoste, el o evitase și Pam trecuse de la frustrare la ură și de la ură la obsesie. Nimeni de la vilă nu era la curent cu relația lor, iar în acel moment surorile Ford o priveau ca pe un extraterestru. Ed era și el surprins; nu se așteptase ca ea să revină atât de repede de la tatăl ei. Căută repede un răspuns salvator și zise:

– Nu mai face pe inocenta, Pam, doar te-ai întâlnit și tu cu William săptămâna trecută. Să nu-mi spui că n-ați avut nicio apropiere fizică.

– Era să cad și el m-a prins. Se pune? întrebă ea furioasă. Și de unde știi asta?

– Din jurnalul tău. Era scris între cina cu tăticul în San Francisco și ședința de epilare braziliană. Și apoi, nu ne-am jurat iubire veșnică; pentru mine a fost doar o noapte. Eram în Las Vegas, ambianța era febrilă și noi doi aveam chef de puțină distracție; nu înțeleg de ce acum faci să par ca un bastard care te-a abandonat la altar.

– Iar tu mă faci să par ca o fată cu visuri care a devenit peste noapte o femeie cu viziuni. Dar în toată treaba asta ai dreptate într-un singur punct, și anume că ești, într-adevăr, un bastard.

– Știți ceva, spuse Ed, am lucruri mult mai importante de făcut decât să stau aici și să mă cert pentru ceva care n-a existat niciodată.

Își luă apoi cutia cu prezervative și fugi spre plajă la fata care-l aștepta și care nu își dorea să o ia de nevastă. Cel puțin așa îi plăcea lui să creadă.

– Îmi pare atât de rău, Pam, o compătimi Joy luând-o în brațe. N-am știut că sunteți împreună.

– Nici el, se pare, zise ea plângând. Nu știu care este problema mea, însă întotdeauna mă îndrăgostesc de cine nu trebuie. Este clar că eu sunt vinovată.

– Iubita mea, nu eşti deloc vinovată, o consolă Joy. Ed este un băieţandru căruia-i este frică să se implice într-o relaţie. Pentru el este mult mai simplu să strice totul decât să încerce ceva şi să rateze. Din păcate, asta nu-l va duce prea departe. Va ajunge repede nicăieri, iar tu nu ai nevoie de asta.

Pam încuviinţa plângând şi îi era recunoscătoare prietenei sale.

– Totuşi, este un băiat cumsecade, nu-l urî; încearcă şi el pe cât posibil să gestioneze catastrofele.

– Mda, creând altele, replică Pam. Şi cu toate astea, mă simţeam bine în prezenţa lui.

Brianna o luă pe Pam de mână şi o trase pe scări după ea.

– Haide să bem un pahar de vin rosé la noi pe terasă; aşa vom putea supraveghea intrarea vilei şi ne vom relaxa.

Surorile ei o priviră cu reproş.

– Bine, bine, acceptă Brianna, o să beţi voi, eu doar o să vă privesc.

– N-am fost niciodată o expertă cu bărbaţii, recunoscu Pam. Am învăţat bine la şcoală; n-am fost cea mai deşteaptă, însă am fost cea mai bună. Am fost premiantă, dar niciodată n-am ştiut cum să mă comport cu un bărbat. Cu Ed am făcut ce-am putut, însă se pare că nu a ieşit nimic. Probabil că felul şi motivul cu care l-am abordat au fost total greşite. Am avut impresia că mă regăseam, în timp ce el se pare că încă bâjbâie în întuneric. Mă simţeam ca şi cum mi-aş fi regăsit picioarele, iar el, ca şi cum aş fi vrut să-i pun lesa la gât.

Brianna ridică o mână, oprind-o.

— Te pot ajuta cu câteva sfaturi, se oferi ea, iar surorile ei se priviră zâmbind, apoi o văzură pe Pam luând o foaie și un stilou. Ce faci, întrebă Brianna, iei note? Crezi că o să te testez?

Joy își puse mâna pe brațul prietenei ei și îi spuse:

— Trebuie să ai încredere în tine, sunt sigură că undeva în sufletul tău știi ce ai de făcut. Ești o fată care știi ce vrei și cine ești și asta mi-a plăcut întotdeauna la tine, Pam. Țintești sus și cunoști direcția în care te îndrepți și cât de sus vrei să te ridici...

— Parcă ai vorbi despre o companie aeriană, o întrerupse Brianna. Mai bine ai lăsa-o să-mi asculte sfaturile. Am mult mai multă experiență decât voi.

— Și fraza asta iese din gura unei femei care la treizeci de ani este gravidă cu un bărbat care nu o mai dorește, rosti Tara sarcastic.

Brianna ridică din umeri nepăsătoare.

— Și dacă este a lui Ashton?

— Ooh, da, atunci, e mult mai bine, într-adevăr, spuse Tara ironic. Și el e mort după tine.

Brianna se gândi că în noaptea în care rămăsese gravidă înnebuniseră puțin amândoi, dar acea nebunie îi va urmări toată viața. Ieșise sfidătoare din căsnicie și după doar câteva săptămâni devenise mamă.

— De când sunteți împreună? o întrebă Joy pe Pam.

— Am încercat ceva în Las Vegas. Mi s-a părut extraordinar, recunoscu ea, însă se pare că am fost singura care a crezut asta.

— Este posibil, obiectă Brianna, luând o gură din paharul cu apă. Povestea ta seamănă cu o versiune locală a expresiei „O facem o dată. Merge bine, nu merge, la revedere". Așa că nu cred că ar trebui să te agăți de Ed. Perseverența este o virtute, dar câteodată poate deveni un mare păcat.

Surorile ei o priveau cu gurile căscate.

– Peste noapte ai devenit o femeie matură, spuse Tara încuviințând și privind-o cu o falsă admirație. Gravidă cu unul dintre bărbații care locuiesc pe o rază de câțiva kilometri de noi, nevrotică din când în când, însă matură.

– Am putea să ne concentrăm pe povestea mea? le ceru Pam. De când m-am întors din Las Vegas am făcut tot ce-am putut ca să-i atrag atenția, dar n-a observat nimic.

– Nu te grăbi, nu e sigur că totul e terminat. Contează ceea ce faci la urmă, zise Joy cu blândețe. Poate că nu ar trebui să te străduiești atât de mult. Poate doar trebuie să-i lași puțin timp și spațiu, ca să vadă că ești o fată faină și... rezonabilă.

– Mda! exclamă Brianna ironică, într-adevăr, știi ce-și doresc bărbații. Doar femei rezonabile, care cunosc câteva limbi străine. N-ar trebui să-i mai dai sfaturi, își certă ea sora. De fapt, n-ar trebui să mai sfătuiești pe nimeni niciodată.

– Nu prea mă descurc să fiu la înălțimea așteptărilor altora, se exprimă Pam gânditoare. Joc după propriile reguli și-mi plac, de aceea probabil că toți partenerii mei au considerat că nu e întotdeauna ușor să fie cu mine. De fiecare dată când pierd pe cineva am impresia că pierd jumătate din mine. Cea bună.

Surorile Ford se priviră gândindu-se toate la același lucru, și anume că prietena lor exagera. În definitiv, nu era ca şi cum ar fi avut o relaţie din care rămăseseră trei copii pe drumuri. Fusese doar o noapte. Romantică pentru ea, insignifiantă pentru Ed.

– Ce-ar fi să ne bem în linişte vinul şi să nu ne mai gândim la nimic? le propuse Tara.

„Nici măcar la nebunul de Harrison care ne dă târcoale", reflectă ea.

Instalate confortabil pe terasă, admirau plaja şi Luna care se oglindea în Pacific. În liniştea nopţii i-au auzit pe prietenii lor, Veronica şi David, certându-se în curte:

– Veronica, unele cuvinte şi fapte sunt nemuritoare... poţi să le îngropi, vor ieşi mereu la suprafaţă.

– Nu mai face pe sfântul, pentru că nu eşti unul. Sunt convinsă că-mi ascunzi multe lucruri. Minţi. Asta este chestia ta. Şi faptul că m-am sărutat în seara aceea a fost doar un lucru inocent, un fel de apărare... nu ştiu sigur cum pot să descriu asta.

– Adulter. Asta este cuvântul potrivit, zise David. Şi Veronica, habar n-am de ce ai făcut asta. Dacă eşti nefericită, ar trebui să-mi spui, nu să te săruţi cu colegul tău de serviciu. Nu înţeleg de ce ai făcut asta, repetă el trist, făcu o pauză scurtă, pe urmă adăugă: Înţeleg expresia „Nu e bine să contezi pe tot pentru totdeauna în viaţă".

– M-a consolat cu un caz pe care-l pierdusem, iar eu l-am sărutat. Ceva inocent, pur şi dezinteresat. Normal că nu înţelegi.

– Nu comunici cu mine şi încep să-mi pierd speranţele că am putea fi un cuplu. Suntem de ani de zile împreună şi nu îmi împărtăşeşti niciodată gândurile, îi reproşă el dintr-odată obosit.

Veronica îl privi perplexă şi panicată că o să-l piardă şi preciză:

– Cântecele de dragoste mă fac să plâng. Iar serialele comice mă fac fericită. Îmi place saxofonul. Îmi place mult saxofonul, chiar dacă nu ţi-am dezvăluit asta niciodată. Este un instrument frumos. Când eram mică am văzut-o pe bunica goală. A fost un şoc pentru mine să descopăr că sânii pot fi atât de lăsaţi. Într-o zi, în parc, am văzut doi porumbei sărutându-se şi am plâns ca un copil. Nu ştiam atunci că, de fapt, sărutul era un ritual de împerechere. Apoi am căzut şi mi-am julit genunchiul. Şi iar am plâns ca un copil. Suntem împreună de ani de zile şi până acum n-am ştiut că te iubesc la nebunie, David. Dacă mă părăseşti, o să plâng mult…

El o privi cu dragoste nespusă în ochi. Şi el o iubea. Poate puţin diferit, dar asta era ceva normal, pentru că era bărbat. Nu fusese nici el un sfânt, aşa că se hotărî să şteargă totul cu buretele.

– Tolstoi a spus că toate familiile fericite sunt la fel, zise el. Doar la familiile îndurerate se vede diferenţa. Îţi propun să facem un pact, să o luăm de la capăt. Vrei să ştergem totul cu buretele şi să o luăm de la început?

Ea încuviinţă fericită, iar el o luă în braţe şi o sărută pe creştet. Ea se trase puţin înapoi şi, privindu-l, îl întrebă:

– Aş putea să ştiu ce anume ştergem cu buretele? Îmi cunoşti toate păcatele, totuşi, care sunt ale tale?

– Când aveam paisprezece ani eram beat turtă şi m-am culcat cu o fată de şaisprezece.

– Beat la paisprezece ani?

– Părinții tocmai divorțaseră și locuiam în Ohio. Deci da, eram beat des.

Râsete.

Apoi el o prinse de bărbie tandru, o făcu să se uite în ochii lui și-i mărturisi:

– Te iubesc, Veronica, și nu vreau să te pierd, însă nu mai vreau cărări greșite. O singură minciună, o singură alunecare, o singură orice, și gata, o terminăm.

Pentru David și Veronica, seara se încheiase cu bine.

# 8

Joy cu iubitul ei și cu ceilalți membri ai bandei jucau volei pe plajă, când F o văzu pe Belle la două vile depărtare de casa surorilor Ford. Începu să fugă spre ea, iar când mama lui îl văzu de la distanță, luă o cutie din carton în brațe și intră în casă.

– Mama, strigă el, ce faci aici și de ce e plină curtea de cutii?

Belle ieși superbă în rochița lungă vaporoasă de culoarea oceanului și cu inocență în ochii albaștri își deschise brațele.

– Ce bine că te văd, iubitul meu! exclamă ea teatral. Ce faci aici în amiaza mare?

– Ce faci tu aici cu atâtea cutii în jurul tău?

– De ce mă tot întrebi asta? se eschivă ea.

– Fiindcă nu răspunzi. Deci ce faci aici?

Belle dădu din mână, apoi, uitându-se spre casa mică, dar cochetă, îl întrebă dacă-i place.

– Da, e extraordinară, răspunse F mașinal, fără măcar să arunce o privire. Ce legătură are cu tine?

– Este noul meu domiciliu, răspunse Belle senină. Una dintre colegele mele și-a prins soțul cu fata care-i plimba câinii și l-a dat afară din casă. Până o să primească pensie alimentară are nevoie de puțin ajutor financiar, ceea ce este perfect pentru mine, deoarece căutam un loc pe plajă. Am bani, iar Jane și Augustina, fetița ei de un an, au casa, așadar, totul este perfect.

– Și nu ți se pare ciudat asta? o întrebă F exasperat.

– Cu timpul te vei obișnui; și mie mi s-a părut curios la început că o fetiță atât de mică se numește Augustina. Ăsta e mai mult un nume de contabilă bătrână, nu-i așa?

El o privea perplex.

– Ai pupilele dilatate, te-ai drogat?

– Nu, mamă!

– Atunci, de ce te-ai îmbrăcat așa? îl iscodi ea gesticulând veselă.

– Mamă, te implor, măcar o dată în viață fii serioasă și nu mă mai ironiza. De ce te-ai mutat atât de aproape de casa lui Joy?

– Dragul meu, este o coincidență. Și știi ce înseamnă acest cuvânt? Coincidența este felul discret al lui Dumnezeu de a-ți arăta că există și că e lângă tine. Ador surorile Ford și ador plaja, prin urmare totul este perfect. Nu văd de ce te deranjează această situație.

El vru să răspundă ceva, însă vecina de vizavi se băgă pe nepusă masă în discuție și cu un accent franțuzesc îi ură bun venit lui Belle.

– Demain soir voi da un party, spuse femeia, care avea vreo cincizeci și cinci de ani, și aș dori să vii. O să ne distrăm de minune.

– Oh, merçi! răspunse Belle cu singurul cuvânt în franceză pe care-l știa.

– Bien, dragă, à demain soir! Toi, aussi, i se adresă ea lui F.

– Jacques-Yves Cousteau, zise F și făcu o plecăciune.

– Spune-mi că vii mâine-seară, îi ceru Belle băiatului ei. Poți să-i aduci pe prietenii tăi de la vilă; ne vom distra de minune.

– Dar nu este casa ta, nu poți să-i inviți pe toți de la vilă!

– Of, Doamne, ce chițibușar ești! Când te apropii de patruzeci de ani așa ca mine, rosti ea senină, iar el își dădu ochii peste cap, fiind obișnuit cu minciunile ei în legătură cu vârsta, îți face plăcere să participi la chefuri cu persoane mai tinere decât tine. Sunt convinsă că noua mea vecină franțuzoaică este de acord cu mine. De altfel, o cunosc din vedere; am văzut-o de câteva ori în prezența unui bărbat mai tânăr decât ea cu vreo douăzeci de ani.

F făcu o grimasă.

– Și chiar nu vă deranjează o diferență atât de mare de vârstă?

– Nu când se sting luminile, răspunse mama lui râzând veselă.

– În tot orașul?

– Nu de la mine ai moștenit partea asta de obrăznicie, zise ea deloc supărată.

– Nu. Tu m-ai învățat cum să am un comportament pasiv-agresiv.

Belle luă în mână o veioză din cristal cu abajur în formă de rochie plisată și se îndreptă spre casă.

– Vino cu mine înăuntru, vreau o părere, însă fără comentarii și critici.

– Și m-ai ales pe mine?!

– Nu e nimeni în preajmă, așa că mă mulțumesc și cu tine, glumi ea intrând în salonul mare, alb, cu vedere la ocean.

Casa părea foarte confortabilă și primitoare. În fața geamului erau patru fotolii largi și o măsuță din lemn alb cu roz, pe perete era suspendat un televizor imens, iar bucătăria era prevăzută cu ultimele utilități la modă.

– Dormitorul meu este la parter, tot cu vedere la ocean, și am un dressing enorm. Jane are un apartament cu două dormitoare la etajul întâi, ceea ce este foarte convenabil. Știu că mă voi simți extraordinar aici și faptul că suntem vecini este un plus pentru mine.

– Dar nu suntem deloc vecini, mama. Nu locuiesc aici, doar Joy. Și aș prefera să nu bați la ușa surorilor Ford de câte ori îți lipsește o linguriță de zahăr.

– Iubitul meu, știi bine că nu sunt așa, îl asigură ea, făcu o pauză scurtă, apoi adăugă zâmbind: Nu utilizez niciodată zahăr. Cum altfel crezi că m-aș putea simți atât de bine cu un bărbat cu douăzeci de ani mai tânăr decât mine, fără să sting lumina în tot orașul?

F își dădu seama că n-avea niciun sens să mai continue acea discuție. Când Belle își punea ceva în minte, nimic nu o făcea să se răzgândească.

– Dragul meu, o zi bună începe cu o noapte bună, așa că du-te și te odihnește, îl expedie ea aranjând pernele de pe canapea.

F o privi cu ochii mijiți.

– Însă e abia două după-amiaza...

– Bye, bye, îl concedie ea împingându-l spre uşă şi dându-i o cutie ca să o arunce la gunoi.

F plecă spăşit, cu coada între picioare, întrebându-se pentru a mia oară de ce nu putea avea şi el o mamă ca toate mamele.

Trecuseră două săptămâni şi, aşa cum îşi imaginase F, mama lui era nelipsită de la reşedinţa Ford, fie că se făcea un aperitiv, o cină relaxantă după o zi grea de muncă sau un grătar, ca în acea seară.

– Dar eşti vegetariană, şopti el agasat, ce faci aici?

Ea nici măcar nu-l băga în seamă şi continuă să întoarcă pe grill coastele de porc şi carnea de vită şi să adauge legumele.

– Belle, o întrebă Joy, dacă-ţi spun că grătarul ăsta vine de la un porc sinucigaş, e vreo şansă să-l mănânci?

– Niciodată. Sunt foarte fericită cu legumele mele.

– Niciodată e prea mult spus, interveni F. În urmă cu cinci ani când erai îndrăgostită de Dan, erai toată ziua cu coasta de porc în gură.

Râsete.

Belle clătină din cap şi ridică din umeri.

– S-a dovedit a fi o greşeală enormă. Şi nu mă refer doar la coastele de porc.

– Ce s-a întâmplat cu iubitul tău? întrebă Tara.

– Basmele sunt frumoase pentru că se termină la timpul potrivit, răspunse Belle senină. „El a sărutat-o, ea s-a trezit, s-au căsătorit și au trăit fericiți sau prințul a găsit pantoful, a căutat-o peste tot și a găsit-o. S-au căsătorit și... gata!" Nu mai pomenesc nimic despre oroarea pe care a trebuit să o îndure în următorii ani prințul, deoarece Cenușăreasa era maniacă și-l punea să spele capacul closetului de cinci ori pe zi, chiar dacă aveau o menajeră care făcea numai asta. Sau că Albă ca Zăpada se certa cu prințul ei, din cauza piticilor.

Râsete.

– Cel mai important într-o relație este...

– Sexul? o întrerupse Clara, fata de paisprezece ani a Veronicăi și a lui David.

– Greșit, interveni mama ei, nelăsând-o pe Belle să răspundă. Sexul este un elixir fatal care poate duce la disperare sau moarte, în cazul lui Tristan și Isolda, sau Lancelot...

– Las-o baltă, i-o tăie fata plictisită. Aș fi vrut să aud varianta lui Belle.

– Da, sunt convins că ai fi vrut, zise David, dar va trebui să mai aștepți câțiva ani.

– Și asta vine de la bărbatul care doar cu două seri înainte spunea că auzea Puccini în mintea lui când era îndrăgostit, comentă fetița, făcându-i pe toți să râdă cu lacrimi.

– La un moment dat va trebui să te oprești să mai asculți pe la uși, o certă Veronica.

– Așa făcea și F, se băgă Belle, iar el o privi pregătindu-se pentru ce era mai rău. Îți aduci aminte de Jim? Eram doar prieteni și ne spionai tot timpul.

– Tipul făcuse pușcărie!

– Pentru deturnare de fonduri, nu crimă.

– Aaa, daa, așa e mai bine...

– Ascultă, era un om cu care mă simțeam minunat: citeam aceleași cărți, ne plăcea opera, sportul.

– Ar fi trebuit să faci multe exerciții de stretching ca să eviți lupta cu pușcăriașul, replică F, făcându-i pe toți se râdă, apoi își sărută mama pe tâmplă. Lumea ta e obscură, eu sunt singura lumină.

– Soldățelul meu iubit, rosti Belle cu dragoste vădită în ochi.

Chiar dacă se înțepau des, cei doi erau foarte apropiați și se iubeau mult, asta se vedea clar.

Jacqueline, vecina lui Belle, care de când dăduse petrecerea și-i invitase pe toți de la vilă la sugestia lui Belle, venea deseori la serile lor. În realitate, avea patruzeci și cinci de ani, dar arăta cu zece ani mai în vârstă; probabil din cauza celor două pachete de țigări fumate zilnic și a vinului rosé pe care îl consuma înainte, în timpul și după fiecare masă. Credea că secretul tinereții veșnice era să fie mereu în acțiune, iar în acel moment, privind-o câte drumuri făcuse în cinci minute până la bucătărie și înapoi, Brianna se simțea epuizată. Asta, plus faptul că Brent continua să o ignore, deși ea făcea eforturi mari să rămână civilizată. Chiar și David cu Veronica trecuseră mai departe peste perioada lor dificilă și se iubeau mai mult ca niciodată, chiar dacă Brianna era aproape sigură că el avea pe cineva. Într-o zi îl văzuse discutând din mașină cu o femeie blondă care și ea se afla într-o mașină, în parcarea supermarketului aflat nu departe de Manhattan Beach. Dacă nu aveau nimic de ascuns, de ce nu ieșeau din mașină și de ce tânăra femeie bătea cu palma în torpedoul BMW-ului ei?

Brianna o privea pe Sunny și i se părea că era mult prea amabilă cu Brent. Își propuse să fie mai atentă la cei doi și, cum erau foarte numeroși la masă și ea se ocupa cu amplasarea persoanelor, decise să o pună pe Sunny cât mai departe de Brent. Însă în acea seară cel mai mult o agasa Jacqueline, care era gălăgioasă, murdară și-i intoxica pe toți cu țigările ei. Arăta ca o vacă încălțată într-o pereche de cizme cu buline. „Cine mai poartă în zilele astea cizme cu buline? Sau buline!" Plictisise pe toată lumea cu viața ei din anii '90, în care a fost nevoită să se deprindă cu noua slujbă, cu apartamentul micuț și cu prietenul ei care credea că orice fel de afecțiune era debilă. Pe cine naiba interesa că amicul acela cretin era îndesat și neîngrijit și că avea o mamă prea roșcată, prea băgăreață?

Privirea Briannei fu atrasă de Brent, care-i oferea lui Sunny un pahar cu smoothie proaspăt, băutură pe care o pregătise chiar el. Ea era cea gravidă, iar el nu găsise să facă în acea seară decât să gâdile orgoliul variantei feminine a lui *Bikram*. Se spunea că recuperarea începea întotdeauna prin acceptare, dar ea nu era încă pregătită să accepte că soțul ei nu o mai dorea în viața lui. Enervată, își luă o carte și se prefăcu că citește.

– Despre ce e vorba în carte? o întrebă Sunny curioasă.
– Despre ceva plictisitor care i se întâmplă unei tipe foarte urâte undeva prin India, răspunse Brianna agasată, care era de părere că bestsellerurile acelei scriitoare ar fi trebuit citite doar de colecționarele de câini din porțelan.
– A, da, am citit-o și mi-a plăcut foarte mult.

„Bineînțeles că ți-a plăcut", se gândi Brianna, apoi adăugă cu voce tare:

– Protagonista este o persoană plină de compasiune, ceea ce nu înseamnă că nu este capabilă de mojicie, nu-i așa? Totuși, cel mai mult mi-a plăcut pasajul în care explică faptul că noi, ființele omenești, vrem să avem totul... chiar dacă nu știm întotdeauna ce ne dorim.

Brent schimbă *planul mesei* și se așeză relaxat lângă Sunny. Se vedea de la o poștă că erau conectați pe o linie doar a lor. Brianna și Sunny se scrutară reciproc. Tara observă dezacordul din privirea Briannei și interveni, știind sigur că, dacă nu o făcea, seara se va transforma în coșmar.

– Încetează să-i mai urmărești, îi șopti Tara.

– Deci și ție ți se pare ciudat că ăștia doi se înțeleg așa bine.

– N-am afirma asta, Brianna, însă te cunosc și știu că ești capabilă să faci scandal din nimic. Te rog să nu fi paranoică și încearcă să petreci o seară liniștită. Practic, Brent nu ți-a făcut nimic. Tu ai fost vinovată, iar acum te comporți ca o victimă. Dacă te-ar fi înșelat, l-ai mai fi iubit?

Brianna își răsuci o șuviță din părul blond, așa cum făcea de fiecare dată când se găsea în încurcătură.

– Habar n-am cum să răspund la asta.

– Cred că ai făcut-o deja. Lasă-i în pace, îi ordonă sora ei în șoaptă, pe urmă se îndreptă spre Veronica și o întrebă:

– Ce mai faci, cum ești cu David?

– Mă străduiesc, dar uneori am impresia că nici măcar nu-i pasă. Sincer vorbind, nu știu dacă mă va ierta vreodată. Am făcut un pact, să o luăm de la început, să uităm tot ce a fost rău sau greșit în viețile noastre. Nu sunt convinsă că el este în acel loc. Iar eu habar n-am pe unde sunt.

– Am convingerea că va trebui să faci mai mult decât o cafea dimineața și să dai un sărut de noapte bună la culcare.

– Crede-mă, mă gândesc nonstop cum aș putea să-mi repar greșeala. Astăzi am ieșit de la birou să-mi cumpăr ceva de mâncare și eram atât de adâncită în gânduri, încât, inițial, nu l-am văzut pe tipul care ținea arma îndreptată spre un alt bărbat. Acolo pe faleza aia am crezut că mi-a sosit sfârșitul. Stăteam între taraba cu hotdog și distribuitorul de prezervative, chibzuind că voi muri. În secundele acelea oribile nici măcar nu m-am gândit la Clara. Aveam doar vocea lui David în ureche, care-mi repeta aceeași frază: „Niciun sărut nu contează precum cel pe care-l ai cu iubirea vieții tale. Ăla este primul sărut. Singurul care contează". Stăteam acolo și reflectam că-l iubeam, dar că voi muri și că el nu va ști asta niciodată. Tipul din fața mea avea bale la gură și înnebunea din ce în ce mai tare, iar eu nu avem habar cum să reacționez în fața unui scenariu atât de prost. Adevărul este că nu știm niciodată. Nu înainte să se întâmple. Îmi tot spuneam în minte: „De ce eu?" Ne punem această întrebare de atâtea ori, că devine un clișeu.

– Dumnezeule, n-am știut ce ți s-a întâmplat, spuse Tara șocată. Mă bucur că ești bine. Cum s-a terminat pentru cei doi?

– Știi, în urmă cu trei nopți n-am putut să dorm, așa că m-am dus să fac un duș. Dar n-am putut nici duș să fac, răspunse Veronica ignorându-i întrebarea și băgând-o și mai tare pe Tara în ceață. Îl iubesc pe David, însă ceea ce nu ți-am dezvăluit este că-l iubesc și pe Jackson, colegul meu.

Tara o privea șocată, iar ea continuă repede, fără să respire:

– N-am vrut să o fac, dar m-a sărutat și mi-a plăcut. Am făcut-o pe masa din bucătărie, printre resturile de la cină. Mâncasem piure, jambon și spanac fără smântână. N-am avut timp să cumpăr smântână. De altfel, nici nu știu dacă este bine să mai folosesc asta când gătesc, am colesterolul destul de mare...

– Stop! îi ordonă prietena ei. Respiră!

Veronica se uita la ea ca un copil și începu să respire ca și cum ar fi născut.

– Vrei să sugerezi că a fost mai mult decât un sărut? o întrebă Tara șocată.

Și ea credea că lucrurile se aranjau între soții Mayer!

– Nu ești atentă la ce-ți spun!? Doar mai înainte ți-am zis de spanac și de resturile de la prânz, o certă prietena ei uitându-se agitată în jur, ca să nu o audă cineva. Oricum, nu asta este cel mai caraghios aspect. Problema este că și el e însurat, iar nevastă-sa este o scorpie de prima clasă. Dacă ar afla că avem o legătură, ar fi în stare să mă mutileze. Am mai pățit-o cu o altă iubită de-a lui Jackson. Doamne, nu știu ce să mă fac.

– Pentru început, cred că ar trebui să-ți alegi un amant care nu-și înșală scorpia de nevastă la fiecare cinci minute, șopti Tara lovindu-și prietena peste mână. Sau și mai bine ar fi să te ocupi de David dacă tot susții că-l iubești. Va veni o zi în care vei regreta amarnic, și asta ți-o spun eu, o tânără iresponsabilă și celibatară.

Veronica își privi soțul cum râdea cu gura până la urechi la glumele lui Belle.

– Sunt sigură că are pe cineva.

– Nu ești sigură deloc; cauți doar un motiv de scuză ca să-ți justifici infidelitatea. Nu te critic, încerc doar să-ți deschid ochii. În cazul în care-ți iubești soțul, renunță la celălalt înainte ca schizofrenica lui de nevastă să-ți arunce acid pe față.

– Ți-am spus cât de bun este la pat?

Tara își dădu ochii peste cap.

– E un adevărat armăsar. O combinație fantastică între o brută și tipul cel mai senzual și tandru pe care l-am cunoscut vreodată.

– Dar cu David cum e relația ta în prezent?

Veronica ridică indiferentă din umeri, desfăcându-și părul șaten din coadă și lăsându-l să-i creadă pe umerii rotunzi, frumos modelați prin sport.

– Îmi zice foarte des: „Hei, iubito!"

– Și tu nu vrei asta. Tu îl vrei pe armăsar, zise Tara râzând.

– Și tu l-ai vrea dacă l-ai încerca o dată, replică Veronica dând un pahar de Rose peste cap.

– Ca și cum viața mea n-ar fi suficient de complicată.

– Stai într-o vilă superbă care-ți aparține, ai un trai confortabil din punct de vedere financiar, ești tânără, faină și inteligentă. Ce-ți mai dorești? întrebă Veronica aranjându-și fusta albă lungă până la jumătatea pulpelor.

Avea picioare lungi, frumoase și ochi de un albastru cenușiu, blânzi, însă ea era o tigresă.

– Îmi place varianta ta, adăugă Tara, dar adevărul adevărat este că sunt o tânără instabilă care până la douăzeci și cinci de ani n-a reușit să aibă o relație solidă cu niciun bărbat. Într-adevăr, nu am griji financiare, însă asta doar datorită iubiților mei părinți care, din păcate, nu mai sunt în viață și au plecat în ceruri cu gândul că sunt singură și șomeră. În ciuda faptului că sunt atât de superbă și deșteaptă, cum spui tu, nu reușesc să-l conving pe un bărbat să stea în jurul meu mai mult de cinci minute. Și știm bine ce s-a întâmplat când pentru prima oară în viață am avut o relație cu un bărbat care m-a adorat. M-am exilat un an în New York, de frică să nu cumva să mă omoare oribila Raven. Un alt exemplu ar fi ultima mea achiziție, pe care, personal, l-am invitat într-o seară la restaurant; nu m-a sunat după aceea și două săptămâni mai târziu, când am dat nas în nas cu el la o cafenea din Beverly Hills, m-a ignorat total. Am vrut să-i întorc spatele și să plec, dar în final m-am răzgândit și m-am dus să-l înfrunt. Mi-am pus mâinile în șold, așa cum nu-mi stă în fire, și am început să-i fac reproșuri și să-i vorbesc despre respect, sentimente și naiba mai știe ce. Orice străin care ne-ar fi văzut ar fi crezut că eram un cuplu căsătorit care avea nevoie de terapie. Tipul mă privea ca pe o descreierată și când, într-un sfârșit, am tăcut, mi-a zis că era îngrozitor cât de mult puteam vorbi. „Nu știi să discuți, ceea ce numești discuție pentru mine e monolog. Nu m-ai întrebat nici măcar o dată ceva despre mine în acea seară. La ce școală am fost, dacă-mi trăiesc părinții sau ce culoare îmi place. Ai vorbit mereu, ai comandat mâncare și pentru mine, apoi ai plătit. Ai comandat pentru mine și apoi ai plătit!" mi-a zis el apăsat, însă calm.

Veronica își privea prietena, reflectând că la cei douăzeci și cinci de ani era matură și sofisticată, avea clasă și era foarte amuzantă. Era adevărat că nu avusese prea mult noroc la bărbați și că, în final, se alesese cu o Raven vindicativă care dorea cu orice preț să-i facă rău. Tara era potrivit de înaltă, dar bine proporționată, iar părul de culoarea focului o prindea de minune; ochii verzi erau deseori veseli și pasionali. Pe oriunde trecea, Tara nu rămânea neobservată.

– Știm bine că viața nu doar se întâmplă. Oamenii fac alegeri. Până acum probabil că ai făcut câteva alegeri proaste, Tara, însă asta nu înseamnă că trebuie să te subestimezi, așa cum o faci. Încetează să mai vorbești rău despre tine, are cine să o facă. Mai bine concentrează-te pe ceva care-ți face plăcere, investește în ceva ce te-ar putea face fericită. Apoi ar mai fi o variantă: sună-l pe Alex. Mi-a plăcut acel băiat și sunt convinsă că este topit după tine.

– Mda, trebuie să fie înnebunit după mine, într-adevăr. Prima oară când m-a văzut i-am vomitat pe peluza din fața casei, a doua oară m-a invitat la o petrecere șic, iar eu am crezut că trebuie să vin deghizată. Am fost singurul iepuraș cu codița lipită pe chiloțeii mici și sânii care ieșeau pe jumătate din corset.

Veronica începu să râdă.

– Părinții lui au fost foarte impresionați, continuă Tara în stilul ei amuzant. Sunt sigură că, spre sfârșitul serii, i-au sugerat unicului lor fiu să mă ia de nevastă.

– Sunt convinsă că, în realitate, situația nu pare atât de dramatică precum o descrii, spuse Veronica ștergându-și lacrimile de râs.

– N-ai înțeles că aveam sânii pe jumătate afară și o coadă de iepure lipită pe chiloți? Toți ceilalți erau îmbrăcați în rochii lungi albe și smokinguri! Așa că voi continua să-mi caut perechea... sau mai știu eu ce.

Veronica își strânse în brațe prietena.

– Toți suntem în căutarea a ceva. Sau a cuiva. Care să ne aducă confort, dragoste, protecție, opină Veronica, apoi îl privi pe David și-i șopti lui Tara: Poate că ar fi înțelegător dacă ar ști adevărul...

– Ce adevăr? Că l-ai înșelat?

– Nu. Că sunt doar o ființă omenească.

Tara o privi dezaprobator și dădu să spună ceva, însă Veronica o opri.

– Nu uita că prietenii analizează și *neprietenii* critică.

– N-aveam de gând să te critic. Știu că atunci când o prietenă ți se destăinuie în legătură cu o situație dificilă prin care trece e un semn bun. Când trece totul sub tăcere... mai puțin. Voiam doar să-ți spun că nu mi se pare o idee bună să-i mărturisești lui David tot adevărul. Nu poți să-ți asumi acest risc și nici n-ar fi corect față de soțul tău. Este un mod egoist de a vedea lucrurile. Tu vrei să-ți ușurezi conștiința, în timp ce te aștepți ca el să șteargă totul cu buretele și să nu mai doarmă noaptea liniștit.

– Scopul meu nu este ca el să nu mai doarmă liniștit, ci ca să închid și eu, în sfârșit, ochii noaptea. Poate par obosită, dar nu sunt, admise Veronica. Mi-ar plăcea să spun că fac parte din lumea emancipată în care legăturile extraconjugale nu sunt sfârșitul lumii, însă, din păcate, nu e cazul. Știu, căsătoria este un contract care unește două persoane pe viață și chiar dacă, spusă așa, pare debil, adevărul este următorul: cred în acest contract.

– Despre ce vorbiți aici? se băgă Belle veselă în discuția celor două prietene. Sper că despre sex.

Tara și Veronica se priviră pe ascuns, dar lui Belle nu îi scăpă.

– Recunosc că am auzit puțin din discuția voastră și aș vrea să îți dau un sfat, îi zise ea tinerei avocate care o privea cu ochi mari, întrebători. Bine, continuă mama lui F, am auzit un pic mai mult.

Pauză.

– Okay, recunosc, am auzit totul, însă secretul tău este în siguranță cu mine și poate că experiența mea îți va fi de folos. Uite ce cred: dacă David este un bărbat care merită – și asta numai tu poți să știi –, ar trebui să te retragi din relația cu taurul comunității.

Veronica și Tara o priveau mute.

– V-am spus că am auzit totul, repetă Belle. Un divorț nu este ușor niciodată, dar în special atunci când soțul nu este chiar atât de rău. Am divorțat de tatăl lui F pentru că era un porc libidinos și nu merita să-mi petrec restul zilelor cu el. Și totuși am suferit mult.

– Însă F crede că...

– F nu cunoaște realitatea, o întrerupse ea pe Tara. Nu i-am relatat niciodată anumite detalii despre el. N-avea niciun sens. Cu ce l-ar fi ajutat să știe că tatăl lui se așeza pe closet, însă nu închidea ușa? Nu o făcea niciodată. Și privindu-l, conștientizam pe zi ce trecea că nu-l mai suportam.

Tânărul atletic de altădată se transformase într-un porc cu păr țepos, șleampăt, care stătea trei ore pe zi pe closet. De unde să știu că era un gurmand fără control? O ființă omenească pentru care era ceva firesc să mănânce 1 kg de cârnați și o pâine întreagă la gustarea de la ora 4. I-am spus că nu eram pregătită pentru nimic de genul acela în viață, sperând că va face un efort și va deveni iarăși bărbatul cu care m-am căsătorit. În schimb, mi-a zis să fac așa cum credeam de cuviință. Și m-am conformat. Mi-am cumpărat un câine din rasa Pomeranian, am schimbat yalele de la toate ușile din casă și l-am aruncat pe nenorocit în stradă. S-a adeverit a fi lucrul cel mai bun care aș fi putut să i-l fac; după un an, a slăbit 30 de kilograme și a preluat afacerea familiei care i-a permis să ducă o viață confortabilă și să aibă o relație bună cu copilul nostru. Chiar și cu mine. Câteodată ne întâlnim și duminica mâncăm împreună, vorbim despre toate și nimic, ne comportăm civilizat. Toate astea ți le zic ca să te fac să înțelegi că dacă, într-adevăr, David merită, rămâi cu el. Dacă nu, părăsește-l cât încă ești tânără și frumoasă.

– Nu știu sigur ce să mai cred, admise Veronica. Uneori cred că-l iubesc, iar alteori nu mai sunt atât de sigură. Mă obsedează ideea că m-a înșelat. Și nu doar o dată. Rareori instinctul m-a dus pe piste greșite.

– Atunci, fă cercetări, fii sigură de ceea ce spui sau simți și acționează în conformitate. Doar pentru că sunteți uniți de o foaie de hârtie stupidă nu înseamnă că trebuie să accepți totul de la un bărbat dacă te simți nefericită. Am avut o prietenă care a acceptat tot ceea ce soțul ei îi propunea, fie că i plăcea sau nu. Tolerase foarte multe lucruri în viață strângând din dinți și fără să spună nimic. Apoi, într-o zi, în timp ce el dormea, a luat cuțitul și i l-a înfipt în ochi. Când a ajuns în fața judecătorului și a fost întrebată de ce a făcut asta, a răspuns că „avea și ea principiile ei, iar unul dintre ele era să fie tratată ca o ființă omenească". Nenorocitul s-a ales cu un ochi din sticlă, cu vila moștenită de la familia ei și cu o nevastă cu treizeci de ani mai mică decât el. Ea e și la ora actuală în pușcărie.

Clara se îndreptă spre ele, făcu o piruetă, mândră de costumul negru, și o întrebă pe Veronica:

— Mama, cum arăt?

— Ca Tom Hanks, răspunse aceasta repede, enervând-o pe puștoaică.

— Aș fi mai bine într-un chilot tanga la o bară de striptease?

Plecă fără să mai adauge nimic, iar Veronica ridică din umeri, fiind obișnuită cu comentariile fiicei sale.

În celălalt capăt al curții micul grup juca un joc inventat de Jacqueline.

— Ce tâmpenie! comentă Brianna.

— De ce? Fiindcă pierzi? spuse Brent enervat.

— Nimeni nu câștigă în seara asta. Jocul ăsta n-are niciun sens.

Chiar dacă locuiau în aceeași casă, cei doi nu se mai vedeau atât de des ca înainte, dar când o făceau, se insultau reciproc, pe urmă fiecare pleca la treaba lui.

— Demonii îi îndepărtezi prin aducerea compasiunii în viața ta, îi șopti Sunny la ureche lui Brent, însă Briannei nu-i scăpă.

— Du-te dracului, Bikram, se răsti domnişoara Ford, rănită. Lasă-l să se comporte ca un porc ce este, doar aşa lumea nu va vedea cât de rănit este. Cât de mult suferă după mine.

— Nu este deloc rezonabil cum te comporţi, Brianna, şi dacă Brent este rănit, asta este numai din cauza ta şi nu văd de ce lumea ar trebui să fie la curent cu suferinţa pe care el vrea să o ascundă. Eşti foarte crudă, iar dacă te interesează părerea mea, cred că ar trebui să-ţi vezi de treabă. Nu poţi să te mândreşti cu comportamentul tău sau cu faptul că faci o fiinţă omenească să sufere.

— Nu, nu mă interesează deloc părerea ta, replică ea flegmatic, apoi i se adresă lui Brent: Ai face bine să nu mă mai instigi. Încearcă să mă eviţi cât poţi.

Brent o privi cu o expresie rece în ochi.

— Mai bine ţi-ai face ordine în viaţă. În cea reală, adică în acest rahat în care te-ai băgat singură.

Ea îl privea şocată. Nu era obişnuită ca Brent să nu asculte sau să nu-i stea la dispoziţie.

— Din fericire, Brianna, nu mai deţii controlul asupra a tot ceea ce iubesc şi nu mai poţi face nimic.

Ea îl luă de mână şi-l trase într-un colţ al curţii, unde nu-i auzea nimeni.

— Vom avea un copil împreună şi încă te iubesc, n-ai putea să uiţi ce a fost urât între noi şi să ne mai dai o şansă?

Ştia că se comporta ca o nebună; o zi îl ura sau îi era indiferent, în altă zi îl voia înapoi. El vru să spună ceva, dar ea nu-l lăsă.

— Furtunile pot lovi toate odată, însă nu durează o veşnicie. Cele din căsnicia noastră au trecut, îţi promit asta, Brent.

Îl privi şi văzu în ochii lui tot ce pusese ea acolo: durere, singurătate şi nefericire. Înţelesese că el nu se va mai întoarce niciodată la ea. Epuizaseră tot, explicaţii, acuzaţii, regrete şi, în acel moment, lacrimi. Ea plângea ca un copil şi pentru prima oară era sinceră, nu o făcea doar ca să-l manipuleze.

— Trebuie să procedez cum este mai bine, chiar dacă îmi este foarte greu, rosti el trist.

Cea mai mare parte a timpului oscilase între ură şi iubire, iar când nu o făcea, doar plângea. De câteva zile începuse să-i fie mai uşor şi asta datorită lui Sunny, care se dovedea a fi o fiinţă omenească plină de compasiune şi resurse. Oricât ar fi iubit-o pe Brianna în trecut, nu-şi mai dorea o viaţă cu ea, chiar dacă îi purta copilul mult dorit. În ziua în care o văzuse călărindu-i prietenul, înşelându-l iarăşi, dispăruseră toate: viaţa liniştită, iubirea vieţii lui şi tot ceea ce clădiseră în ultimii opt ani.

Brianna plângea în faţa lui şi-i părea rău pentru ea, dar ştia că şi el avea dreptul să fie fericit. Şi mai ştia că, dacă rămânea cu ea, nu s-ar fi bucurat niciodată de această stare de mulţumire sufletească intensă şi deplină. Tandru, Brent îi şterse o lacrimă de pe obraz şi îi surâse blând. Un zâmbet care ascundea o viaţă tristă, regrete şi o iubire pierdută pentru totdeauna. Îi întoarse spatele şi o lăsă acolo cu gândurile ei şi cu culpabilitatea care avea să o macine zile în şir.

Belle veni spre ea și o luă în brațe. Ceva din fata aceea îi amintea de ea în tinerețe. Brianna plângea pe umărul ei și, într-un final, se liniști și o rugă să-i aducă un pahar cu apă. Belle se conformă.

— În loc de un pahar de apă am luat un cocktail și în loc de apă am pus niște votcă, răspunse Belle la întrebarea nerostită a Briannei.

— Însă sunt gravidă, preciză aceasta plângând și mai tare.

Așadar, nici măcar să bea alcool nu mai putea. Mama lui F o privi cu îngăduință. Nu știa mare lucru despre viața tinerei fete.

— De ce mi se întâmplă asta? întrebă Brianna plângând, evitând să-i spună că ajunsese în acea situație doar din vina ei.

— Nu știu, dar îmi pare rău. Poate te ajută ceea ce-ți spun sau poate nu, însă uneori se întâmplă lucruri dintr-astea. Viețile se schimbă, oamenii se îmbolnăvesc, mor sau se îndrăgostesc de altcineva.

— Nu. Nu mă ajută cu nimic, o contrazise Brianna, ștergându-și fața și aranjându-și părul, apoi o privi pe Belle și adăugă: Din păcate, nu sunt îndrăgostită de nimeni.

— Mă refeream la Sunny și la soțul tău... Nu de asta sunteți separați?

Belle văzu în ochii Briannei că era șocată și își dădu seama că făcuse o gafă.

— Deci și tu ai observat că e ceva între ei!? rosti ea enervată.

— Lasă, că o să-ți prezint pe cineva...

Brianna o privi zâmbind și conștientiză că nu avea niciun sens să se enerveze pe Brent. Era un bărbat liber și ea fusese cea care-i oferise acea libertate. În schimb, pe Sunny o ura.

– Îmi prezinţi un bărbat tocmai în ziua în care al meu m-a părăsit? E un fel de schimb?

– Ştiu că oamenii nu pot fi înlocuiţi, însă tipul ăsta e genial. Este dentist, are o casă superbă în Bel Air şi un corp de milioane. În plus, este celibatar.

– Nu cumva îl cheamă Ashton?

Belle o privi surprinsă.

– Eşti medium sau ce?

– Nu. Doar amanta lui Ashton... Vezi, am un milion de lucruri pentru care să plâng...

– Şi un milion pentru care să râzi, o încurajă Belle, care îşi reveni rapid din şoc. Nu toate furtunile din viaţa noastră sunt rele, să ştii, şi într-o bună zi o să-ţi fie mai uşor.

– Mulţumesc, Belle, eşti o prietenă de nădejde, rosti Brianna sincer, gândindu-se că ar fi bine să profite de compania ei.

Mama lui F nu era deloc greoaie, ci inteligentă, o persoană veselă care-ţi ridica moralul şi nu făcea reproşuri, exact ceea ce-i trebuia ei în acel moment.

– Câteodată nu sunt bine, dar sunt okay cu asta, recunoscu ea. Ştiu ce am făcut şi unde am greşit...

Belle vedea suferinţa din ochii Briannei. Brava, voia să pară o femeie puternică, însă nu era. O strânse în braţe fără să mai spună nimic. Ştia că avea inima frântă şi că orice i-ar zice în acel moment n-ar ajuta-o prea mult. Era aşa ca aproape toţi tinerii care aşteptau ca viaţa să devină mai uşoară, mai simplă sau mai bună. Dar viaţa era complicată şi trebuia să te descurci aşa cum era, nu s-aştepţi ziua de mâine sau cine știe ce prinț salvator. Aceștia nu existau decât în basmele scurte, în timp ce în viața reală poveștile erau lungi și crude, cu multe lacrimi și regrete. Apoi, cu timpul, deveneau scurte și ele, însă rareori aveau finalul basmelor.

La numai câțiva metri depărtare, Raven stătea ascunsă și privea micul grup. Prietenii Tarei, femeia care-i distrusese căsnicia. Avusese o existență liniștită cu un bărbat pe care-l iubise, iar târfa roșcată le-a întors viața cu susul în jos și în acel moment râdea mulțumită. Down părăsise căminul conjugal, dar o parte din el rămăsese acolo, împiedicând-o pe ea să avanseze. Nu înțelegea de ce se crampona de acea situație, de acel bărbat. Îl iubise, într-adevăr, însă mai fuseseră și alții, dar nu suferise atât.

În prezent era cu un moș bogat care nu dormea niciodată. Oare cei trecuți de o anumită vârstă n-ar trebui să doarmă mereu? În timp ce ea se chinuia să suporte o fosilă obositoare, târfa de Tara se distra înconjurată doar de chipuri tinere, frumoase. Cu excepția oribilei franțuzoaice care scotea fum mai mult ca un tren din anul 1803 și care în acel moment se îndrepta spre ea.

– Vă pot ajuta cu ceva? o întrebă ea într-o engleză stâlcită, gândindu-se că tânăra femeie mirosea a alcool și arăta ca o criminală.

Tocmai își terminase țigările și se îndrepta spre casă ca să ia alt pachet. O privi pe Raven și rosti încet, mai mult ca pentru sine:

– Mi-e frică. Mi-e frică de tine.

– Aşa şi trebuie, şopti femeia, iar în secunda următoare o atacă, încercând să îi sucească gâtul, dar eşuă.

O trânti la pământ şi Jacqueline vru să ţipe, însă Raven o amuţi, lovind-o cu putere în tâmplă. Femeia se cutremură şi rămase inconştientă, pe urmă creatura diabolică o târî pe plajă, departe de micul grup.

– *Ştii că trăieşte?*

– *Ştiu că nu e mort...*

Raven îşi aduse aminte de seara în care Harrison şi ea îşi uciseseră unchiul. De fapt, Harrison doar o ajutase să-l îngroape în spatele casei şi el se cutremurase de cruzimea de care sora lui dădea dovadă la şaptesprezece ani. Nu-şi iubea nici el unchiul, totuşi, nu l-ar fi omorât. Cel puţin, nu aşa. În acea noapte plecaseră în Wisconsin, unde el avea închiriat un studio. Harrison era în anul doi la Facultatea de Psihologie.

Când telefonul a sunat într-o dimineaţă la ora 3, la o săptămână după faptă, ei au ştiut că poliţia a descoperit corpul unchiului lor. Cei doi copii au moştenit o sumă frumuşică de la el, astfel încât şi-au asigurat o viaţă confortabilă, fără să mai fie nevoie să le ceară ceva părinţilor lor.

Raven decise să meargă acasă; nu mai era nimic de făcut în acea seară acolo. Micul grup continua să se distreze şi nimeni nu se întreba de ce biata Jacqueline nu se mai întoarse la petrecere.

Aflaseră catastrofa a doua zi de la Belle, care, intrigată de absența franțuzoaicei la vilă, dădu sfoară în țară. În final, sora ei o sună și-i spuse că Jacqueline era la spital.

Își reveni după trei zile, dar nu în totalitate; se alesese cu o amnezie parțială de care scăpase după două săptămâni. Poliția îi pusese câteva întrebări la care răspunsese cum putuse. Le declarase că a fost atacată de o femeie, caucaziană, destul de frumoasă din câte-și aducea aminte și care mirosea a alcool. Nu știa de ce o agresase, n-avea dușmani nicăieri și nu datora nimănui nimic.

Ajunsă înapoi în Hermosa Beach, fu chestionată și de vecini, Jacqueline bucurându-se de puțină popularitate. Nu-i trebui mult lui Tara să-și dea seama că agresoarea nu era alta decât Raven. Ea înștiință poliția, dar în afară de câteva supoziții n-avea nimic altceva, ceea ce însemna că nu-i puteau face nimic lui Raven.

Întinsă pe patul din curte, Tara se gândea că nu-i mai rămânea decât să trăiască în continuare cu frica permanentă că Raven era liberă și periculoasă.

– Nu-ți mai mânca unghiile, o certă Brianna, bând cu paiul sucul proaspăt de legume.

Tara închise ochii când o văzu. N-avea chef de compania nimănui și-n special a surorii ei.

– Lasă-mă să stau cu tine și-ți promit că, dacă vrei să o vorbești de rău pe Raven, n-am să-i iau apărarea, zise Brianna.

– Și de ce i-ai lua-o? Te urăște la fel de mult ca și pe mine.

– Nu-mi pune în cârcă toate păcatele tale. Asta nu e un concurs. Știu că nu sunt o sfântă, însă n-ai niciun drept să mă faci responsabilă de faptele nebunei de Raven.

Tara o privi serioasă, dar Brianna nici măcar nu clipi.
– Și tu te-ai culcat cu el.

Sora ei se înecă brusc cu sucul, apoi își mută greutatea de pe un picior pe altul și începu să se făstâcească, așa cum făcea de fiecare dată când știa că a greșit. Pe urmă o podidi plânsul.

– Îmi pare rău... n-am știut că știi... n-am vrut să-ți fac rău. Am vrut doar să văd cum este.

– E același lucru; când vrei să vezi cum este în pat iubitul surorii tale, înseamnă că vrei să-i faci rău.

Tara vorbea cu nepăsare. Fusese o perioadă grea din viața ei, însă acea perioadă se sfârșise. Chiar dacă nebuna de Raven încă îi dădea târcoale. Uitându-se la Brianna cum plânge, o întrebă:

– Ei bine, cum a fost?

Sora ei o privi fără să zică nimic.

– Down, iubitul meu, cum ți s-a părut?

– N-am văzut bărbat să se îmbrace mai repede...

– Asta înseamnă că ești zero în pat, spuse Tara, luându-i paharul cu suc din mână și terminându-i băutura, apoi o scrută iarăși atent și o iscodi: Cu câți tipi l-ai înșelat pe Brent?

– Nu cu mulți.

– *Nu cu mulți* nu înseamnă nimic. Fii mai specifică.

– Au fost vreo doi sau trei, preciză Brianna privindu-și picioarele încălțate în espadrile Channel și făcând-o pe Tara să râdă. Și în afară de bizarul Down, am avut relații serioase... cu ceilalți...

– Ceilalți, adică bărbații din viața ta, de femeie măritată? Și care ar fi ceilalți doi cu care ai avut relații atât de profunde?

– Păi, au fost Ashton Cooper și acel tip... Fox...

– Fox și mai cum? întrebă Tara amuzată.

– Fox și atât. N-are alt nume.

– Ca Moise sau Cher, da?

Brianna începea să se enerveze, dar Tara se amuza copios și îi păru rău când sună telefonul surorii ei. Pe ecran apăru chipul Roxanei, o răzgâiată din Beverly Hills, care începu să strige din toți rărunchii:

– Te-am sunat ca să te invit la un aperitiv, Bri.

– Însă este ora nouă dimineața!

– Să-ți pui ceva sexy.

– Dar este ora nouă dimineața, repetă Brianna.

– Taci și nu mai comenta atât ca o babă; sunt aici mulți tipi drăguți care abia așteaptă să te cunoască. Spune-mi, vii?

– Aproape sigur...

– Aproape sigur nu înseamnă nimic. N-ai auzit când ți-am spus că o grămadă de tipi faini așteaptă să te cunoască?

– Da, va fi foarte amuzant când voi apărea în rochia mea de cocktail la ora 10 dimineața și am să le spun că nu pot să beau pentru că sunt gravidă, însă că nu este niciun fel de problemă, fiindcă soțul m-a părăsit pentru o yoghină cu aere de virgină și deci sunt liberă ca pasărea cerului.

Roxana își puse mâna la gură îngrozită și Brianna continuă:

– Doar pentru că nu îți place ceea ce auzi nu înseamnă că e mai puțin adevărat. Mai vrei încă să vin?

– Oricum, aveam în meniu bere sau Xanax, răspunse prietena ei ignorându-i întrebarea. Cred că o să aleg varianta a doua, m-ai băgat de tot în depresie cu povestea ta de oameni mari. Cum ai putut până la douăzeci și opt de ani să te măriți, să divorțezi și să faci un copil? Deoarece asta este ordinea, nu-i așa?

– Dacă n-ai nimic bun de spus, ține-ți gura închisă, Roxy! îi ordonă Brianna enervată, pe urmă închise telefonul.

– Cum poți să-i închizi așa telefonul? întrebă Tara.

– Cum aș putea să nu o fac? N-ai fost aici, n-ai asistat la ce lucruri debile îmi spune la ora nouă dimineața? Mi-am pierdut soțul și o parte din mine murit. Părinții au murit și ei, și nimeni, niciodată, nu o să mai poată repara asta. Nu mai am nevoie de o cretină în viața mea care să-mi aducă aminte toate greșelile pe care le-am făcut până la vârsta asta.

Tara își privi sora cu părere de rău. Nu știa sigur dacă era sinceră sau nu. Cu Brianna nu se știa niciodată.

– Să știi că l-am iubit pe Brent, dar nu puteam să-i dau ceea ce dorea, continuă ea tristă. Aștepta de la mine să fiu în anumite locuri și să fac anumite lucruri, or, nu asta îmi doream.

Tara ar fi vrut să o întrebe care erau locurile unde soțul ei o aștepta: la ei acasă și fără un alt bărbat în patul lor? Preferă însă să nu spună nimic.

# 9

Tara fu trezită de un zgomot care venea de undeva din interiorul vilei. Privi ceasul roșu în formă de inimă care arăta ora trei dimineața. Se ridică în șezut și ascultă atentă. Nimic. Probabil că visase. Se întinse înapoi în pat și închise ochii, gândindu-se că nu fusese o idee atât de bună să rămână singură acasă. Ar fi putut să meargă și ea cu tot grupul la Festivalul muzical Coachella din Palm Springs. Oare de ce ajunsese să trăiască într-o frică permanentă? De fapt, știa răspunsul la această întrebare, însă după atâția ani ar fi fost bine să obțină prescripție; știa însă că durerea nu avea o dată de expirație.

Adormi cu gândul la Down și la prima lor întâlnire.

*Înalt, frumos și cu o valijoară mică, stătea în fața aeroportului din Chicago așteptând un taxi, la fel ca ea. Era îmbrăcat în costum gri, cămașă albastră desfăcută la gât și avea părul castaniu, puțin lung, în dezordine. Taximetriștii erau în grevă în acea zi și era debandadă în fața aeroportului. Afară era caniculă și lumea devenea din ce în ce mai nervoasă.*

*În fața lor, o bătrânică îl lovi în cap cu o umbrelă de soare pe un tânăr care avusese norocul să prindă un taxi.*

*– Ai viața înainte, strigă ea pe geam, poți să mergi și pe jos, puturosule!*

*Tânărul își ridică mâinile și se uită în jur, unde toți privitorii râdeau.*

*După încă zece minute de așteptare, bărbatul în vârstă de aproximativ treizeci de ani se îndreptă spre Tara, care se uita pe o hartă, și o întrebă dacă are nevoie de ajutor. Ea îi răspunse politicos că se descurcă și-i mulțumi.*

*– Merg în centru, putem împărți un taxi dacă doriți, insistă tânărul. Va fi greu astăzi să punem mâna pe unul și asta ar fi cea mai simplă soluție. Sunt destul de norocos, în general.*

*– În general, replică Tara zâmbind și ridicându-și o sprânceană perfect epilată, dar nu și astăzi.*

*Tânărul râse.*

*– Ce puteam să fac? Să o las să meargă pe jos la optzeci de ani?*

*– Nu mi s-a părut că ați avut de ales, spuse Tara râzând la rândul ei.*

*După încă cincisprezece minute de așteptat, tânărul își luă la revedere, zicându-i că va merge pe jos. Era sigur că drumul era blocat de ceva, pentru că nicio mașină nu mai ajungea la aeroport. Tara se așeză pe o băncuță, aranjându-și pliurile de la rochia roșie cu buline albe.*

*– Urăsc orașul ăsta, auzi ea o voce bărbătească în stânga băncii.*

*Se uită și observă cel mai frumos bărbat pe care-l văzuse în viața ei. În realitate sau la televizor. Viu sau mort. Se uita la el ca o proastă și când, în final, își reveni, rosti zâmbind:*

*– Mi se pare că oamenii sunt foarte cumsecade. Nu atât de politicoși ca în Los Angeles, totuși rămân foarte corecți, în ciuda faptului că trebuie să suporte temperaturi oribile iarna... și azi.*

*– Înseamnă că n-ați văzut-o pe bătrânica de mai înainte, care era în stare să facă moarte de om pentru un taxi, opină Down, descheindu-și încă un nasture de la cămașă.*

*Tara râse.*

*– Îmi place aici. Nu e prima oară când vin și de fiecare dată oamenii au fost foarte primitori. Vă dați seama, un străin a vrut să mă ajute? Nici măcar nu-mi știa numele și mi-a propus să mă ajute.*

*Down zâmbi.*

*– Nu toți bărbații vor să cunoască numele celei cu care doresc să se culce.*

*Tara se întoarse spre el și-l privi mirată.*

*– Credeți că voia să se culce cu mine?*

*– Mai e și crima. Poate doar voia să vă omoare.*

*Râsete.*

*– Mă cheamă Down, se prezentă el, și, de obicei, sunt o companie mult mai bună decât acum.*

*– Sunt Tara, iar aceasta este cea mai interesantă conversație pe care am avut-o de la ultima mea întâlnire cu un tip, când nici unul, nici celălalt n-a scos un cuvânt.*

*– Sper că nu v-ați căsătorit cu el.*

*Râsete.*

*– Nu. Era regizor de film și m-a pus să mă uit la un scurt metraj pe care îl realizase. Era atât de diferit de tot ceea ce văzusem până atunci... Și când spun asta nu mă refer la filme, în general, ci la orice altceva: viața pe Marte, popcorn sau lanțuri.*

*Down râse.*

*– Sunteți foarte amuzantă, îi zise el, iar Tara îi mulțumi sfioasă. Și prietenul dumneavoastră a fost un fraier că v-a pierdut.*

*– Era un tip prostuț care provenea din doi părinți, la fel de prostuți.*

*Ceva la acel bărbat o intimida; în mod cert avea zece ani mai mult decât ea. Era sofisticat, sexy și... foarte căsătorit, constată ea când telefonul lui sună și el îi spuse soției că o iubește și că abia așteaptă să ajungă acasă.*

*– Soția dumneavoastră? îl întrebă ea inutil.*

*– Dacă v-aș spune că e tata, m-ați crede?*

*– De ce ați face asta?*

*– Sincer, nu prea știu. De obicei, nu mă comport ca un măgar.*

*– Probabil că în Chicago nu sunteți decât un măgar, zise ea, regretând imediat după aceea.*

*El o privi întrebător.*

*– Ar fi trebuit să fie ceva amuzant, dar nu mi-a ieșit, se scuză Tara, iar el zâmbi.*

*– Ce-ar fi să ne tutuim, propuse el. E firesc, întâi insultele, apoi ne tutuim.*

*Ea se scuză încă o dată, pe urmă Down o întrebă dacă vrea să ia cina cu el.*

*Ea știa că ar fi fost o greșeală să iasă cu un bărbat însurat. Apoi, după patru zile petrecute împreună în Chicago, și-a dat seama că totul în jurul ei era o greșeală, mai puțin el. Așa începu relația lor.*

Un zgomot de sticlă spartă o făcu să sară în capul oaselor și cu sufletul la gură își șterse sudoarea de pe frunte. Atunci o văzu. Stătea în picioare la capul patului și avea în mână ceva, nu putea să-și dea bine seama, pentru că era semiîntuneric. Lăsase fereastra de la balcon deschisă și își imagină că, probabil, pe-acolo intrase.

– Credeai că poți să-mi distrugi viața și apoi să ți-o continui pe a ta liniștită? întrebă Raven.

– Ai riscat mult venind aici. Casa este...

– Casa este goală, iar tu ești în pericol mare, mârâi ea.

– Au trecut atâția ani, Raven, de ce nu vrei să facem pace? Știi bine că nu mai sunt cu el de-o eternitate și, dacă te consolează cu ceva, îmi pare rău.

– Nu, nu mă consolează cu absolut nimic ceea ce afirmi. Tot ce știu este că și după un an de la despărțirea noastră ne-am fi împăcat dacă n-ai fi intervenit.

– Doar în visele tale vei fi cel mai aproape de Down, șușoti Tara și, din păcate, Raven o auzi.

O lovi peste obraz cu toată forța.

– Mama ta nu te-a învățat să-i vorbești politicos femeii căreia i-ai distrus viața? întrebă ea lovind-o încă o dată cu ceva rece.

Bănuia că ținea ceva de metal în mână.

– Sau să eviți să-ți bagi în pat un bărbat căsătorit?

O lovi iarăși.

Tara reuși să se ridice, furioasă că Raven vorbea de mama ei așa.

– Las-o pe mama acolo unde este; ai treabă cu mine, nu cu ea.

– Da, cu ea mi-am încheiat deja conturile...

Tara o privi cu ochi mijiți și tâmplele o dureau îngrozitor, dar nu numai din cauza loviturilor.

– Ce vrei să sugerezi cu asta? Că mi-ai omorât părinții?

Raven o privi zâmbind sarcastic, fără să spună nimic.

– Este imposibil, continuă Tara, la volanul mașinii a fost un bărbat drogat.

– Doar un bărbat drogat putea să facă asta pentru 50 de dolari, nu-i așa?

Într-o secundă, Tara sări pe inamica ei și o puse la pământ. Ura și adrenalina îi dădeau o forță ieșită din comun și, cu sângele șiroindu-i pe față, o lovea pe cea care în ultimii cinci ani îi făcuse viața un coșmar. Posibil că își pierduse într-un fel cunoștința, deoarece nu-l văzuse pe David, soțul Veronicăi, care intrase în încăpere și o forțase să se oprească din ceea ce făcea. Venise pentru că auzise zgomot, iar Raven îi datora viața. Stătea aproape inconștientă într-o baltă de sânge.

– Lasă-mă să o omor, strigă Tara furioasă, altfel nu voi scăpa niciodată de ea!

– Și vrei să intri în pușcărie? Crezi că merită? Crezi că părinții tăi ar fi fericiți să știe asta?

– Părinții mei nu vor mai ști niciodată nimic și asta pentru că Raven i-a ucis! Femeia asta mi-a ucis părinții, spuse Tara plângând.

David o luă în brațe, fiindu-i milă de ea.

– Ssst... calmează-te, nu-ți fac bine toate astea, zise el legănând-o ca pe un copil. Acum ai o probă ca să o dai pe mâna poliției. Lasă-i pe ei să-și facă treaba, e mai bine așa.

Tara își șterse fața plină de sânge și lacrimi și întinse mâna după telefon, când constată că Raven dispăruse.

– Unde este? Era inconștientă, cum de a fugit? Nu poate fi departe, haide, ajută-mă să o găsesc, spuse ea luând-o la fugă, însă căzu.

– Nenorocite de picioare, se văita ea plângând în hohote. Asta ar fi fost șansa vieții mele să scap odată de această femeie. A fost la mine în casă și am lăsat-o să plece, se tânguia ea.

David o ajută să se ridice și o duse la baie, unde-i spălă fața și părul plin de sânge.

– Nenorocita ți-a spart capul. Va trebui să mergem la spital, Tara.

– Nu. N-am nimic. Sunt doar zgârieturi. Și mi-e frică de spitale și de sânge. Și de Jack Nicholson în *Shining*.

– Liniștește-te, sunt aici cu tine și n-am să te las, îți promit.

Ea încuviință și-i mulțumi, apoi ieșiră pe terasă și se uitară pe plaja largă, însă Raven nu era nicăieri.

– Vrei un pahar cu vin? o întrebă el.

– La ora trei dimineața?

– Poate o cafea?

– La trei dimineața?

– Mi-ar plăcea să te reconfortez, zise David mângâindu-i mâna care încă îi tremura. Ce pot face pentru tine?

– Să dai timpul înapoi, să fi pierdut avionul de Chicago în urmă cu cinci ani când l-am cunoscut pe Down. Mai bine nu l-aş fi întâlnit niciodată.

– Chiar? o iscodi David privind-o curios.

Ea clătină din cap.

– A fost cel mai frumos lucru care mi s-a-ntâmplat vreodată. Şi a fost mereu lângă mine. Nu doar lângă mine, ci cu mine, rectifică ea. Toată lumea-mi spune să-l las în urma mea şi să avansez. Oamenii fac un fix din asta, nu-i aşa? De ce să avansezi când singura dorinţă este să mergi înapoi la viaţa pe care ai iubit-o altădată?

Cămaşa din bumbac albă i se ridică puţin la jumătatea pulpelor şi ea o trase în jos.

– Am fost gravidă cu el... dar am avortat... Cum aş fi putut să fac un copil cu un bărbat însurat?

David nu spuse nimic. Era un ascultător foarte bun.

– N-a ştiut niciodată, continuă Tara.

– Orice secret ai avea, cred că ar trebui să-i spui acelui careva de care se pare că eşti ataşată. Trebuia să-i spui. N-aveai voie să ţii asta doar pentru tine. Eu aş fi vrut să ştiu.

– Ai auzit vreodată expresia „Omoară mesagerul"? Deoarece asta s-ar fi întâmplat. Într-un fel sau altul, soţia lui ar fi aflat şi m-a distrus, adăugă ea zâmbind amar. Am omorât copilul dragostei noastre din egoism, şi Raven tot în viaţa mea este. Dacă ştiam că voi fi hărţuită de ea ani de zile, n-aş fi făcut-o. Îmi spuneam că eram prea tânără ca să fiu mămică şi că el n-ar fi părăsit-o niciodată pentru una ca mine. La o lună de la avort ne-am mutat împreună şi la un an după încă aveam coşmaruri din cauza unui copil care stătea și mă privea în noapte. Plângea de fiecare dată și nu-i vedeam fața, însă știam că era băiat.

David o mângâie pe cap.

– Dacă-ți face rău, nu mai vorbi despre asta.

Ea-l privi și zâmbi printre lacrimi.

– Cum ai aflat că Veronica era gravidă cu Clara?

– A fost o poveste amuzantă, răspunse el trecându-și mâna prin părul frumos. Când am cunoscut-o pe Veronica, era în cuplu cu un italian. Nimic serios, dar ne-am intersectat vreme de o lună. Evenimentul s-a petrecut într-un restaurant șic și ea plănuise totul. Știa de la început că va comanda Stroganoff de vită și că apoi avea să-mi dea bețișorul legat cu fundă roșie. Când am întrebat-o ce-ar fi făcut dacă ziceam că nu eram sigur că era al meu, mi-a răspuns că ar mai fi făcut o dată pipi pe alt bețișor și ar fi comandat altă dată Stroganoff de vită. Veronica n-a luat niciodată viața prea în serios, spuse ea zâmbind și gândindu-se la soția lui pe care încă o iubea.

Tara se mișcă jenată pe scaun. Ar fi vrut să știe dacă el îi fusese întotdeauna fidel. Brianna îl văzuse discutând cu o femeie destul de aprins, iar Veronica îi zisese nu o dată că nu avea încredere în el. Așa cum stătea acolo și vorbea despre ea, dădea impresia unui bărbat îndrăgostit.

– Am o sticlă de Botquila, vrei să o încercăm? propuse ea.

– De ce nu? Ce este Botquila?

– Nu știu, însă are multă tequila și un nume interesant.

El râse.

– Dar este rezonabil, oare, să bem la ora asta? îi întrebă ea.

– Cine decide pentru noi ce oră este rezonabilă sau nu pentru un pahar de alcool? Sau că weekendul trebuie să aibă doar două zile! Sau că trebuie să dormim în acelaşi pat, cu aceeaşi persoană...

– Ai înşelat vreodată? îl iscodi ea direct.

El se gândi puţin, apoi se întoarse uşor spre ea şi cu un zâmbet în colţul gurii o întrebă:

– Ce crezi?

– N-ar fi trebuit să pun această întrebare, scuză-mă.

El nu mai zise nimic. Ea se duse în salon şi luă sticla de alcool, pe urmă umplu câte un pahar pentru fiecare. Cinci minute au stat şi au savurat băutura. Încet, au început să se destindă, iar pe Tara parcă nu o mai durea atât de tare capul. El căscă şi ea îl întrebă dacă e obosit.

– Am avut casa plină până ieri. Doi bărbaţi care sforăiau tare, de-i auzeam şi prin pereţi, o mătuşă care s-a uitat la comedii şi a râs toată noaptea şi trei copii care s-au plimbat la toaletă din oră în oră. Al patrulea, niciodată. Nu puteam să dorm şi singura întrebare din minte era: de ce celălalt copil nu face pipi la fel ca şi fraţii lui?

Tara râdea cu lacrimi.

– Eşti nebun, ştii asta.

– Iar tu ai ochi incredibil de frumoşi.

Ea se opri din râs şi îl privi serioasă.

– Sper că nu-mi faci curte, David. Veronica este prietena mea şi, în afară de asta, mi-am jurat că nu mă voi mai cupla niciodată cu un bărbat însurat.

El îşi privi paharul, mai luă o înghiţitură, după aceea se întoarse şi se uită la ea.

– Nu. Bineînțeles că nu-ți fac curte. Nu mi-aș permite asta niciodată.

Oare de ce nu îl credea? Părea atât de serios.

– Știi, cred că Brent este cu Sunny, schimbă Tara subiectul. M-am gândit să-i spun lui Brianna. Dar dacă o să încerce să mă omoare în somn?

– Înseamnă că nu ești o soră prea bună.

Râsete.

– De partea cui ești?

– De partea celei care mă face fericit, răspunse el, apoi răsună o explozie puternică și amândoi își pierdură cunoștința.

Grupul din Palm Springs ajunse la spital la opt dimineața; când cei de la Centrul medical prezbiterian Hollywood i-au sunat să-i anunțe catastrofa, ei tocmai se pregăteau să meargă la culcare. Ei stăteau pe culoar și vorbeau cu medicul care le spunea că încă era prea devreme să se pronunțe, dar că starea lor era stabilă. Tara se lovise la cap și David avea două coaste rupte; amândoi erau sedați și dormeau.

– Casa mea este distrusă, se văita plângând Veronica. Dumnezeule, ce s-a întâmplat?

– E posibil ca unul dintre clienții tăi să-ți vrea răul? întrebă Joy.

– Nu-mi dau seama, răspunse ea încercând frenetic să se concentreze. Asta este mâna unui nebun de legat.

Apoi se gândi la nevasta amantului ei. Era o persoană nevrotică și periculoasă, însă nu avea idee dacă era capabilă să facă una ca asta. Se retrase într-un colț al holului și îl sună pe Jackson, dar acesta nu răspunse. Clara adormise plângând pe canapea, Brianna voma în una dintre toaletele spitalului, iar Ed îi făcea lui Pam promisiuni pe care știa că nu le va ține.

Belle ajunse și ea la spital, în urma telefonului primit de la fiul ei.

– Nu vi se pare straniu că două persoane din cartierul nostru ajung la Urgențe în aceeași lună? întrebă ea.

Surorile Ford se priviră bănuitoare.

– Credeți că e posibil să fie aceeași persoană? întrebă Sunny, gândindu-se la Raven.

– N-are niciun sens. De ce casa mea? opină Veronica. Nu o cunosc pe nebuna asta care este obsedată de Tara.

– Probabil, vrea să facă curățenie în jurul ei; adică familia, prietenii. Sau poate vrea doar să o sperie, nu să o omoare. Dacă punea bomba la noi în casă, erau amândoi morți la ora asta.

La doi metri distanță Brianna și Brent se certau.

– Te-ai culcat cu el pentru că „era acolo"?! „A fost doar o dată". Crezi că fraze dintr-astea ar trebui să mă facă să mă simt mai bine!?

Ea-l privea tristă.

– Pentru tine întotdeauna am fost băiatul din ultima bancă de la școală, care-și roade unghiile, nu-i așa?

Brianna clătină din cap.

– Și atunci, de ce m-ai tratat tot timpul ca pe un retardat social?

– Indiferent ce crezi, să știi că îmi pasă de tine. Întotdeauna mi-a păsat.

– Ești idioată?

– Pot să fiu idioată și încă să-mi pese de tine, Brent.

– Chiar așa?! exclamă Joy. Nu v-ați găsit un alt loc și un alt moment pentru asta? Voi chiar aveți nevoie de terapie.

– Totul este din cauza ei, se răți Brent. După ce o suport zilnic, acum trebuie și să plătesc pentru terapia ei?

– Atunci, ce-ar fi doar să fii amabil cu ea? sugeră Sunny, foarte drăguță în salopeta albă cu inimioare.

– O să încercăm terapia, consimți el agasat și urându-și soția din ce în ce mai mult. Dar tu ai făcut suficient de mult rău, se răsti el la ea, e timpul să te retragi, altfel vei regreta.

Brianna îl privi cu scârbă și rosti cu voce joasă:

– Când țipă cineva la mine, n-aud niciodată, mutant etic ce ești.

– Ești un monstru, asta ești, o certa Sunny, care se străduia din toate puterile să-i facă pe cei doi să se înțeleagă mai bine.

Toată lumea se săturase de scandalurile lor.

– Nu, replică Brent. Un monstru e mare și puternic. Ea este doar un vierme care se târâște și face rău cum poate. N-are coloană vertebrală.

Doctorul sosi și-i anunță că David se trezise. Avea dureri mari, dar putea să-i primească la el în salon, cu condiția ca nimeni să nu se certe. Spuse asta și o privi zâmbitor pe Brianna. Toți dădură buzna în salon.

– Ce s-a întâmplat? Ești bine? întrebă Veronica repede.

– Mulțumesc, sunt un pic mai bine, deși coastele mă dor îngrozitor, răspunse David la a doua întrebare.

– Iubitule, îmi pare rău, însă sunt puțin perturbată. Este oribil ce ți s-a întâmplat, dar doctorul ne-a zis că sunteți în afara oricărui pericol. Ce s-a întâmplat?

– Raven. A fost Raven, răspunse el gemând ușor. Întâi a atacat-o la voi în casă. Era ora trei dimineața când s-a întâmplat. Am auzit un geam spart și am fugit repede să văd ce era; Tara o trântise la pământ și o lovea. Raven era într-o baltă de sânge, aproape inconștientă. De-abia am luat-o pe Tara de pe ea; dacă nu ajungeam la timp, cred că ar fi omorât-o. Apoi m-am ocupat puțin de Tara, care la rândul ei era rănită la cap și avea sânge pe toată fața. Niciunul n-am observat când Raven a dispărut. Cum este Tara? S-a trezit?

– Nu, dar se pare că este stabilă. Cu timpul totul va fi bine, răspunse Veronica, gândindu-se la prietena ei, la David și la Jackson.

Da, toată lumea avea ceva în comun: timpul. Toți voiau timp, însă acesta nu aștepta pe nimeni și nu întotdeauna rezolva totul.

Trecuseră zece zile de la explozie și poliția nu prinsese încă persoana care o declanșase. Raven dispăruse parcă înghițită de pământ și nimeni nu putea da de ea. Harrison era în oraș, dar a declarat că nu avea nicio veste de la sora lui de mai bine de-o lună și alibiul lui era pertinent.

După ce își revenise destul de bine în urma accidentului și a loviturilor la cap, Tara era convinsă că Raven era responsabilă de explozie și era furioasă că poliția nu făcea nimic. Telefonul îi sună și ea bănui că este David.

– Ajung acum, zise ea, fără să asculte.

– Ajungi? întrebă mirată Brianna.

– Oh, tu erai.

– Oh, eu eram.

– Credeam că este David, zise Tara în timp ce-și parca mașina în zona pontonului.

– Bineînțeles. Nu crezi că te vezi cam des cu David?

– Nu mai des ca tine, ceea ce este un lucru firesc ținând cont de faptul că familia O'Brian locuiește cu noi în casă. Ce vrei, de ce m-ai sunat?

– Nu poate omul să te sune pentru că neapărat trebuie să vrea ceva? spuse Brianna ofensată, privindu-și manichiura albă impecabilă.

Fusese la cabinet la Brent sperând să discute cu el, dar acesta își luase o zi liberă.

– Oricine mă poate suna dezinteresat, doar să vadă ce mai fac și atât, însă nu tu. Tu întotdeauna vrei ceva.

– Bine, bine, ai câștigat. Voiam să-mi spui dacă Sunny este la vilă. Am fost la cabinet la Brent și se pare că el și-a luat o zi liberă. Sunt aproape sigură că cei doi sunt împreună. Ei cred că am plecat la New York și că mă-ntorc peste o săptămână.

– Va trebui într-o zi să începi să spui adevărul. Nu poți să minți mereu.

– Nu văd de ce nu, replică Brianna fără ezitare. Mă suni și-mi spui dacă este acolo Bikram? Pregătește niște cockteiluri Cosmopolitan, ajung și eu cam în treizeci de minute.

– Nu crezi că e prea devreme pentru alcool?

– Undeva pe planeta asta e deja aseară, deci putem bea.

– Ai uitat că ești gravidă? întrebă Tara admirând pe plajă cinci fete și cinci băieți care jucau volei, toți bronzați și cu mușchi parcă sculptați.

– De fiecare dată, se răsti enervată Brianna. La naiba! exclamă ea, apoi închise telefonul nervoasă că nu putea bea alcool.

„Oare chiar nu pot bea măcar din când în când", se întrebă ea pe când traversă strada și-și observă iubitul soț la o cafenea din Melrose, sărutându-se pasional cu Sunny. Fugi și se ascunse în spatele unui copac mare, de unde putea să-i vadă. Inima i se făcu cât un purice și pentru prima oară în viață înțelese ce înseamnă gelozia. Era oribil. Și durea. Ajunsese în acea situație numai din cauza ei. Avusese un bărbat extraordinar, iar ea își bătuse joc de el tot așa cum soarta își bătea joc de ea în acel moment. Culpabilitatea avea un cap hidos. Preferă să nu se mai gândească la cât de vinovată era și cum dăduse cu piciorul vieții ei liniștite. În felul ei îl iubea pe Brent. Însă nu suficient pentru a-l lăsa să plece.

Sunny era toată numai un hi-hi-hi și un ha-ha-ha, iar Brianna ar fi plesnit-o cu plăcere. De câte ori o privea o găsea cu gura larg deschisă, exact inversul minții ei. Adică nu larg deschisă. Frământată între ură și culpabilitate, se întrebă ce ar trebui să facă: să se ascundă în continuare și să se prefacă deci că n-ar ști nimic sau să se ducă la masa lor? Se gândi puțin și apoi ajunse la concluzia că, de fapt, culpabilitatea era o pierdere de timp. Își aranjă rochia vaporoasă din borangic alb, își puse ochelarii roșii la ochi și bereta albă pe cap, trase aer în piept, după care se prezentă la masa lor și opri un chelner care tocmai trecea.

— Spune-mi, te rog, rosti ea cu o falsă seninătate, ce s-a-ntâmplat cu restaurantul ăsta? Înainte era mult mai select, acum văd că lăsați toate gunoaiele să intre.

Tânărul ospătar-actor îi privi jenat un moment pe toți trei, încercând să spună ceva, pe urmă renunță și-și văzu de drum. Brianna se întoarse spre Brent și, ignorând-o total pe Sunny, i se adresă:

— Când ești gravidă nu e ușor. Ai hemoroizi, faci pipi des și-ți urăști soțul. E doar hormonal. Trece. Dar la mine nu va trece atât de repede. Se pare că nu are nicio legătură cu hormonii. Are legătură cu faptul că ești un bou.

— Pentru a se distra, majoritatea oamenilor joacă volei, călătoresc sau fac schi nautic. Unica ta distracție este să-mi distrugi viața, nu-i așa?

— Mai puțin înseamnă întotdeauna mai bine când e vorba despre replici bune... sau sentimente, în cazul tău, replică ea pe un ton răstit. Port în burtă copilul tău, iar tu te lingi prin toate barurile! Copilul ăsta are nevoie de un tată!

— Voi fi întotdeauna tatăl lui, însă pentru asta trebuie să fiu căsătorit cu tine.

Brent se uită jenat în jur, apoi șopti:

— Brianna, te rog să nu faci o scenă aici. Știi cât de tare-mi displac treburile astea.

Ea zâmbi satisfăcută.

— Mi-e complet egal, interveni Sunny pe un ton la fel de ridicat ca al Briannei. Poți să țipi cât vrei, n-ai să-mi strici ziua, n-ai să mă faci să plec din acest restaurant şi nici nu o să-l părăsesc pe Brent doar ca să-ţi fac plăcere.

Brianna îşi scoase ochelarii şi o privi direct.

– Când te-ai mutat la Ocean House credeam că o să fim prietene. Apoi ai început să vorbeşti. Cred că statul în cap îţi afectează judecata. Ar fi trebuit să te gândeşti de două ori înainte să te culci cu bărbatul unei alte femei, care, în plus, este gravidă, rosti ea cu voce ridicată, ca să o audă toţi cei din jur.

– Da, recunosc, am făcut dragoste cu Brent, minţi Sunny, şi a fost cel mai bun lucru pe care l-am făcut vreodată în viaţa mea.

– Şi atunci, de ce afirmi asta ca şi cum tocmai ai suferit o operaţie pe cord deschis?

Briannei nu-i venea să creadă tupeul de care dădea dovadă Sunny. N-avea nicio jenă şi îşi dădu seama că era o inamică de temut. Se întoarse iarăşi spre Brent şi i se adresă aproape cu lacrimi în ochi:

– De ce mă tratezi aşa? Am împărţit totul cu tine.

– Blenoragie, asta ai împărţit, şopti el furios de comportamentul ei. Să-ţi intre bine în cap, Brianna, nu te mai iubesc şi nu mă voi mai întoarce la tine niciodată, indiferent dacă voi fi sau nu cu Sunny. Aici nu este vina ei sau a mea. Şi, de altfel, nici nu mai contează. Nu mai e nimic de spus între noi, zise el scoţându-şi ochelarii, s-a terminat.

Ea îl privi un moment, debusolată. Ştia că pierduse. Şi mai ştia că fusese din cauza ei. Probabil că era momentul să se retragă. Îşi deschise geanta micuţă, roşie, scoase prima ecografie a bebeluşului şi când o puse încet jos pe masă, avu senzația că-și lăsase acolo și inima. Apoi, fără să mai spună un cuvânt, plecă.

Raven stătea în Park South Beach din Miami și-l privea pe Down cum îi făcea curte unei fetișcane de douăzeci de ani pe terasa unei cafenele.

„Bastard nenorocit, reflectă ea, mi-ai jurat fidelitate și dragoste pentru totdeauna. Fusese un totdeauna foarte scurt!"

Down se ridică de la masă, își luă iubita de mână și plecă. Părea mulțumit și al naibii de sexy.

Lui Raven nu i se părea corect că, înaintând în vârstă, bărbații erau mai arătoși, în timp ce femeile la cincizeci de ani erau *gata*. Deși observase că în ultimii ani femeile se întâlneau din ce în ce mai mult cu bărbați mai tineri ca ele și le pria de minune. Cineva o bătu pe umăr și se sperie. Se întoarse și îl văzu pe William. Era îmbrăcat într-un șort bej și cu o cămașă albastră din in.

– În sfârșit, spuse ea, credeam că nu o să mai apari niciodată.

– N-aș fi ratat pentru nimic în lume această întâlnire, iubita mea. Știi bine că momentele noastre împreună sunt prețioase.

Îi luă fața în mâini și o sărută pătimaș pe buzele groase.

– Cât o să mai fii nevoit să mai stai în Miami? Orașul Los Angeles mi se pare oribil fără tine.

– De aceea ai venit? o întrebă el privind-o fix.

– Știi?

– Bineînțeles că știu. Asta este meseria mea, trebuie să știu întotdeauna totul. Dar de data asta nu ți se pare că ai exagerat? Era cât pe ce să-i omori pe Tara și David.

– Nu-i niciun fel de problemă; nu eram prea apropiați de ei. Și, de altfel, târfa roșcată este undeva între comă și un somn profund. E departe de a fi moartă. La fel și el.

– Nu e amuzant deloc, Raven.

– Dacă ți-aș spune că a fost un accident, m-ai crede?

– Te rog să fii serioasă și să nu-ți bați joc de tot. Aici este vorba și de noi doi. Câteodată mă gândesc că relația asta nu înseamnă nimic pentru tine; că ești cu mine doar pentru că sunt avocatul familiei Ford.

Ea dădu să spună ceva, însă el nu o lăsă.

– Iei decizii tâmpite, iar hotărârile pe care le luăm reprezintă ceea ce suntem noi ca oameni. Ai ales să minți. Aveam o relație frumoasă, dar a fost decizia ta când ai plecat. La fel și când ai dat foc la casa Veronicăi.

Ea își dădu ochii peste cap plictisită, însă el hotărî ca de această dată să-i dezvăluie tot ce avea pe suflet.

– În viață toți trebuie la un moment dat se luăm decizii, dar ce ne facem când nu avem de ales? Ce-ai vrea să fac eu, Raven, când tu îți petreci timpul în a băga oamenii între *comă și somn profund*? Să stau frumos și să te aștept, rugându-mă să nu mai omori pe nimeni?

Raven îl privea rece. Ce naiba își închipuia avocatul diavolului, că ea venise până la Miami ca să-i audă criticile?

– Te-am ajutat să te răzbuni în urmă cu cinci ani, când ai aflat că Tara și Down sunt împreună; te-ai răzbunat de nenumărate ori, însă a sosit timpul să te oprești înainte să fii prinsă și aruncată în spatele gratiilor.

Ea îl privea, știind că avea dreptate.

– Mi-aș dori să avem o relație tradițională, adăugă el blând, înlăturându-i o șuviță de pe fața frumoasă.

– M-ai părăsit cu patru ani înainte pentru o prostituată. Atunci nu mi-ai dat impresia că-ți plăcea tradiționalul.

El își lăsă capul în jos și se gândi: „Doamne, oare câți ani o să-mi mai reproșeze treaba aceea? Și nu fusese o prostituată, ci fata unui preot, dar n-are niciun sens să-i spun toate astea".

– A fost un incident nefericit peste care va trebui să treci până la urmă.

– Incident!? se revoltă ea. Așa vezi totul? Ca pe un nenorocit de incident?

– Te-am iubit atunci și te iubesc acum, Raven… te iubesc pentru că ești așa cum aș vrea să fii… mai puțin crimele.

Ea privea pe stradă și el bănuia ca se uita după Down.

– Încă îl iubești, nu-i așa?

– Știi ce se zice: „O căsătorie poate muri, dar fostul soț e pe viață".

– Nu ai răspuns la întrebare. Mă faci să mă simt nervos.

– Nu pari. Și nici n-ai de ce să fii. Nu-l mai iubesc pe Down, însă așa cum ți-am mai spus, el va face întotdeauna parte din viața mea. Ne-am căsătorit când eram copii; ne-am distrat bine, am terminat cu copilăria, am avut câteva sarcini pierdute, fiecare câte un amant și apoi s-a terminat. Mi se pare un final tâmpit. Trecutul nostru…

– Stop! o opri el. Nu vreau să știu ce s-a întâmplat și ce te-a învățat el sau alți bărbați în pat, bine? Știu doar că mă simt ca naiba și că nu mai vreau asta. Și mai știu că istoria găseşte întotdeauna o cale să se repete. Dacă vei persista în această obsesie, mă voi retrage. De ani de zile încerc să-ţi demonstrez că te pot face fericită, dar tu nu vezi. Şi-apoi, nu cunosc nimic altceva despre tine decât ceea ce-mi povesteşti sau ce aflu din ziare. Şi sunt sigur că nici tu nu te-ai strădut să afli multe despre mine. Ce ştii despre mine în afară de faptul că sunt avocat?

— Ai absolvit Universitatea Northwestern, vorbeşti fluent franceza, spaniola şi rusa, îţi plac pantofii de la Johnston & Murphy, mănânci carne doar de două ori pe săptămână şi eşti înnebunit după cartofi pai, însă îi eviţi, fiindcă nu vrei să te îngraşi. Îţi plăteşti taxele la timp, mama ta îţi spune D, iar tu îi spui Dolly. Cânţi la pian şi dai bani mulţi la copiii săraci, ceea ce este admirabil, totuşi nu înţeleg de ce eşti atât de obsedat de asta?

— De ce TU nu eşti? întrebă el, impresionat de tot ceea ce Raven ştia despre el.

— Iubitule, rosti ea blând, şantajul n-ar trebui să fie fundaţia relaţiei noastre. Nu vreau să fii gelos sau să te simţi prost. Spre deosebire de tine, încerc să văd lucrurile exact aşa cum sunt, nu doar aşa cum aş vrea eu să fie. În ciuda faptului că par aeriană, să ştii că sunt atentă la foarte multe detalii. Dar aşa sunt eu. Introvertită. Eşti singurul bărbat cu care am reuşit să comunic. Suntem pe drumul bun, dar mai am un lucru de făcut înainte să pun punct acestei poveşti de groază. Deoarece sunt aici, vreau să stau de vorbă şi cu Down şi sper din suflet să mă înţelegi.

Nu. Nu înţelegea. Făcuse un pas în direcţia bună, da, însă doar un pas nu era suficient, dar n-avea de ales. Şi aşa fusese întotdeauna cu ea. Însă o iubea de ani de zile şi nu voia să o piardă; şi-apoi, mai era şi şantajul. Odată îi spusese în glumă că, dacă o părăseşte, o să-i povestească tot Tarei. El nu ştia sigur în ce măsură a fost doar o glumă, dar o cunoştea bine şi era convins că ar fi fost capabilă să se răzbune. Cum ar fi putut să mai dea ochii cu fetele familiei Ford dacă ele ar fi ştiut de trădarea lui?

În viaţă, unii oameni îşi doresc putere, alţii vor faima, însă aproape toţi vor bani. Down şi le dorea pe toate.

El locuia într-un hotel luxos pe Collins Avenue şi în fiecare dimineaţă la ora şase se trezea, aşa cum făcea şi în perioada în care Raven şi el erau căsătoriţi. Îşi făcea alergarea pe plajă o oră, pe urmă îşi lua o cafea de la Starbucks, se întorcea la hotel, făcea un duş şi la opt îşi începea ziua. Indiferent în ce stat era, Down putea lucra de pe computer sau telefon.

Instalată pe terasa hotelului în care locuia el, Raven, îmbrăcată în alb, cu o pălărie imensă de soare şi ochelari negri, îl aştepta. Era deja 8:30 şi el nu coborâse. Când însă îşi făcu apariţia la braţ cu tânăra roşcată cu care-l văzuse cu o săptămână în urmă, Raven începu să se enerveze. Pentru nimic în lume în timpul căsătoriei lor nu şi-ar fi început ziua atât de târziu. În acel moment ea se întreba dacă Tara fusese singura lui amantă. Poate că ea a fost doar o nevastă credulă; poate că el doar părăsea căminul conjugal ca să se ducă la o altă femeie, nu la birou. Îşi muşcă buza până la sânge şi, când văzu că şoferul îi aduce maşina, se hotărî să iasă din umbră şi să-l abordeze.

– Bună, iubitule, ce mai faci?

Cei doi se întoarseră și o priviră pe Raven, apoi tânăra lui iubită îl întrebă:

– Cine naiba este bătrâna asta nebună și de ce ți se adresează cu iubitule?

– Sunt fosta lui soție, răspunse Raven amabilă, făcând eforturi supraomenești ca să nu-i smulgă limba din gură micuței târfe.

Siegfried o scrută din cap până în picioare, apoi, cu un zâmbet fals, îi spuse:

– Nu mă interesează trecutul soțului meu. Sau trecutul, în general. Așa că ai face bine să-ți iei tălpășița, reumatismul și proteza de la șold și să te duci de unde ai venit.

Raven o privi șocată.

– Da, știu că ești foarte surprinsă, dar Down este soțul meu și, spre deosebire de alte persoane, mă mărit doar o dată în viață.

Raven se uită la amândoi, iar Down, cu un zâmbet de îndrăgostit, ridică din umeri și băigui:

– Îmi pare rău, ai auzit-o pe soția mea…

Ei nu-i venea să creadă cât de docil era cu acea femeie și cât de îndrăgostit. De fapt, asta o durea cel mai tare. Down fusese iubirea vieții ei și, chiar dacă de ani de zile nu-i mai aparținea, continua să-l considere proprietatea ei. Privind-o pe tânăra femeie cu caracter de leoaică, își dădu seama că-l pierduse pentru totdeauna. „Bine măcar că l-am înșelat când am avut ocazia", reflectă ea cu amărăciune.

– Și de când asculți o pipiță de douăzeci de ani?

– De când această tânără doamnă îmi poartă copilul.

Ea dădu să spună ceva, însă el ridică mâna și o opri.

– Sunt fericit, Raven, și asta nu doar pentru că voi avea, în sfârșit, copilul meu. Sunt fericit pentru că Siegfried este femeia pe care mi-am dorit-o întotdeauna. Nu vreau să te jignesc, dar nu are nicio legătură cu tine. Între noi doi totul s-a terminat de mult și întotdeauna am simțit că legătura noastră are baze greșite. Fundația nu era bună.

– Despre ce naiba vorbești?

– Despre faptul că eu mă îndrăgostisem de Tara, în timp ce tu ți-o trăgeai cu Wiliam, cu maseurul sau cu dentistul nostru.

Ea îl privi șocată

– N-am știut...

– Ce? Că știam? Da, mi-am dat seama. Însă este bine că ai venit; noi, într-adevăr, ne-am despărțit fără prea multe explicații, ceea ce nu este corect, în special pentru tine, pentru că eu, așa cum ți-am zis, eram la curent cu totul. Te-am iubit foarte mult, dar am înțeles că nu erai făcută pentru mine. Tara n-a fost vinovată cu nimic. Doar a apărut în viața mea într-un moment în care aveam nevoie de cineva. Dacă n-ar fi fost ea, ar fi fost altcineva.

– Și de ce nu mi-ai spus? întrebă ea încet.

– Fiindcă n-avea niciun sens. Înțelesesem că relația noastră era fără viitor pe termen lung și nu avea niciun sens să intrăm în amănunte. Ar fi fost valsul diavolului, înțelegi?

Da. Și mai înțelegea că a pierdut un bărbat minunat. Siegfried își luă soțul de mână și rosti scurt:

– Să nu ne mai deranjezi!

– Ce belea, fata asta! exclamă Down, îndreptându-se spre mașina lor, marca Bentley.

– *Belea* este un sinonim pentru târfă nesimțită, nu-i așa? grăi soția lui zâmbind satisfăcută.

Raven stătea și privea în urma lor, urându-i pe amândoi. Dar și pe Tara... Nu era vina lui Down. Sau a ei. Și, de fapt, nu era vorba despre cine era sau nu culpabil acolo, ci despre ceea ce făceai în acele circumstanțe, ținând cont de mijloacele de care dispuneai. Cineva afirmase că fericirea înseamnă să fii în acord cu tine, cu ceea ce ești și cu ceea ce ai. Pentru ea fericirea însemna Down. Era conștientă că făcea o obsesie din acea relație și, pe când își privea fostul soț deschizându-i portiera noii neveste, Raven jură să se răzbune pe toți cei care participaseră la distrugerea căsniciei lor. În acele circumstanțe, crima era singurul mijloc de care dispunea.

# 10

Se zice că sensul vieții este dat de întrebări, și nu de răspunsuri. Răspunsurile se schimbă mereu, pe când întrebările rămân aceleași.

Pam se gândea că, de săptămâni întregi, atât întrebarea, cât și răspunsul erau aceleași. Adică fără Ed în patul ei. De la faimoasa seară din Las Vegas, tânărul actor își petrecea cea mai mare parte a timpului ignorând-o. După nenumărate tentative ale ei de a și-l băga în pat, mai fuseseră o noapte împreună. Se purtase cu ea ca și cu o târfă într-o vacanță de vis. Îi spusese că era sexy și modestă, combinația letală, și că îi plăcea faptul că era deșteaptă.

– Un cap inteligent la care se adaugă un fund superb este perfect.

– Ar trebui să mă simt jignită?

– Depinde de unde începi să te simți jignită, răspunse el evaziv.

Apoi, de la acea conversație, nimic. Se întâlneau rareori în părțile comune ale vilei și se vedea clar cât de jenat se simțea. Odată chiar îi șoptise în trecere:

– Mi-e ciudă pe mine că te fac să suferi.

– Şi mie, îi răspunse ea, dar el deja dispăruse.

Pam şi-a luat cât de multe contracte a putut. Voia să fie ocupată. Trebuia. Cum altfel ar fi putut fugi de emoţii şi de faptul că îşi dorea din ce în ce mai mult să-l facă să plătească pentru tot ceea ce-i făcea. Joy observă durerea prietenei sale şi încercă să-i vorbească. Fără succes. Aceasta nu recunoştea nimic; spunea doar că era obosită pentru că era obligată să muncească mult.

În acea zi, erau amândouă pe plajă şi, pentru prima oară, Pam recunoscu că era îndrăgostită de Ed şi că totul era atât de ilogic.

– Cred că, în final, sunt foarte proastă.

– Şi eu cred, spuse Joy în glumă şi începură amândouă să râdă, apoi, privind-o serios, continuă: Ştii, în ultimul timp m-am îngrijorat foarte mult pentru tine şi mi-am permis să fac ceva de care acum nu mai sunt sigură deloc că ar fi un lucru bun.

Pam o privi aşteptând.

– L-am sunat pe tatăl tău şi l-am rugat să vină la vilă.

– De ce? De ce ai făcut asta? o întrebă ea supărată.

– Ţi-am mai zis, am fost şi încă sunt foarte îngrijorată pentru tine, Pam.

– Nu trebuia. Şi nu am nevoie să-mi fii nici mamă şi nici psiholog. Nu sunt un geniu cu probleme, deci nu-ţi mai face atâtea scenarii în minte. Isteriile de regizor celebru, în general, îmi dau dureri de stomac.

– Dar nu sunt isterică deloc, Pam.

„Eşti departe de a fi un geniu, ar fi vrut ea să-i spună, însă nu o făcu.

– Ar trebui să te gândeşti la această situaţie. Încearcă într-o zi să-ţi faci timp şi să reiei în minte totul, de la început. Vei vedea că eşti pe o pistă greşită, de pe urma căreia ai numai de pierdut.

Pam analiză tristă ceea ce afirma prietena ei. Ştia că avea dreptate, că toţi aveau dreptate, dar cumva nu se putea ajuta. Da, trebuia să se gândească la multe, însă nu era sigură că mai avea energia necesară. Suferinţa o lăsase fără vlagă. Citise într-o carte de-a lui Larry John că *gânditul* era un subiect la care merita şi puteai să te gândeşti. „Nu poţi juca despre jucat sau pescui despre pescuit, dar poţi gândi despre gândit."

Da, Pam decise că era momentul să bată în retragere. Urma să vadă dacă era şi capabilă de aşa ceva.

Eugen Stanford sosi într-o vineri după-amiază cu avionul din San Francisco, unde locuise în ultimii treizeci de ani. Pamela era unica lui fiică şi o iubea ca pe ochii din cap. O crescuse singur de la vârsta de cincisprezece ani, când mama ei decisese să viziteze Polonia, ţara străbunicilor ei. Ceva se întâmplase, pentru că Alexandra hotărâse să rămână acolo. Trăiseră optsprezece ani împreună şi el crezuse că erau fericiţi. Amândurora le plăcea soul clasic – Al Green, Aretha, The Temptation – Tolstoi, viaţa de familie, muzeele și înghețata de vanilie. Se pare că nu fusese suficient.

Luă un Uber și îi dădu șoferului adresa. Abia aștepta să-și vadă fata. Când coborî din mașină era ora 5:30; parcurse vreo douăzeci de metri pe stradă, apoi ajunse pe promenada de la plajă care ducea la Ocean House. Admiră întinderea mare și frumoasă de nisip alb, oceanul și tinerii care jucau volei. Era un loc plăcut să trăiești, iar casele erau toate diferite una de alta: unele erau din lemn, altele doar din sticlă beton și metal, însă toate aveau în comun ferestrele enorme prin care se vedeau interioarele confortabile.

Eugen avea impresia că toți se cunoșteau între ei. Stăpâni cu câini se plimbau relaxați și vorbeau cu vecinii lor. Terasele caselor, chiar dacă nu erau foarte mari, erau primitoare. Canapele și fotolii roșii sau în dungi ornau aproape toate spațiile din fața caselor. Unele aveau garduri micuțe albe, altele nu. La aproape toate casele era arborat frumosul steag al Americii și se vedea câte un grătar.

Ajunse la Ocean House și fu surprins că nu găsi pe nimeni; Pam îi zisese că, în general, între cinci și șapte seara, erau aproape toți acasă. Nu-i rămânea decât să aștepte. Adevărul era că nu spusese nimănui cu precizie ziua în care va ajunge. Deschise poarta din gardul mic, alb, și se așeză calm la masa din lemn de culoarea mierii, cu fotolii cu perne roșii. Se simțea bine acolo și, dacă n-ar fi fost îngrijorat din cauza celor spuse de Joy Ford, Eugen s-ar fi simțit ca în vacanță.

Se gândi o clipă la Maria, ultima lui iubită cu care fusese în ultimii doi ani. Tare şi-ar fi dorit să fi fost cu el acolo... însă ea îl alesese pe avocatul ei.

Într-o zi venise acasă senină, ca de obicei, şi-l anunţase fără mare pompă că şi-ar dori să trăiască o perioadă cu Francesco, avocatul cel sexy din Milano care decisese să se mute la Los Angeles şi să-i distrugă lui viaţa. Ca şi cum ar fi fost vina lui că iubita-l părăsise.

– Adevărul sau minciuna evoluează cu noi, îi spuse Maria calmă în acea zi de pomină. Tot timpul şi pentru totdeauna, deci m-am gândit că ar fi mai bine să-ţi relatez exact cum stă situaţia. Ne înţelegem foarte bine la pat şi în nenumărate rânduri...

– Ce fain, exact ceea ce-mi doream să aud. Performanţele sexuale ale unui anume Francesco cu iubita mea.

Ieşise din viaţa lui tot aşa cum intrase. Fără mare tam-tam şi cu mult ruj pe buze. Nu ceruse nimic de la el şi, în timp ce-şi căra valiza cu ultimele haine, îi zisese zâmbind: „Veştile proaste circulă repede şi tot atât de repede trebuie să învăţăm să le acceptăm. Întotdeauna te voi iubi în felul meu şi îţi doresc tot binele din lume". Apoi plecase. Nu o mai văzuse de aproape trei luni de zile şi se obişnuise deja cu ideea.

– Sunteţi bine? se auzi o voce de dincolo de gard.

Se întoarse şi văzu una dintre cele mai frumoase femei care-i ieşiseră vreodată în cale.

– Bună, sunt Belle, şi locuiesc la trei case distanţă de aici. Bănuiesc că sunteţi tatăl lui Pam.

El se ridică şi întinse mâna.

— Exact. Iar dumneavoastră sunteți...

— O vecină băgăreață sau îngerul păzitor al celor de la Ocean House.

El nu-i spusese, dar chiar se gândea că arăta ca un înger.

— De-acum încolo mă voi simți mai bine știindu-mi fiica pe mâini bune. A avut o existență destul de tumultoasă, mama ei care a părăsit-o la cincisprezece ani, apoi iubitul din liceu cu care ani de zile s-a împăcat și certat. Trădarea lui a făcut-o să sufere enorm și a început să-și piardă încrederea în toată lumea. Câteodată am impresia că nu mi-am făcut datoria cum trebuie față de copila mea.

Belle luă loc lângă el la masă.

— Nu este vina noastră întotdeauna, încercă ea să-l consoleze. Și cred că toți am trecut prin asta. De mici ni se spune să nu avem încredere în necunoscuți. Dar nu suntem suficient preveniți în legătură cu persoanele cu care ne împărțim viața, nu-i așa?

El încuviință.

— V-ați recăsătorit? întrebă Belle curioasă.

— Nu. Însă am avut o relație de doi ani care, credeam eu, a fost bună. M-a părăsit într-o zi, fără să-mi spună mare lucru. A zis că n-avea niciun sens să-mi dea detalii. Totuși, m-a informat că viața lor sexuală era fabuloasă.

— Pare ceva oribil.

— A fost.

— Și nu mai este?

Era ușor să dialogheze cu ea. Era omenoasă, înțelegea repede și părea o persoană îngăduitoare.

– Câteodată. Mai ales noaptea. Dar în ultima vreme parcă a fost mai uşor. Nu poţi fi mereu furios, rosti el trist, deşi multă vreme am fost. Şi dumneavoastră? Aveţi pe cineva?

– Mai demult am fost căsătorită. Cotidianul meu se împărţea între mici probleme şi minciuni mari. La început a fost idilic, apoi, încetul cu încetul, s-a deteriorat şi frumosul basm s-a transformat într-o relaţie plictisitoare. Mă consolam singură la ideea că era bine şi aşa. Că nu multe persoane aveau noroc în viaţă să trăiască poveşti de dragoste frumoase. Însă adevărul este că cele mai frumoase poveşti de dragoste sunt cele care durează o viaţă.

Belle nu îi mai menţionă că după soţul ei mai avusese şase experienţe nefericite. Îşi aducea aminte şi în acel moment de Alexandru, pictorul muritor de foame de care se îndrăgostise nebuneşte şi care o înşelase de câte ori avusese ocazia. Închisese ochii la toate infidelităţile lui şi chiar îl rugase să stea cu ea. Se umilise şi îi oferise un Rolex pe care el îl acceptase, chiar dacă totul părea mai degrabă ca o mită, nu ca un dar.

– Vreţi să bem ceva? îi propuse ea. Uşa este mereu deschisă, iar barul este prevăzut cu multe băuturi.

El acceptă cu plăcere. Privind în urma ei, reflectă că era numai picioare şi păr lung. Eugen se gândea că avea, probabil, vreo patruzeci de ani. Ea se întoarse cu două beri.

– Ne ştim deja de trei minute şi suntem deja cuplul cel mai plictisitor din lume, glumi Belle şi el râse.

– Ce-i zgomotul ăsta? întrebă Eugen privind înspre casa de alături.

– Vecinii noștri care fac sex zilnic. Cu excepția posturilor. Atunci o fac de două-trei ori pe zi.

Râsete.

Telefonul lui Belle sună și ea răspunse, scuzându-se în fața lui Eugen. Când se întoarse la masă, el o întreabă:

– E iubitul dumneavoastră?

„Taci, cretinule! Oare de ce n-am tăcut!?" chibzui el.

– Nu. Un prieten intim.

– Intim care se va enerva dacă vă voi căuta?

„Deci e clar, limba nu-mi e conectată cu creierul."

Belle râse.

– Rămânem să descoperim, nu-i așa?

– Nu mi-ați răspuns la întrebare. Nu v-ați mai recăsătorit niciodată?

– Nu. Sunt fericită cu viața mea. Sper că peste zece ani să nu mă simt vinovată de decizia pe care am luat-o.

– „Culpabilitatea e un preț mic pe care îl plătim pentru a fi fericiți." Ce părere aveți?

– Cred că toată lumea ar trebui să fie fericită și că nu ar trebui să plătim un preț pentru asta. Sau să ne simțim culpabili. Ar trebui să facem tot posibilul să fim mulțumiți în viață. Să lăsăm frica deoparte și să mergem să luăm acel ceva care ne poate ridica pe culmi extraordinare. Dar frica e întotdeauna acolo. Frica de necunoscut, frica de a sta singur față-n față cu realitatea care este crudă deseori. Când suntem mici ne este frică de monștri și de întuneric, iar seara ne rugăm ca monștrii de sub pat să plece. Funcționează. Nu și când suntem adulți. Și atunci, trebuie să ne impunem și să facem ca și cum totul este extraordinar.

Merg la o piesă de teatru. Extraordinar. Cumpăr pătrunjel în piață. Extraordinar.

El zâmbi. Îi plăcea modul ei de a gândi. Avea ceva pueril în ea, însă nu era. Era simplă și sofisticată în același timp. Se vedea că trăise experiențe dureroase, dar nu făcea pe victima și nici nu aștepta pe cineva care să vină să o salveze. O făcuse singură și el intui că făcea parte dintre cei care nu vorbeau niciodată despre o problemă fără ca să aibă deja soluția. O plăcea mult și și-ar fi dorit să aibă și el o prietenă așa în San Francisco.

Se mulțumiră să stea acolo savurându-și berile și bucurându-se de splendoarea peisajului. După treizeci de minute, locuitorii vilei începură să apară unii după alții. Prima a fost Joy, care era fericită de prezența lui Eugen. Era din ce în ce mai convinsă că Pam avea nevoie de ajutor. Făcură cunoștință și Joy îl plăcu pe loc. Nu era singura, se gândi ea, privind cum Belle îl sorbea din priviri.

– Mă bucur că ați venit, domnule Stanford. Nu v-aș fi deranjat dacă nu aș fi considerat că este necesar.

El încuviință trist. Era impresionant să vezi un bărbat de 1,90 m într-o poziție inconfortabilă.

– Am vomat de cinci ori în ultimele două zile și n-are niciun sens, pentru că n-am mâncat de trei zile, se auzi vocea Briannei din stradă.

Brent o urma ca un cățeluș nervos. Intrară în curte amândoi și abia îi salutară pe ceilalți. Apoi pătrunseră în casă și continuară să se certe.

– De ce nu vrei să vorbim despre asta? se răsti Brianna la el.

– E problema mea și nu vreau să discut. Ai auzit de intimitate? De discreție?

– Cum ar fi să i-o tragi pe ascuns prietenei soției tale în toaleta restaurantului?

Brent o privi surprins, pe urmă își lăsă ochii în jos.

– N-am știut că știi... Altfel mă ascundeam mai bine.

– Da. Sunt sigură de asta. Ceea ce mi-ar plăcea mie este să recunoști în fața tuturor ce fel de măgar ești. Toată lumea crede că ești victima în această situație și chiar dacă n-am fost o sfântă, ești departe de a fi unul. Diferența între noi doi este că eu îmi asum greșelile, în timp ce tu te ascunzi în spatele măștii de băiețel bun. Deci vezi tu, iubitule, pot să fiu mult mai discretă decât m-ai crezut vreodată. Și, de altfel, asta îmi confirmă faptul că nu m-ai cunoscut niciodată și că am făcut foarte bine că te-am înșelat și că am decis să mă despart de tine. Merit mult mai mult decât un băiețel frustrat.

– Asta înseamnă că o să mă lași, în sfârșit, să-mi văd de viața mea?

– Da. Dacă un cec gras o să-mi ajungă în fiecare lună în cutia poștală.

– Nici nu mă așteptam la altceva din partea ta, comentă Brent. Trei ani ai fost asistentă medicală și cinci ani, nimic. Iar acum, bineînțeles, continui să nu faci nimic, dar vrei să ai același nivel de trai. Convenabil, nu-i așa?

Brianna îi întoarse spatele și urcă la etaj. Desigur, ea avusese unele nedumeriri, însă acestea se elucidară. El recunoscu infidelitatea pe care ea doar o bănuise și, pentru prima oară de la despărțirea lor, se simțea liberă și fericită.

Brent era genul de bărbat care era capabil să se îndrăgostească în același timp de o prostituată și de o fată care cântă în corul bisericii din cartier.

Brent își luă o bere din frigider și ieși afară la ceilalți.

– Îmi cer scuze dacă v-am făcut să asistați la o scenă penibilă. Lucrurile nu sunt niciodată doar albe și negre și nu mă aștept să fiți de partea mea. Ceea ce vă cer însă este să nu fiți nici de partea ei.

– Se pare că nu numai Pam are probleme, șopti Eugen la urechea lui Belle, și aceasta încuviință.

– Vei vedea, aici nu te plictisești niciodată.

Pam își făcu apariția la ora șase și, când își văzu tatăl, îi sări în brațe ca o copilă de grădiniță. La cinci minute după ea, apăru și Ed, care, văzând-o pe Pam, se împiedică, tuși, se mai împiedică o dată, apoi zâmbi timid.

– Nu-i deloc ciudat, șopti Eugen iarăși la urechea lui Belle.

O simțea ca pe o aliată. Poate și pentru că aveau aceeași vârstă.

La șapte micul grup de la vilă se așeză la masă. Băieții comandară sushi pentru toată lumea, iar fetele pregătiră trei boluri mari, cu salate diverse. În general, ambianța era jovială și toată lumea se simțea bine, însă Belle îl prevenise pe Eugen că atmosfera putea să devină toxică de la o secundă la alta. Lucru care se întâmplă mai rapid decât crezuse ea.

Pam se luă de Ed pe nepusă masă, dar acesta o ignoră. Eugen îi spuse ceva la ureche fetei lui și ea se enervă.

– Nu sunt problemele tale, nu tu trebuie să le rezolvi, tată.

– Nici nu încerc să o fac. Doar vreau să nu mai suferi din cauza lor. Petreci prea mult timp încercând să înțelegi viața. Trăiește-o, nu o mai studia atât!

Pam începu să plângă și îi frânse inima lui Eugen.

– ...plânsul mă ajută câteodată, se justifică Pam încet.

– La fel și râsul, draga mea.

– N-am niciun chef de râs, tată.

El consimți, arătând că înțelegea ce îi spunea copilul lui. Din păcate, tristețea ei îl apăsa enorm.

– Câteodată aici, la vilă, interveni Belle, e ca între Coreea de Nord și de Sud... însă suntem toți ca o familie. Și asta contează. Nu sunt întotdeauna așa cum par. În general, toți se înțeleg foarte bine.

Nici nu termină bine fraza, că Pam își aruncă șervetul în farfuria lui Ed. Tatăl ei, surprins, o întrebă supărat:

– De ce te porți așa?

– Așa cum?

– Așa cum o faci, Pam. Nu-ți înțeleg ieșirile, indiferent ce s-ar întâmpla.

– Poate că nu sunt persoana care crezi că sunt, se rățoi ea la tatăl ei.

– Și cine ești? Ajută-mă să înțeleg, te rog. De aceea am venit aici, nu?

– Nu. Ai venit pentru că pe băgăcioasa de Joy a mâncat-o undeva să te cheme. Nu sunt cum a spus ea că sunt. Nimic, niciodată și nimeni nu este cum zice ea.

— Adică mă faci mincinoasă? întrebă Joy calmă. Nu am dorit decât să-ți fac bine, Pam. Să tratăm problema asta împreună, ca între prieteni sau ca într-o familie. Cum vrei tu să-i spui.

— Să o tratăm!? Nu e o plombă căzută, Joy. Și nu te mai simți obligată să te bagi în viețile noastre. Savurează perioada ta frumoasă cu F și lasă-ne pe noi, ceilalți, în pace. Ești ca un fel de Maica Tereza pentru oameni patetici.

— Vreau să te ajut. Sunt doar sinceră cu tine, Pam. Întotdeauna am fost.

— În general, după fraza *Sunt doar sinceră* urmează ceva teribil.

Tatăl ei o luă de mână și se scuză în fața celorlalți. Voia să rămână puțin singur cu copilul lui. Situația părea mult mai gravă decât i se spusese și își dădu seama că fata lui se comporta la fel de straniu ca mama ei. Când fusese diagnosticată cu schizofrenie, el înțelesese mai bine. În acel moment, era panicat de teamă, ca nu cumva fata lui să aibă aceeași boală.

— Nu te îngrijora, tată, totul o să fie bine până la urmă. La prima vedere, pare și este ciudat. Până nu mai este. Văd că ești foarte îngrijorat și aș vrea să clarific situația. Deci, ce vrei să știi?

— Nimic din ceea ce ai vrea să-mi zici. Ce-ți spui ție însăți mă interesează, Pam. Știu că ești într-o pasă proastă de ceva timp și că nu este prima oară când ești așa din cauza unui bărbat.

– Vorbeşti despre viaţa mea ca şi cum ai cunoaşte-o mai bine ca mine, tată. Nu mai critica tot ceea ce fac. Urăsc asta.

– Aici nu este vorba despre ceea ce faci, ci de cum o faci. Şi nu o faci bine. Va trebui să accepţi faptul că omul acesta nu te vrea în viaţa lui, rosti Eugen cu blândeţe. Şi va mai trebui să înţelegi că poţi să exişti şi fără un bărbat în jurul tău. N-ai nevoie de acceptarea cuiva ca să fii fericită. „Unii oameni nu pot crede în ei înşişi până când altcineva începe să creadă în ei. Dacă de asta ai nevoie, să ştii că eu cred în tine. Ia-ţi zborul, Pam. Eliberează-te!

– Îmi dau seama ce-mi sugerezi, îl asigură Pam plângând uşor, dar încă nu sunt pregătită...

– Iubita mea, că eşti pregătită sau nu, ziua de mâine va veni. Ştiu că pentru moment preferi obscuritatea, deoarece acolo vezi doar ceea ce vrei tu să vezi, însă asta este o situaţie de tranzit în care nu trebuie să rămâi mult, fiindcă poate deveni periculoasă. Eşti într-un fel de purgatoriu, înţelegi?

– Nu mi-e uşor deloc, tată. De fapt, nu mi-a fost niciodată. Întotdeauna trebuie să mă lupt din greu ca să obţin ceea ce-mi doresc. Am făcut fotografii extraordinare care au fost luate de cei de la National Geografic. Am scris două cărţi, din care una a fost bestseller. Şi totuşi, nimeni nu vorbeşte despre mine. Brianna s-a culcat cu asociatul soţului ei şi toată lumea vorbeşte despre asta.

– Şi cum poate asta fi un lucru bun în ochii tăi? Vrei ca lumea să vorbească despre tine, indiferent din ce motiv?

– Nu, Dumnezeule! Nu înțelegi că îmi doresc validarea tuturor eforturilor mele profesionale?

– Deocamdată nu ai obținut asta și prin urmare te-ai decis să-i faci viața un calvar lui Ed?

– Nu. Nu știu, răspunse ea debusolată. La ora actuală sunt puțin pierdută, recunosc... Și aș vrea să nu te mai comporți cu mine ca și cum aș avea încă zece ani. Dintotdeauna ți-ai dorit să fiu la fel ca tine, dar nu sunt. Și nici nu aș...

Se opri, însă era furioasă.

– Aș vrea să termini fraza. Să fii ca mine?

Pam rămase tăcută.

– Iubita mea, trăiești într-un loc minunat, cu oameni drăguți care te apreciază. Doar asta trebuie să conteze acum pentru tine. Mi-aș dori și eu să am așa prieteni.

– Crede-mă, n-ai vrea. Toți au secrete aici, zise ea cu o privire în ochi care-l sperie. Nu-mi plac secretele. Din cauza lor, oamenii mor și peste noapte o casă poate deveni goală.

– Despre ce vorbești? o întrebă el din ce în ce mai panicat.

N-aveau niciun sens cuvintele ei. Nu formau o frază. Cel puțin, nu una normală.

– Te comporți oribil cu toată lumea; chiar și cu Joy, care te place enorm. Nu-ți vrea răul. Ți-a întins o mână...

– Nu mi-a întins o mână salvatoare, așa cum crezi. E mai mult un deget de onoare. Și nu este prietenoasă. Doar băgăcioasă. Ceea ce vrea este praf; toți sunt în căutare de mizerii. Dar cel mai rău este Ed.

– Credeam că ești fericită aici. Părerea mea este că în momentul de față ești puțin bulversată; nu ești tu însăți.

– Omul ăsta mă ia de proastă. Toți mă cred o proastă.

– Poți să fii cea care cred ei că ești sau poți alege să fii ceea ce vrei tu să fii, Pam. Apoi trebuie să te integrezi dacă ai hotărât să trăiești aici cu ei. Va trebui să înveți să joci în echipă dacă nu vrei să rămâi o viață întreagă singură. În momentul de față ești o tornadă de secrete, suferințe și minciuni. E okay câteodată să nu fii bine, însă dacă asta devine o stare permanentă a ta, nu e în regulă.

Ea îl privea atentă.

– Ai răspunsuri la orice, Pam. Probabil de aceea n-auzi întrebările. Și cert este că din cauza asta ești singură. Întotdeauna ai fost o fată minunată; ceea ce am văzut eu azi aici e nou pentru mine. Nu ești tu asta.

– De ce? Fiindcă nu fac ceea ce m-ai învățat în copilărie? Adică să-mi refulez sentimentele și să mă comport ca o *doamnă*? De ce trebuie neapărat să facem ceea ce ni se spune? Cine ne poate impune să facem ceva ce n-avem chef să facem? De ce lunea trebuie să fie o zi lucrătoare? Sau de ce trebuie să plimbăm câinele doar pe trotuar?

Plângea în continuare, iar Eugen era foarte speriat. Copilul lui avea nevoie de ajutor și el se simțea neputincios. Nu știa cum putea să o ajute.

– Mă gândesc, din ce în ce mai mult, la din ce în ce mai puțin, adăugă ea privind într-un colț fix pe tavan și dându-i lovitura de grație părintelui ei.

După o pauză scurtă, începu să-și răsucească o șuviță de păr în jurul degetului, apoi, ca și cum nimic n-ar fi fost, spuse zâmbind:

– Știi că Brianna nu face nici sex oral fără ruj? Iar iubita ta, Joy, ei bine, gustul ei estetic a rămas același ca în anii 1980: roz, roz, roz. Și Ed este absolut superb dacă îți place genul mincinos, manipulator și cu brânză între dinți.

Eugen decise să-i intre în jocul nebunesc. Trebuia să vadă până unde putea merge.

– Probabil că ai dreptate, opină el pe un ton natural. Îi cunosc doar de cinci minute. E adevărat că la prima vedere mi-au plăcut toți. Totuși, preferata mea este Belle. Mi se pare extraordinară femeia asta.

– De ce? Merge pe apă?

Era iarăși furioasă și el intui că nu va ajunge nicăieri cu ea în acea seară.

– Mi-am făcut o listă cu oameni în care pot avea încredere, preciză ea sărind la alt subiect. Nu ești în ea. Nimeni de la vilă nu este.

– Și totuși, ești îndrăgostită de Ed. Cum poți fi dacă nu crezi în el?

– Da, sunt îndrăgostită. Asta nu înseamnă că-l și plac.

Eugen o privi surprins, fără să-nțeleagă nimic.

– Am citit undeva că ne alegem partenerii pentru că ei reprezintă o *afacere* neterminată din copilăria noastră. Ai ceva să-mi dezvălui din perioada copilăriei, ceva ce nu știu? Mama și cu tine ați făcut ceva care m-a marcat și eu nu-mi mai amintesc?

– Am fost o familie normală și te-am iubit enorm de mult. Mama ta și cu mine am făcut tot ce a fost posibil ca să fii fericită. Te ducea la balet și la clasele de fotografie când i-ai spus că asta este pasiunea ta. Te lua cu ea peste tot.

Pam dădu cu pumnul în perete, șocându-l pe Eugen.

– Faci să sune așa de nobil ceea ce a făcut. Ne-a părăsit! Asta a făcut! țipă ea.

– Nu trebuie să-ți placă sau să fii de acord cu ceea ce a făcut. A fost alegerea ei.

– Dar mă lua cu ea peste tot! urlă Pam plângând în hohote. Eram nedespărțite și apoi m-a părăsit. Toți oamenii din viața mea pe care-i iubesc mă părăsesc.

– Însă sunt aici, draga mea, o asigură el și începu la rândul lui să plângă.

– Nu înțelegi că e prea târziu? Ea a fost pata de culoare din viața mea cenușie. Când a plecat, a luat totul. N-a mai rămas decât negru. Și nenorocitul de gri a dispărut.

Eugen se apropie încet de ea și încercă să o ia în brațe, dar ea se eschivă și-l împinse brusc. Tocmai atunci Belle, proaspătă și frumoasă în rochia roșie, veni spre ei zâmbindu-le blând.

– Nu vreți să veniți afară? Vom lua desertul în cinci minute.

– De ce te-ai îmbrăcat în rochia asta? o întrebă Pam cu o privire dezaprobatoare.

– Nu-ți place?

Belle o mângâie pe părul lung de culoarea mierii.

– Ar fi perfect dacă ai vrea să atragi un taur. Sau un bou, adăugă ea privindu-și tatăl.

Belle o sărută pe creștet și, îndreptându-se spre ieșire, zise:

– Avem salată de fructe proaspete la desert.

– Mă duc să mă culc și voi puteți să mergeți toți la naiba, conchise Pam, pe urmă se închise la ea în cameră.

– Știu că a trecut o săptămână, însă nu pot încă să plec de aici, îi spuse Eugen la telefon secretarei lui. Pamela este foarte rău. Nu pot să o las acum. Descurcă-te singură la galerie și ține-mă la curent, Vivi. Când vin o să-ți dau un cec mare dacă reușești să vinzi cele trei tablouri ale lui Smith.

Își luă la revedere de la Vivian, apoi se duse la Pamela în cameră. Dormea liniștită, așa că o lăsă în pace și plecă la Belle, ca să ia cafeaua cu ea.

– Bună, îl întâmpină ea veselă și drăguță în fustița pantalon cu talie înaltă, în dungi verticale. Mă bucur că ești la fel de matinal ca mine.

Nu avea pic de machiaj și el chibzui că este foarte frumoasă. Purta o bluziță vaporoasă albă, băgată în pantalonii scurți, și părul îi era prins într-o coadă de cal simplă.

– Cum bei cafeaua?

– Cu multă frișcă și mult zahăr, răspunse el făcând-o să râdă.

Când îi văzu fața serioasă, ea se opri.

– Aaa, nu glumeai?

– În legătură cu ce? zise el serios.

Ea râse iarăşi, dar se opri brusc atunci când îi văzu faţa nedumerită.

– N-am nici frişcă şi nici zahăr, spuse ea aproape scuzându-se.

El zâmbi.

– Şi atunci, de ce m-ai întrebat cum beau cafeaua?

– Ha-ha, ai dreptate. Era doar o întrebare tip. În casa asta cafeaua se bea numai neagră. Ştii, zahărul nu e bun.

– Da, ştiu. O să mi-l scot din dietă de mâine, preciză Eugen doar ca să-i facă plăcere.

– Mâine începe azi, filosofă Belle zâmbind, apoi îi dădu o ceaşcă mare şi îi puse în faţă un borcănel cu miere.

Casa în care stătea ea era mai mică decât a familiei Ford, dar era confortabilă şi avea grădina mare. Se instalară pe terasă în fotoliile albastre din lemn şi profitară de liniştea dimineţii.

– Nu e nici ora opt şi deja e foarte cald, rosti Eugen puţin absent.

– Putem vorbi despre asta sau despre ceea ce te frământă într-adevăr.

– Mâine-seară pleacă toţi în San Diego, iar ea mi-a turnat nu ştiu ce baliverne în legătură cu nişte proiecte pe care trebuie să le termine şi că nu poate să meargă cu ei. Evident, Ed rămâne şi el la vilă.

– Te-aş sfătui să-ţi laşi buldozerul la uşă când vorbeşti cu ea.

– Nu sunt obligat să suport tirul ei verbal.

Belle îl privi blând.

– Sau sunt? o întrebă el.

— Mai dă-i puțin spațiu, altfel o să o sufoci de tot. Și apoi, nu este nicio problemă, doar ești cu ea acasă.

— Mâine am o întâlnire de afaceri de la care nu pot să lipsesc și știu, de asemenea, că se va prelungi. Clientul meu este un rus căruia îi place să bea și să cutreiere toate barurile din oraș. Tablourile lui se vând foarte bine și, în general, este o persoană de încredere, iar dacă el vrea să batem barurile împreună mâine-seară, asta voi face. Și cei doi vor fi singuri la vilă.

— Și ce crezi că o să se întâmple ce nu s-a întâmplat deja? Ori vor face dragoste, ori se vor certa și apoi fiecare se va culca în camera lui.

El era de acord cu ea. Într-adevăr, ce altceva ar fi putut să se întâmple?

Își luară la revedere strângându-se toți în brațe ca și cum s-ar fi despărțit pentru o viață, nu pentru două zile.

— Să fii cuminte, îi șopti Sunny lui Pam la ureche.

Cumva, aceasta din urmă n-avea nicio obiecție de făcut când prietena ei yoghină o sfătuia câte ceva.

— Promit să nu-l tai în bucățele, glumi Pam, însă Sunny nu râse deloc.

Când la șapte seara plecă și tatăl ei, Pam ieși pe terasă și-l văzu pe Ed trântit pe un pat în curte, ascultând muzică la căști.

Îl bătu pe umăr și el tresări.

– Ce faci, o întrebă el scoțându-și căștile, n-ai plecat cu ei?

Ea nu știa sigur ce să creadă; o fracțiune de secundă avusese impresia că prezența ei îl deranja.

– Am de lucru în seara asta și am preferat să stau acasă.

– Bine, zise el ridicându-se în picioare, nu o să te deranjez, pe urmă o sărută pe frunte și se îndreptă spre intrarea vilei.

– De ce mă săruți pe frunte ca pe bunica ta? întrebă Pam dorindu-și ca el să rămână.

Doar pentru Ed rămăsese acasă; fusese o ocazie nesperată și avea de gând ca în acea seară să facă lucrurile să evolueze în direcția dorită de ea.

– Fiindcă te respect.

– Oh, ce drăguț! Acum stop! spuse Pam sărind posesivă pe el și sărutându-l.

Ed se trase puțin și, fără să-și dea seama, se șterse pe gură. Ea făcu ochii mari și se înroși la față de nervi.

– Bei un whisky? o întrebă el repede, încercând să repare gafa și să evite un nou scandal. Cu ce vrei să ți-l servesc? Gheață, apă, alune?

– Cu o explicație.

– Ohh, nu... Nu mai vreau explicații, Pam. Nu mai vreau să conversez pe această temă, să mă justific sau să-ți repet că nu sunt pregătit să fiu într-o relație în momentul ăsta.

Ea își duse o mână la gât și spuse că se simte rău.

– N-ai nimic. E somatic. Așa procedezi de câte ori ești nefericită sau nu ți se face pe plac, o certă el. Ești o fetiță răzgâiată, dar nu uita, nu sunt tatăl tău. N-am să-ți intru în joc și nici n-am să mă răzgândesc în ceea ce ne privește. Pot, în schimb, să-ți fiu prieten, iar primul lucru pe care-l voi face ca prieten este să-ți spun să-ți schimbi comportamentul în viitor dacă vei dori să ai o relație sănătoasă cu vreun bărbat.

– Fiindcă până acum am fost nebuna satului? Asta încerci să sugerezi, Ed?

– Ai fost capabilă să-ți spargi singură capul doar ca să-l faci pe fostul tău iubit să se simtă vinovat. Cine face asta?

Ea începu să râdă și el nu știa sigur dacă femeia râdea sau lătra. Ed crezuse că va petrece o seară liniștită la vilă, iar în acel moment era blocat acolo cu ea. Femeia aceea era veșnic nemulțumită. În prezența ei, avea impresia că greșea tot timpul și voia mereu să-și ceară scuze... sau să o dea naibii. Deseori, prefera a doua variantă, numai că educația primită de la părinții lui nu-i permitea așa ceva.

– Nu ești mai bun ca mine, adăugă Pam. Și nu am convingerea că tu crezi asta.

– Nu știi ce nu cred eu, replică el.

Dintr-odată senină, scoase din cutia de lemn pe care o ținea în mână o poză cu tot felul de telefoane mobile.

– Sunt sculptate manual de meșteri mayași sau cam așa ceva. Cunoști?

– Nu. Și nici nu mă interesează, răspunse el, trecându-și mâna prin părul șaten.

Avea ochi căprui cu sclipiri verzui, în special când se enerva.

— Când am venit la tine în cameră săptămâna trecută și am făcut dragoste, am crezut că voiai să ne împăcăm.

— Nu. Mă simțeam doar singur. A fost o greșeală.

— Data următoare ia-ți un câine când te simți așa, nu-mi mai da speranțe false. Știi bine că sunt fragilă și că întotdeauna mă îndrăgostesc de cine nu trebuie. În domeniul dragostei una dintre cele zece porunci este ca fetițele dulci și cuminți să se îndrăgostească de băieții răi.

Ar fi vrut să-i spună că el nu era un băiat rău, iar ea nu era nici dulce și nici atât de cuminte pe cum îi plăcea să afirme, dar nu o făcu; asta ar fi însemnat să stea acolo toată seara și să se certe cu ea. Or Ed avea ceva mult mai bun de făcut. Beverley urma să vină la el și spera din tot sufletul ca Pam să nu o observe.

Din păcate, soarta nu ținu cu el în acea seară și Beverly cea blondă și siliconată își făcu apariția toată numai zâmbet și glamour. Când Pam o văzu, ochii îi ieșiră din orbite, iar Ed își aduse aminte să respire calm și să nu se mai holbeze la picioarele lungi ale vizitatoarei.

— Hei, îi întâmpină ea veselă, ce faceți?

— Deci, ăsta este stilul tău? întrebă Pam suficient de tare ca musafira să o audă. Blonde decolorate, buze cu silicon și șorturi minuscule?

— Ce-i rău în asta? rosti Beverly calmă, fără să se supere.

Avea o fire blândă și lua lucrurile cu ușurință, fără să fie totuși superficială, chiar dacă lumea așa o judeca după aspectul părului ei blond platinat. Ea considera că esența vieții era despre a avea grijă de persoanele iubite și a fi fericit. Celelalte aspecte erau doar slăbiciuni.

– Crezi că ești drăguță așa, aproape goală, adăugă Pam privind-o cu dezgust din cap până în picioare, însă nu ești. Iar șortul tău este revoltător. De-abia îți acoperă organele genitale.

– Îmi place, replică blonda indiferentă. L-am cumpărat dintr-un butic din Venice. Vânzătorul e cel mai păros om pe care l-am văzut vreodată și are o pisică psihopată, la fel de păroasă ca el, râse ea.

Pam se uita în continuare la ea cu scârbă și reflectă că siliconata necheza ca un cal și arăta ca o Bimbo dintr-un film porno. Se strădui însă să-și înghită lacrimile și înjurăturile, să-și stăpânească nervii, foamea și cheful de a-i smulge epiglota. Le ură în mintea ei o seară oribilă, apoi se retrase în garsonieră, estimând că se umilise suficient pentru o singură noapte.

Știa că nu era bine ce urma să facă. Se gândise la asta de o mie de ori. Dar trebuia să o facă. Și așa lumea pe care o știa atât de bine începea să se prăbușească în jur.

Era ora trei dimineața și, în sfârșit, prostituata blondă părăsi vila. A mai așteptat treizeci de minute, urmărindu-l de pe plajă cum și-a făcut duș, s-a spălat pe dinți și apoi s-a băgat în pat. Nu i-a fost greu să intre în casă și știa că el nu-și închidea niciodată ușa la apartament. Ar fi fost atât de simplu dacă nu s-ar fi băgat în viața lui... Ca și cum existența nu-i fusese suficient de grea până atunci. Își aduse aminte de o relație în care fusese câteva luni. Nu știa că te poți atașa atât de repede de cineva, iar când persoana părăsi scena, tristețea i-a intrat în viața monotonă. Ajunsese să nu mai doarmă noaptea și să nu mai mănânce. Umbla haihui pe străzi căutând căldura omenească și gândindu-se la variantele care-i mai rămăseseră. Erau câteva. Dar niciuna bună. Și atunci, ce trebuia să facă? O voce îi șopti în minte: „Ceva ce n-ai mai făcut niciodată". Așa și făcuse. Fusese prima oară când ucisese o ființă omenească.

În acel moment, în vila scăldată în lumina lunii, pășea cu pași mici, atenți. Știa că dormea și nu voia să îl trezească. Nu așa. Apăsă clanța rotundă din plastic transparent și intră în cameră. Totul i se părea atât de familiar. Însă în clipa aceea nu mai avea nicio importanță. Era acolo cu o misiune și avea să o ducă la bun sfârșit. Îl privi pe Ed cum dormea cu o expresie de mulțumire pe față; se pare că târâtura de Beverly îl satisfăcuse. Ei bine, trădătorul fusese satisfăcut pentru ultima oară. Privi în jur după un obiect tare sau ascuțit, dar nu văzu nimic. Doar tablouri stupide. Fraze din filme celebre, în rame puțin sofisticate, erau puse pe comoda albă din fața patului: „Chiar și un ceas stricat are dreptate de două ori pe zi". Sau: „Un câștigător este doar un *looser* care a mai încercat o dată".

Adevărat. Toate astea erau adevărate. Un ceas stricat chiar avea dreptate de două ori pe zi, în timp ce în toată viața mizerabilă pe care o dusese, fie acasă, fie cu colegii la școală, n-avusese niciodată dreptate. Nici măcar o dată în viață! Numai trădări și dezamăgiri. Îi veni în minte actorul din *A Walk to Remember*, care spunea: „Dragostea nu e niciodată obraznică sau egoistă. Este întotdeauna pregătită să-și ceară scuze, să aibă încredere..."

Ce fraze debile! Nu cunoscuse niciodată dragostea necondiționată sau bună, deloc obraznică. În toate relațiile pe care le trăise nu avusese parte decât de egoism și deziluzii. Poți să alegi să trăiești sau să mori din iubire. N-a știut să aleagă când a trebuit, apoi viața a decis singură.

Ed se mișcă în pat, dezvelindu-și picioarele lungi, cu mușchi desenați. N-avea degete frumoase la picioare. Nu-i plăcuseră niciodată. Ed se întoarse pe o parte și ceva căzu pe jos, făcând zgomot. Fără să respire, se aruncă pe burtă după fotoliul în formă de scoică din fața geamului și așteptă. Ed începu să respire iarăși regulat. Dormea ca un bebeluș.

Se apropie de pat și luă de jos cartea groasă cu coperte dure. *Fiecare cuplu merită o a doua primă întâlnire.* Așa se numea. O ridică deasupra capului ca pe un trofeu morbid, gândindu-se că nu avusese niciodată o a doua șansă în nimic, și îl lovi cu toată puterea pe tânărul actor, de nenumărate ori, transformând camera liniștită într-un scenariu de groază. Când termină, o luă la fugă mâncând pământul spre plaja pustie. Nici măcar nu se uită înapoi. Ajunsă la ponton, se opri să-și tragă sufletul. Atunci văzu o femeie în depărtare, chiar în fața vilei; probabil o persoană care nu avea somn. Își continuă drumul la pas, întrebându-se dacă femeia îl văzuse... sau dacă Ed mai era în viață. Dar nu mai avea nicio importanță, nu-i așa?

Se opri în fața unui magazin și privi cu regret vaza verde cu roz din vitrină, spunându-și cu tristețe că nu avusese niciuna, niciodată. Nu stătuse suficient de mult timp într-un singur loc ca să aibă nevoie de așa ceva, însă în acel moment își dorea cu disperare una. Poate că avea totuși să se întâmple asta. Putea să facă tot ce-și dorea, de vreme ce nu mai avea nimic.

„Doar atunci când pierdem totul suntem liberi să facem ce vrem."

Era, oare, adevărat?

Erau toți la spitalul din Santa Monica, unde Ed se zbătea între viață și moarte.

– Unde este Pam? îl întrebă Belle încet pe Eugen.

– Nu se simte bine... răspunse el privindu-și prietena îngrijorat, apoi adăugă pe nerăsuflate: Și-a dat seama că este bănuită de toată lumea și cred că-i este jenă să-și facă apariția.

– Însă crezi...

– Nu cred nimic, Belle, i-o tăie el scurt. Este fata mea, nu o criminală de ultimă speță. Cumva, a pierdut totul și nu știu ce s-a-ntâmplat. Cum? De ce? Doar a pierdut pentru un timp controlul și nu s-a mai putut întoarce niciodată în locul acela sigur. Nu știu ce fost...

– Viața. Lucrurile evoluează.

– Cum e posibil ca lucrurile să se desfășoare atât de rău și atât de repede? vorbi el ca pentru sine, ignorând total ce spusese ea. Răspunsul e simplu. Venim pe lume deja *stricați*. Creștem, ajungem la maturitate și stricăciunea este mai mare. Apoi, la rândul nostru, dăm ceea ce am primit. Ar trebui să am o opinie. Să spun ceva. Dar nu știu ce. Sunt tatăl ei și nu știu ce să fac sau ce să spun. Toată viața i-am zis cum să se îmbrace, ce să mănânce, i-am dat sfaturi despre cum ar trebui să se comporte cu iubitul ei, iar acum, în momentul crucial al vieții ei, nu mai știu ce decizie să iau.

– Poate pentru că este rândul ei să ia decizii, Eugen. Dacă vei continua să o protejezi și să o scoți întotdeauna din încurcăturile în care se bagă, nu vei reuși niciodată să faci din ea o femeie responsabilă. Lasă-o să-și ia zborul.

– Dar e singură. Nu mă are decât pe mine.

Belle își lăsă capul în jos, evitând să-l privească atunci când întrebă:

– La ce oră ai ajuns azi-noapte la vilă?

– De ce? De ce vrei să știi asta? rosti el agitat, iar Belle ridică din umeri. M-am întors după o oră. Îți convine ca răspuns?

– Da. Însă nu știu dacă și poliția va accepta.

– Fiindcă a pus deja întrebări? exclamă el panicat.

– Ed a fost aproape omorât, Eugen. Are capul spart în două locuri și ochiul cât roata de la bicicletă. Chiar crezi că poliția nu o să pună întrebări? Va trebui să declari adevărul.

– Ceea ce-mi trebuie este un miracol.

Belle îl privi tăcută.

– Da. Există! rosti el apăsat. Altfel n-ar exista un cuvânt pentru asta.

Prietena lui îi puse mâna pe umăr, încercând să-l liniștească, iar el i se confesă pe nerăsuflate:

– Dormea în urmă cu o oră când am plecat de la vilă. Am închis-o în camera ei şi i-am luat toate şireturile, obiectele ascuţite şi tot ceea ce am considerat că era periculos. La fel şi tabloul de pe perete.

– Nu se poate sinucide cu un tablou.

– Ştiu. Dar era un tablou urât.

Un doctor bărbos, la vreo treizeci de ani, şi care se uita puţin cruciş, se îndreptă spre ei şi le spuse că Ed suferise multe contuzii, însă că va supravieţui. Nu se ştia totuşi dacă va mai vedea cu ochiul stâng. Când mama lui auzi asta, începu să plângă încet.

– Când vom fi siguri? întrebă tatăl băiatului.

Medicul îi răspunse că nu ştia încă, dar că fusese un norocos că scăpase cu viaţă.

Eugen răsuflă uşurat şi, fără să fie observat de ceilalţi, se retrase încet. Trebuia să fie lângă fiica lui. Să o protejeze, indiferent ce ar fi fost. Va declara la poliţie că toată noaptea a stat cu ea. Cine nu minţea din când în când? Un secret, ce mare lucru? Toată lumea avea secrete?

Ceea ce nu ştia însă era că, odată ce ascundeai unul, apărea altul. Luă taxiul pentru a merge la vilă şi, adâncit în gânduri, nu văzu persoana care de mai bine de două ore stătea ascunsă după un copac, pândind intrarea în spital.

# ACEA ZI DIN SEPTEMBRIE

La treizeci și cinci de ani, Emma este o scriitoare de succes, căsătorită cu judecătorul Tom Miller din Manhattan, iubitul ei din liceu. Emma este o mamă și o femeie împlinită, ducând o viață idilică împreună cu familia și prietenii ei. Scenariul perfect se transformă într-unul de groază în momentul în care McKidd, un criminal pe care Tom l-a băgat la pușcărie, decide să se răzbune.

Coșmarul se dezlănțuie într-o zi de septembrie, la vila lor din Montauk, atunci când copilul le dispare. Emma și Tom înfruntă agonii și spaime care nici măcar nu bănuiau că existau. Pe zi ce trece, în căsătoria lor apar probleme și soții Miller au de luat decizii dificile pentru care nu sunt pregătiți. Când secrete sordide ies la suprafață, Tom își dă seama că a doua lui căsătorie este doar o minciună și hotărăște să mai încerce o dată să afle ce s-a întâmplat în acea zi din septembrie.

*Acea zi din septembrie* este o carte captivantă și complexă ca viața însăși: bucurii și lacrimi, familie, pierderi, obligații și o moralitate care ne învață că niciodată nu trebuie să abandonăm.

https://www.amazon.com/Acea-Din-Septembrie-Carmen-Suissa/dp/1979770042/ref=sr_1_1ș

# Dușmanul
## DIN CASA MEA

Văzută din afară, Carol Huston este întruchiparea unei newyorkeze care are tot ce-și dorește. O familie frumoasă. Dragoste împărtășită. O viață ușoară. Și exact asta este hotărâtă să-i răpească Samantha, sora ei vitregă.

Crescută doar de mama ei, Carol a avut o copilărie liniștită, până când tatăl ei și-a abandonat al doilea copil pe veranda casei lor. De mică, Samantha o ura, iar când la șaisprezece ani aceasta a fugit în Vegas, Carol s-a simțit ușurată.

Mamă a doi copii simpatici, Carol este căsătorită cu Daniel, un avocat de renume, și are prieteni buni, pe care poate conta. Prieteni care își dovedesc fidelitatea când viața i se schimbă dramatic. Soțul ei, persoana în care are o încredere absolută, se transformă într-un străin și Carol începe să-și pună întrebări.

Când, în 1 ianuarie, Samantha revine acasă după o absență de șaisprezece ani și divulgă în fața tuturor prietenilor și familiilor lor marele secret, lumea lui Carol se prăbușește. Sfâșiată între ură și iubire, răzbunare și iertare, ea trebuie să se lupte să-și țină familia pe linia de plutire. Hayley, fata lor adolescentă, devine rebelă, Daniel se îneacă în alcool, iar Samantha dispare iarăși, luând cu ea speranța unei zile mai bune.

La răscruce de drumuri, binele și răul se întâlnesc și lupta dintre acestea va afecta pentru totdeauna destinele tuturor. *Dușmanul din casa mea* este un roman cu personaje de neuitat, care dezbate realitățile vieții, este o carte despre iubire, angajament, obsesie și ură, dar și o carte care îți arată că cele mai mari daruri ale vieții sunt mereu o surpriză.

http://amzn.eu/2AEwl92

www.ingramcontent.com/pod-product-compliance
Lightning Source LLC
LaVergne TN
LVHW011931070526
838202LV00054B/4593